기 황 후
②

이 도서의 국립중앙도서관 출판시도서목록(CIP)은 e-CIP홈페이지(http://www.nl.go.kr/ecip)와 국가 자료공동목록시스템(http://www.nl.go.kr/kolisnet)에서 이용하실 수 있습니다.
(CIP제어번호: CIP2013019369)

기황후

2

장영철 · 정경순 장편소설

작가의 말

 처음 기황후를 극화하겠다고 마음먹었던 때가 2008년 초입쯤이었다. 대하사극 〈대조영〉 집필을 끝낸 후 지친 심신을 달래고 있을 때 우연히 보게 된 다큐멘터리 한 편이 강렬한 호기심을 불러일으켰다. 지금부터 700년 전 공녀로 원나라에 끌려가 황후가 되고, 그 후 수십 년간 대륙을 경영했던 고려의 여인 기황후에 관한 이야기였다. 그런데 기황후에 관한 기록은 아예 없다는 표현이 맞을 정도로 적었다. 언제 태어나서 언제 죽었는지, 본명은 무엇이고 어떤 과정을 통해 황후가 되었는지 알 수가 없었다.

 원사元史나 고려사高麗史 등에 언급된 그녀는 수많은 악행을 저질렀던 오빠들, 즉 기철 형제들로 인해 부정적으로 묘사되어 있었다. 이민족 출신의 여인에게 주도권을 빼앗겨야만 했던 중국의 봉건적인 시각에서 기술된 역사서가 그녀를 좋게 묘사할 리도 없었다. 또한 황후가 된 후 공녀 차출을 금지시키고, 교역을 통해 고려의 문화와 물품을 대륙에 전파했으며, 원나라가 고려의 국호를 없애려 했던 입성론을 막아 낸 결정적인 인물이라는 사실을 부각시킬 리 만무했다.

그녀는 우리 역사의 문제적 인물이다. '기황후'라는 이름 석 자에 명과 암이 공존하고 선악이 혼재되어 있다. 그 베일에 가려진 문제적 인물의 삶이 뜨거운 작가적 호기심을 불러일으켰다. 그러나 사학자들의 논문으로 살점을 붙이기엔 그녀를 둘러싼 역사적 사실의 뼈대가 너무도 앙상했다. 역사를 배경으로 한 숱한 소설과 드라마들이 그렇듯 개연성 있는 작가적 상상력이 무엇보다도 필요했다.

기황후의 영혼을 들여다보는 작업은 녹록치 않았다. 몽골의 초원에서 일어나 세계 역사상 유례없는 대제국을 건설한 칭기즈칸의 후예들과 맞섰던 그녀의 삶을 구현해 내는 작업에는 각고의 노력이 필요했다.

기황후가 가진 에너지의 원천은 무엇일까? 그녀의 어떤 욕망이 세계를 37년간이나 뒤흔든 여인으로 변모시킨 것일까?

기황후의 영혼에 깊숙이 매료될수록, 그녀의 심장 속 열정의 심연에 빠지면 빠질수록 한 가지 단서가 잡히기 시작했다. 그것은 바로 그리움이었다. 공녀로 끌려갔던 많은 여인들이 간절한 그리움을 안고 고향으로 돌아왔지만 그들에게는 화냥년이라는 오욕의 꼬리표가 붙었다. 역사의 비정한 수레바퀴는 그들의 삶을 철저히 짓밟으며 고통과 신음을 외면했던 것이다.

기황후 또한 수없이 울고 절망했으리라. 거대한 적들과 투쟁하며 고향에 대한, 일생 동안 사랑했던 사람에 대한 순수한 원형질의 결정체를 은장도처럼 품었으리라. 그것이 바로 그리움이 아니었을까?

유사 이래 나라가 패망했거나 혹은 제국주의의 악랄한 정책에 의해, 또는 척박한 현실을 벗어나고자 자의든 타의든 수많은 사람들이 고국 땅을 떠나야 했다. 기황후는 그들 중 가장 높고 막강한 지위에 오른 전무후무한 인물이다.

오늘날 전 세계로 나간 해외 이민자가 천만에 육박한다. 글로벌 네트워크의 중요성이 새삼 요구되는 시대다. 대한민국 국민들뿐만 아니라 세계 각지에서 숱한 고생 끝에 자리 잡은 해외 동포들과의 교감과 신뢰 구축이 작지만 강한 국가의 덕목으로 부각되고 있다. 700년 전, 불꽃처럼 뜨거운 삶을 살다 간 기황후를 오늘날 다시 불러낸 이유 중에 하나다. 역사적 사실은 활발한 연구를 통해 역사학자들이 찾아낼 것이다. 앙상한 뼈대와 빈약한 살점에 스토리를 입히고 생기를 불어넣어 21세기에 요구되는 기황후를 재현해 내는 이번 작업에 형벌과도 같은 무거운 책임감이 느껴지는 이유이기도 하다.

　드라마는 동시성의 예술이고 책은 시간성의 산물이다. 스쳐 지나가는 한 장면 한 장면에서 못다 한 이야기들이 이 책에 담겨 있다. 모쪼록 많은 이들이 이 소설을 통해 기황후라는 여인을 새롭게 볼 수 있기를 바라는 마음이다. 드라마 〈기황후〉와 동시에 소설이 출간됨을 기쁘게 생각한다.

2013년 가을 초입 집필실에서
장영철, 정경순

| 2권 차례 |

작가의 말

제2장 칼과 꽃들의 전쟁

두 여인의 모정 ……… 13

드러난 비밀 자금 ……… 22

명종의 혈서 ……… 45

정변의 밤 ……… 66

순제의 의심 ……… 80

충혜왕의 귀환 ……… 101

두 명의 아들 ……… 122

어색한 재회 ……… 143

파국의 징조 ……… 151

그림자놀이 ……… 158

인질이 된 천둥 ……… 178

끝내 밝혀진 비밀 ……… 196

오열하는 기황후 ……… 221

폭력과 광기의 나날 ……… 236

백안의 반격 ……… 248

대학살의 전조 ……… 260

마침내 천하의 주인이 된 기황후 ……… 274

제 2 장

칼과 꽃들의 전쟁

두 여인의 모정

 사냥 대회 이후, 기재인은 후궁전에 틀어박혀 쥐 죽은 듯 조용히 지냈다. 황태후와 정실황후 타나실리에게 아침마다 문안 인사를 올리는 것은 빼놓지 않았고, 언행이며 처신에 한 점의 꼬투리도 잡히지 않도록 신중을 기했다.

 한편으로는 박불화와 고용보를 시켜 연철의 비밀 자금을 캐는 데 열중했다. 연철은 엄청난 사병들을 양성해 놓고 있었다. 황궁수비대도 사실상 연철이 직접 관리하는 사병이나 다름없었으니 그 수를 헤아리면 수만 명에 달하는 대군이었다. 게다가 고도로 양병된 최정예의 군사들이었으니 그들을 관리하려면 황궁 예산과 맞먹는 막대한 돈이 지출될 것이었다. 사병인 만큼 개인 돈이 들어가는 것이 당연했지만 기재인은 도무지 그 자금의 출처를 알 길이 없었다. 하지만 박불화와 고용보가 출처를 캐고 있으니 언젠가는 꼬투리가 잡힐 것이라 여겼다. 그때까지 그녀는 신중을 기하며 저들의 의심을 피해야 했다.

타나실리와 왕고는 후궁전을 주시하고 있었다. 할 말이 많을수록 입은 고요하고, 큰일을 앞둘수록 행동은 작아지는 법. 그들은 기재인이 절대 고개를 숙이고 있을 계집이 아니라고 생각했다. 지금 기재인이 잔뜩 몸을 낮추고 뭔가 일을 꾸미고 있을 거라 여겼다. 하지만 그들의 집요한 시선을 모를 리 없는 기재인이었다. 때문에 기재인은 조심하고 또 조심했다.

흥성궁과 후궁전 사이의 팽팽한 기운은 뜻밖의 사건으로 깨지고 말았다. 기재인이 회임을 한 것이었다. 순제의 기쁨은 이루 말할 수가 없었다. 이제야 사랑의 결실을 본 것만 같아 순제의 두 눈에서는 눈물이 흘러내렸다. 그 소식을 들은 타나실리는 천둥의 태자 책봉을 서둘렀다. 그러나 순제가 윤허를 하지 않았다. 연철의 권위로도 이 일만은 어찌할 도리가 없었다. 기재인이 황자를 낳기만 한다면 그 아이가 태자가 될 것이라며 궁 안이 술렁이기 시작했다.

그때 또 다른 사건이 터졌다. 누군가가 천둥이 먹을 음식에 독약을 넣은 것이었다. 흥성궁 안이 발칵 뒤집혔다. 용의 자로 불려 나온 궁녀가 타나실리의 협박에 기재인이 시킨 일이라며 순순히 자백했다. 물론 그것은 음모였다. 예전에 현빈 박씨를 음해하여 죽였을 때처럼 타나실리는 기재인을 서서히 궁지로 몰아넣고 있었다. 기재인은 도무지 빠져나갈 구멍을 찾을 수가 없었다. 자신의 결백을 믿는 순제조차 그녀의 거소에 나타나지 못했다. 후궁전 출입을 금하는 황태후의 추상같은 명을 거역할 수 없었기 때문이다.

타나실리와 후궁들이 순제의 처소 앞에서 석고대죄를 하며 기재인의 처형을 간청했다. 그러나 순제는 들은 척 만 척했다. 결국 용종을 회임했다는 연유를 들어 기재인은 옥사에 갇히는 것을 면할 수 있었다. 물론 순제의 노력 덕분이었다. 대신 객궁에 감금되는 것으로 일은 마무리되었다. 하지만 연철은 대신들을 선동하며 기재인에게 사약을 내려야 한다는 중론을 모으고 있었다.

백안의 집에 박불화가 불려 와 있었.
백안이 박불화에게 뭔가를 건네며 조용히 일렀다.
"이것을 은밀히 천둥에게 먹이게."
"이것은…."
"독약이네. 이것을 먹으면 천연두에 걸린 것과 비슷한 증상이 나타나네. 하여 독약 때문이라는 것을 어의가 알아차리지 못할걸세."

"그러나…."

"황손이 귀한 이때가 아닌가. 천둥이 죽는다면 용종을 회임한 기재인의 목숨을 살릴 수 있네. 뿐만 아니라 그사이 황후가 빼돌린 궁녀를 찾는다면 반전을 꾀할 수도 있을 터. 서두르게."

약을 받아 들고 나온 박불화가 깊은 한숨을 내쉬었다. 친어미의 목숨을 살리기 위해 아들을 죽여야 하니 참으로 기구한 운명이었다.

다음 날 아침, 타나실리는 비명을 지르며 울부짖었다. 어린 아들이 열병에 걸려 사경을 헤매고 있었던 것이다. 어의가 사력을 다해 봤지만 이내 천둥의 얼굴 가득 열꽃이 번지기 시작했다. 어의의 진단은 천연두였다.

기재인이 감금되어 있는 객궁으로 부용이 달려 들어왔다.

그녀가 심각하게 물었다.

"무슨 일이냐."

"마마…."

부용이 가쁜 숨을 몰아쉬느라 제대로 답하지 못했다. 기재인은 부용이 황급히 달려온 것을 보며 분명 나쁜 소식일 것이라 짐작했다.

기재인은 담담하게 다시 물었다.

"그예 사약이 내려진 것이냐."

부용이 손사래를 쳤다.

"아닙니다. 그것이 아니옵고…. 거소로 돌아가시라는 명입니다."

"그사이 또 무슨 일이 있었더냐?"

"그것이… 원자 아기씨 병환으로…."

천둥의 병환으로 자신이 살 기회를 얻었다는 걸 안 기재인은 마음이 무거웠다. 아기의 상황을 시시각각 물으며 걱정하는 기재인을 보며 박불화는 속으로 눈물을 삼켜야만 했다. 하늘은 속여도 피는 못 속이는 법이라고 했던가. 방신우의 명을 받고 기재인의 아기를 황각사에 맡겼던 박불화였다. 그는 타나실리의 아기를 걱정하는 기재인의 모정에 가슴이 저려 왔다.

참다못한 박불화가 기재인 앞에서 무릎을 꿇었다.

"소신을 죽여 주시옵소서."

"어찌 이러시오?"

"원자마마께서는…."

"원자가 왜요."

순간 기재인의 눈매가 무섭게 변했다.

"원자가 저리된 것이 그대 때문이었소?"

"기재인 마마를 살리기 위함이었습니다. 그러나 그보다…."

"그보다 더 중한 잘못을 저질렀다?"

"원자마마께서는… 본디 기재인 마마의 아드님이십니다."

"뭐요! 그것이 대체 무슨 말씀입니까!"

그간의 사정을 전해 들은 기재인은 그 자리에 털썩 주저앉고 말았다. 눈물로 떠나보낸 아들이 살아 있었다니, 이날까지 그 사실을 몰랐다니. 그녀는 허망함에 가슴이 찢어질 듯 아팠다. 그런데 원자에게 독을 먹여 자신이 살아났다니 억장이 무너졌다. 기재인은 숨을 쉴 수가 없었다. 하지만 이러고 있을 시간이 없었다. 살려야 했다. 그녀는 천둥을 반드시 살려야 했다.

기재인은 단숨에 백안에게 달려갔다.

"제발 원자를 살려 주세요."

하지만 백안은 꿈쩍도 하지 않았다.

"나에게는 원자마마보다 기재인 마마와 태중의 아기씨가 더 중합니다. 하여 해독약을 내드릴 수 없습니다. 송구하오나 이만 돌아가시지요."

순간 기재인의 눈빛이 차갑게 변했다.

"황궁 문이 닫히기 전까지 제가 해독약을 가져가지 않으면, 폐하께서 모든 사실이 적힌 서찰을 받게 될 것입니다."

백안은 기가 막혔다. 그로서는 믿는 도끼에 발등을 찍힌 꼴이었다.

기재인이 말을 이었다.

"천인공노할 짓으로 권좌를 찬탈하거나 유지한다면 연철과 무엇이 다르겠습니까? 제가 대인과 손을 잡은 것은 연철과 다른 분이라 믿었기 때문입니다. 저를 더 이상 실망시키지 마시고 어서 해독약을 내어 주세요."

기재인의 딱 부러지는 명분에 백안은 더 이상 반대할 수 없었다. 해독약을 건네는 백안의 손이 파르르 떨렸다. 기재인은 연철에게서 권력을 찬탈하려 자신이 선택한 도구에 불과했다. 그러나 이제 보니 도구는 오히려 백안 자신이었다. 백안은 모든 일이 자신의 뜻이 아닌 기재인의 뜻에 따라 움직이고 있음을 깨달았다.

백안은 예감했다.

'연철을 죽이고 권력을 찬탈한 뒤에는 반드시 저 여인의 목숨을 거두어야 할 것이다. 그렇지 않으면….'

기재인이 급히 해독약을 들고 타나실리를 찾았을 때 아기는 울다가 까무러치기를 반복하며 생사를 넘나들고 있었다.

기재인이 사정했다.

"황후마마, 이 약을 어서 원자에게 먹이시옵소서!"

"네가 지금 나를 조롱하는 것이냐!"

타나실리는 기재인이 가져온 약을 믿지 못했다. 믿을 수 없는 것이 당연했다. 때문에 더욱 길길이 날뛰었다. 그러나 그렇게 허비할 시간이 없었다.

기재인이 다시 간청했다.

"어서 이 약을 먹이셔야 합니다! 그래야 원자를 살릴 수 있습니다!"

순간, 타나실리가 광기 어린 시선으로 기재인을 노려봤다. 두 사람 사이에 숨 막힐 듯 서늘한 정적이 흘렀다. 온통 얼어붙은 광활한 평원 위에 오직 두 사람만이 서 있는 듯했다. 고려도, 원나라도, 충혜왕도, 순제도 더 이상 존재하지 않았다. 하지만 그 얼어붙은 땅에서 천둥만은 반드시 살려야 했기에 두 사람의 심장은 어느 때보다 뜨겁게 뛰고 있었다.

얼음보다 차가운 타나실리의 목소리가 정적을 깼다.

"원자가 죽는다면… 그것은 네가 준 이 약 때문이다."

아기의 생사를 장담할 수는 없었다. 한순간에 탕약이 독약으로 둔갑할지도 몰랐다. 그렇다면 기재인은 탕약을 들고 물러서는 것이 옳았다.

기재인은 마지막 수를 두었다.

"대신 이 약을 안 먹이고 원자가 죽는다면 그것은 황후마마의 책임입니다."

끝내 약을 먹이겠다는 것이었다. 마침내 타나실리는 탕약을 아기에게 먹였다. 아기는 다음 날 아침부터 열이 내리기 시작했다. 이틀째 되는 날, 아기는 우렁찬 울음을 토해 냈다. 살아난 것이었다. 타나실리가 아기를 품에 안고 기쁨의 눈물을 흘리던 그 시각, 기재인은 거소에 홀로 앉아 아픔의 눈물을 삼켰다.

두 여인은 그렇게 뒤바뀐 운명을 안은 채 울어야 했다.

드러난 비밀 자금

동이 트자마자 고용보가 박불화와 함께 기재인을 찾아왔다.

"마침내 연철의 비자금 출처를 알아냈나이다, 마마."

기재인의 얼굴에 화색이 돌았다.

"그래, 어서 말씀을 해 보시게."

"그것이… 암염 광산이었습니다."

"수많은 고려 유민들이 노예처럼 착취를 당하고 있는 거대한 암염 광산이 연철 그자의 것이었단 말인가."

"예. 그렇습니다. 자고로 소금은 최고가의 교역 물품이 아닙니까. 그러니 그것을 팔아 돈을 벌기는 그야말로 땅 짚고 헤엄치기나 다를 바가 없지요."

기재인이 고개를 끄덕였다. 연철은 암염지에서 캐낸 소금을 멀리 서역까지 내다 팔며 막대한 부를 축적하고 있었다. 거대 자금으로 강력한 사병을 거느리고 있는 한, 연철은 천하무적이었다.

'그들을 멸족시키기 위해서는 제일 먼저 자금줄을 끊어 군권을 분산시켜야 할 터.'

하지만 기재인은 연철이 소금을 팔아 만든 비자금을 어디에 숨겨 놓았는지 알 길이 없었다. 설령 안다고 해도, 황궁 안의 그녀가 직접 접근하기에는 너무도 위험하고 무모했다. 하지만 다른 방도가 없었다.

기재인이 당부했다.

"그 자금이 어디에 숨겨져 있는지 찾아야 합니다. 한시가 급합니다."

박불화와 고용보가 서둘러 문을 나섰다. 그들의 뒷모습을 바라보는 기재인의 마음은 무겁기만 했다. 단숨에 무너뜨리기엔 연철의 제국이 너무도 강성했다.

충혜왕은 고려촌을 보호하기 위해 보이지 않게 노력했다. 유민들이 광산에서 일하는 동안에는 아이들과 노인들만 남아 빈 마을을 지켰다. 때문에 좀도둑들이 끊이지 않았고 크고 작은 범죄들이 발생했다. 충혜왕은 별초대의 일부로 하여금 낮 동안 마을을 순찰하도록 했다. 아이들만 남아서 굶고 있는 집 안에 간간이 먹을 것을 놓아 두기도 했다. 하지만 그것이 전부였다. 유민들이 가난과 배고픔에서 헤어날 수 있도록 돕고 싶었지만 지금 충혜왕의 힘으로는 어림도 없는 일이었다.

텅 빈 마을에서 아이들은 삼삼오오 모여서 햇볕을 쬐거나 고사리 같은 손으로 부모 대신 빨래를 하며 처량한 곡조로 노래를 부르곤 했다.

    팔팔왕이 갓을 쓰고 활을 내렸네
    그 땅에 묻혀 누런 똥이 되었네
    언제 우린 배부른 부자가 될까
    이승은 저승보다 춥고 무섭다네

아이들의 힘없는 목소리에 실려 오는 노래가 충혜왕의 가슴을 후벼 팠다.

'춥고 배고프고 황량한 고려촌은 아이들에게 저승보다 무서운 곳이리라…'

얼마 뒤, 연철이 그 지역을 방문했다. 광산의 소유주로 알려진 원나라 사람들이 모두 모여 성대한 연회를 벌이며 그를 맞이했다. 연철을 수행한 충혜왕은 그때 직감했다. 암염 광산의 실제 주인이 연철이라는 사실을.

'이것이 바로 연철이 엄청난 사병을 보유할 수 있는 원동력이었구나.'

돌아오는 길에 충혜왕이 넌지시 물었다.

"암염 광산의 주인이 한사람이라는 소문이 있던데, 혹시 들으셨습니까?"

"그 무슨 쓸데없는 말씀이신가, 에헴."

연철은 정색을 하며 충혜왕의 말문을 막고는 저만치 앞서서 가 버렸다.

충혜왕은 연철의 권력을 유지하는 데 고려의 백성들이 강제로 동원되고 있다는 사실에 분개했다. 그는 기름진 원나라 권력자들의 배를 채우기 위해 고혈을 짜내야만 하는 유민들이 가여워 견딜 수가 없었다. 그들에게 아무런 힘도 되지 못하는 자신이 밉기만 했다.

밤새 잠을 이루지 못하던 충혜왕은 마침내 결심했다.

'군량 창고를 열어 병사들에게 밀린 녹봉을 지급했듯이, 연철의 숨겨 둔 비자금을 찾아내 백성들이 일한 만큼의 정당한 대가를 받을 수 있도록 할 것이다…'

충혜황은 연철이 분명 어딘가에 엄청난 비자금을 숨겨 두었을 것이라고 생각했다. 그 비밀 창고가 어딘지 밝혀내면 이를 풀어 백성들의 주린 배를 채울 수 있을 터. 이렇게 연철의 비자금을 찾기 위한 그의 노력이 시작되었다. 그러나 연철의 비자금이 숨겨져 있는 곳을 아는 사람은 극소수였다. 당기세와 탑자해를 비롯한 몇몇 심복만이 직접적으로 관리했다.

고용보가 마침내 광산의 바지사장으로 알려진 원나라 거상을 포섭하는 데 성공했다.

색주가에서 잔뜩 술을 먹이자 그자가 드디어 흉중의 말을 털어놓았다.

"내 눈으로 직접 본 것은 아니지만, 소문이 돌기는 합디다."

"뭐라고 말이오?"

그자가 고용보 귀에 대고 속삭였다.

"그것이 말이오… 동쪽 돌산의 폐광이 비밀 창고라는 소문 말이오."

고용보가 큰 소리로 되물었다.

"동쪽 돌산? 확실하오?"

"쉿, 조용조용! 목숨이 여러 개라도 되시오? 거참."

"알았으니 어서 술이나 마저 드시오."

고용보는 그길로 자리를 박차고 일어났다. 그리고 동쪽 돌산으로 향했다. 작업이 중단된 폐광을 연철의 사병들이 지키고 있었다.

'폐광을 사병들이 지킨다….'

고용보는 당장에 기재인에게 상황을 보고했다. 기재인은 자객을 침투시켜 폐광 안쪽의 상황을 살펴볼 것을 명했다. 이에 박불화가 길거리 무사 몇 명을 고용했다. 그리고 폐광 안에 무엇이 있는지 확인하는 대가로 은전 백 냥을 주기로 약조했다.

무사들은 야음을 틈타 폐광에 잠입했다. 그러나 그곳은 생각보다 경계가 삼엄했다. 사병들의 눈을 속이는 데는 성공했지만 사냥개들의 예리한 후각을 피하지 못해 사로잡히고 말았다. 이후 무지막지한 고문이 이어졌다.

탑자해가 무사들을 다그쳤다.

"어서 사주한 자를 밝히지 못할까!"

하지만 그들은 아무 대답도 하지 않았다. 아니, 할 수가 없었다. 객관의 휘장 뒤에서 음성만 들었을 뿐 누구인지 얼굴은 보지 못했기 때문이었다. 결국 사로잡힌 무사들은 모진 고문을 이기지 못하고 죽고 말았다.

기재인은 순제와 이 일을 상의했다.

"황상 폐하, 다행히 정체가 드러나지는 않았지만 폐광을 확인하는 데는 실패했습니다."

"그토록 삼엄하게 지킨다면 뭔가 중한 것이 그 안에 있다는 뜻이겠지요."

"예, 그런 듯합니다."

순제는 깊은 고민에 빠졌다.

"비밀 창고를 털 수만 있다면 연철의 손발을 묶을 수 있을 것인데…. 하지만 그러자면 군사들이 필요할 터."

순제가 고개를 떨어뜨렸다. 성문 밖에서 마음대로 부릴 군사들이 그에게는 없었기 때문이다.

기재인이 조심스럽게 말을 꺼냈다.

"움직일 군사들이 아주 없는 것이 아닙니다."

순제는 귀가 솔깃했다.

기재인이 말을 이었다.

"고려 전왕의 북문수비대가 있습니다. 그들은 잘 훈련된 강군일 뿐만 아니라 성문 밖에서 자유롭게 운신할 수 있습니다. 고려 전왕을 설득할 수만 있다면 이들을 화적 떼로 변장하여 돌산을 습격하는 것은 어려운 일이 아닐 것입니다."

"하지만 고려 전왕은 연철에게 충성을 맹세한 심복이 아니오. 자칫 말을 꺼냈다가 오히려 화를 부를 수도 있을 터."

"제가 직접 만나 심중을 떠보겠습니다."

순제가 반대하며 나섰지만 기재인은 끝내 충혜왕을 설득해 보기로 마음먹었다. 그녀는 연철을 무너뜨릴 수만 있다면 그 정도의 위험은 얼마든지 감수할 수 있었다.

연철은 돌산을 노린 자들의 배후를 밝히는 데 실패한 것이 못내 아쉬웠다. 그의 비자금을 노리고 있다면 일개 좀도둑은 아닐 것이라는 생각이 들었다. 분명 거물일 터인데 누구인지 연철은 도무지 짐작조차 되지 않았다. 그는 돌산 주변의 경계를 강화하라고 지시했다. 그곳을 노리는 자라면 반드시 다시 나타날 것이라 여겼다 .

 연철은 노회한 너구리와도 같았다. 사실 폐광에는 비자금을 쌓아 둔 비밀 창고가 없었다. 군사들을 배치해 놓은 것은 혹시 모를 위험에 대비해서 진짜 창고처럼 보이기 위한 위장 전술이었다. 연철은 회심의 미소를 지었다. 짐작대로 비자금을 노리는 놈들은 폐광을 선택했다. 폐광은 도둑을 잡기 위한 함정에 지나지 않았다. 어느 누구도 비자금이 묻혀 있는 진짜 비밀 창고를 알아내지는 못할 것이었다.

 충혜왕은 돌산에 침투한 자들이 죽었다는 첩보를 입수했다.
 '연철의 사병들이 지키고 있는 폐광이라면 틀림없이 비자금과 관련이 있을 것이다. 하지만 대체 누가 나보다도 먼저 비자금에 눈독을 들였다는 말인가….'
 그때 박불화가 충혜왕을 찾아와 기재인의 밀지를 전했다. 비밀리에 만나자는 전갈이었다. 충혜왕은 고개를 끄덕였다. 그런 일을 벌일 사람은 기재인밖에 없다고 생각했다. 충혜왕은 고려촌에서 만나자는 답을 기재인에게 보냈다. 대낮의 황량한 고려촌만큼 안전한 곳은 없었기 때문이다.

고려촌의 한 폐가로 충혜왕이 들어섰다. 기재인은 벌써 도착해 있었다.
"돌산에 묻혀 있는 연철의 비자금을 강탈해 주십시오."
인사를 나눌 겨를도 없이 그녀가 바로 청했다. 충혜왕이 오히려 당황했을 정도였다.
"이 몸이 연철에게 충성 맹세를 했음을 모르지 않을 터."
"그 충성 맹세가 거짓임을 알고 있습니다."
"그대가 보낸 자객들이 잡히는 바람에 저들의 경계가 한층 강화되었소. 비자금을 강탈하기 위해서는 전면전을 불사해야 할 것이오."
이를 모를 기재인이 아니었다. 그러나 연철과의 사생결단을 위해선 반드시 자금줄을 끊어 놓아야만 했다. 물러설 수 없는 사안이었다.
"성공한다 해도, 그것만으로는 연철을 무너뜨릴 수 없소."
"제게 비장의 무기가 있습니다."
"비장의 무기라니?"
충혜왕이 묻자 기재인은 입을 닫았다. 아직은 죽은 명종의 혈서를 입에 담을 수가 없었다.

"그대가 날 믿지 못한다면, 나 또한 그대를 믿을 수 없소."

하지만 아직은 말할 때가 아니었다. 잠시 둘 사이에 깊은 침묵이 흘렀다. 그때 밖을 지나는 아이들의 노랫소리가 침묵 사이로 파고들었다.

팔팔왕이 갓을 쓰고 활을 내렸네
그 땅에 묻혀 누런 똥이 되었네
언제 우린 배부른 부자가 될까
이승은 저승보다 춥고 무섭다네

충혜왕은 끝내 기재인의 청에 아무런 답도 하지 않았다. 그것이 꼭 거절의 의미는 아님을 그녀는 알고 있었다. 기재인은 자신의 뜻을 전했으니 그다음은 충혜왕의 몫이라 여겨졌다.

기재인이 먼저 폐가를 떠난 후에도 충혜왕은 한동안 생각에 빠져 있었다.

'비장의 무기가 있다…. 그녀라면 절대 허언을 하지 않을 것이다. 분명 연철을 몰락시킬 수 있는 그 무엇을 가지고 있다. 분명….'

하지만 돌산을 습격하는 일은 너무도 위험했다. 모든 것을 다 걸어야만 가능한 일이었다.

충혜왕이 북문으로 돌아왔을 때, 뜻밖에도 연철이 와 있었다. 연철은 차를 마시며 동쪽 돌산에 관한 이야기를 꺼냈다.

"혹시 모를 습격에 대비해서 군사들을 파견해 줄 수 없겠는가?"

충혜왕은 내심 놀랐다. 북문 군사들로 하여금 돌산을 지키게 한다면, 거사는 식은 죽 먹기보다 쉬웠기 때문이다. 어쩌면 하늘이 준 기회일지도 모른다는 생각이 들었다.

충혜왕은 부러 무심하게 답했다.

"명을 따르겠습니다."

돌아가는 길에 연철은 회심의 미소를 지었다. 왕고가 폐광에 침투한 자객의 배후로 충혜왕을 지목하자 타나실리 역시 의심스럽다며 그를 시험해 볼 것을 제안한 터였다. 사냥 대회에서 감정을 확인한 타나실리는 충혜왕과 기재인의 결탁을 의심하고 있었다. 연철은 이들의 말을 절대 믿고 싶지 않았다. 하지만 돌다리도 두드려 건너야 하는 법이었다. 이제 어물전을 맡겼으니 곧 충혜왕이 고양이인지 개인지 알게 될 일이었다. 연철은 제발 충혜왕이 자신의 충성스런 개로 남아 주기를 바랄 뿐이었다.

그날 밤, 충혜왕은 밤이 늦도록 잠을 이루지 못했다. 연철은 속을 알 수 없는 늙은이였다. 만에 하나 자신을 의심하고 있다면 이미 함정에 빠진 것과 같았다. 신중해야 했다. 하지만 신중을 기할수록 도무지 답이 보이지 않았다.

 새벽녘에야 어렴풋이 잠이 든 충혜왕은 꿈속에서 아이들의 노랫소리를 들었다.

   팔팔왕이 갓을 쓰고 활을 내렸네
   그 땅에 묻혀 누런 똥이 되었네
   언제 우린 배부른 부자가 될까
   이승은 저승보다 춥고 무섭다네

 화들짝 잠에서 깬 충혜왕이 깊은 한숨을 내쉬었다. 이미 동이 트고 있었다. 충혜왕은 나지막이 노래를 따라 불러 봤다. 언제부터인가 아이들 사이에서 구전되는 노랫말에 유민들의 아픔이 고스란히 묻어 있는 것 같았다. 그런데 곰곰이 생각해 보니 가사가 좀 이상했다.

 '팔팔왕이 갓을 쓰고 활을 내린다는 것은 무엇인가? 그 땅에 묻혀 누런 똥이 되다니?'

 갑자기 무언가가 충혜왕의 머리를 스치고 지나갔다. 그가 급히 지필묵을 꺼내 들었다.

 '팔팔왕이라면…'

 그가 종이 위에 八, 八, 王이라 적었다.

'팔팔왕이 갓을 쓴다면…. 그것은 숯자가 아닌가?'

이번에는 종이 위에 숯이라 적었다.

'그리고 활∨을 내린다면?'

종이 위의 글씨가 숲으로 변했다.

'이것이 땅에 묻혀 누런 똥이 되었으니, 땅에 묻힌 황금…. 땅속에 묻힌 금괴!'

붓을 든 충혜왕의 손이 떨리기 시작했다.

'노래에 따르면 누군가가 분명 고려촌에 황금을 묻어 두었다. 그것이 사실이라면 누구의 것일까?'

순간 연철의 얼굴이 스쳐 지나갔다. 땅속에 묻힌 황금은 그의 비자금일 가능성이 컸다. 어느 누구도 연철의 비자금이 고려촌에 묻혀 있으리라고는 상상조차 못할 것이었다. 충혜왕은 다시 한 번 종이에 적힌 글자들을 확인했다.

어쩌면 연철을 무너뜨릴 비밀이 고려촌 안에 있는지도 몰랐다.

암염 광산 인근에서 잔치가 벌어졌다. 잔칫상에 오른 술과 고기가 돌산의 군사들에게까지 전해지자 사병들이 술에 취해 여기저기서 널부러지기 시작했다. 연철이 부러 허점을 노출시킨 것이었다.

얼마 지나지 않아 충혜왕이 군사를 이끌고 돌산을 향해

달렸다. 달마저 뜨지 않은 어두운 밤이었다.

왕고가 황급히 연철을 찾았다.

"고려 전왕이 북문을 나섰다는 전갈입니다."

연철이 두 눈에서 불을 뿜었다.

왕고가 이를 놓치지 않고 몰아쳤다.

"그자가 본심을 드러낸 것이 틀림없습니다."

연철은 직접 군사들을 이끌고 돌산으로 향했다. 비자금을 노린 자가 충혜왕이라면 그 자리에서 요절을 낼 참이었다.

그사이, 탈을 뒤집어쓴 한 떼의 괴한들이 돌산을 습격했다. 술에 취한 사병들은 이들이 오는 것도 모른 채 깊은 잠에 빠져 있었다. 괴한들이 폐광으로 잠입하려는 순간 충혜왕과 별초대가 들이쳤다. 돌산에서 한바탕 치열한 싸움이 벌어졌다. 수적으로 불리한 괴한들은 별초대를 당해 내지 못했다.

충혜왕은 괴한들의 두목으로 여겨지는 자와 일대 혈투를 벌였다. 만만치 않은 자였다. 충혜왕이 대적해 본 자들 중 가장 강했다. 충혜왕의 칼날이 사내의 얼굴을 스치는 순간 그자의 칼날이 옆구리 쪽을 파고들었다. 움찔하는 충혜왕 앞에 사내의 탈이 쪼개지며 얼굴이 드러났다.

횃불에 비친 그 얼굴은 백안이었다. 당황한 백안은 철수를 명하고 급히 사라졌다. 틀림없이 백안이었다. 비자금 강탈을 눈앞에 둔 충혜왕으로서는 백안에게 폐광을 뒤지게 할 수 없었다. 충혜왕의 옆구리에서 피가 배어 나오고 있었다.

겨우 도망친 백안은 탁자를 내리치며 분개했다. 백안 역시 오랫동안 연철의 비자금을 추적해 왔었다. 마침내 비자금 은닉처가 폐광임을 확신한 백안은 빈틈을 노려 거사를 치렀던 것이었다.

'하필 충혜왕이 그 앞을 가로막다니…'

백안은 하늘이 준 기회를 놓친 것이 너무도 분했다.

연철이 도착했을 때 횃불을 대낮같이 밝혀 놓은 돌산에는 수상한 기운이 감돌았다. 여기저기 자신의 사병들이 죽어 있었고 북문 군사들이 전시를 방불케 하는 진용을 꾸리고 있었다.

연철이 호통을 쳤다.

"대체 이것이 무슨 일인가!"

충혜왕이 차분히 자초지종을 설명했다.

"사병들이 술에 취했다는 소식을 듣고 한달음에 잠자리를 박차고 나선 참이었습니다. 때마침 폐광을 노린 자들의 습격이 있었습니다."

연철은 충혜왕을 잃지 않은 것이 못내 흡족했다.

'자칫 충성스런 개를 어물전 생선을 노리는 고양이로 오인할 뻔하지 않았던가.'

소식을 전해 들은 타나실리 역시 더없이 기뻤다. 충혜왕이 배신자일지도 모른다는 의심을 떨쳐 낼 수 있게 된 타나실리는 날아갈 듯 마음이 가벼웠다.

 북문 막사로 돌아와 상처를 치료하던 충혜왕은 고려촌에서 당도한 부하의 보고를 받았다.

 "마침내 연철의 심복들이 고려촌으로 들어섰다 합니다."

 돌산 경계를 지휘하면서 심복들을 고려촌에 잠복시킨 터였다.

 충혜왕의 눈빛이 번뜩였다.

 '드디어 놈들의 꼬리를 잡은 것인가.'

 어둠 속에서 한 무리의 사내들이 모여들었다. 그들이 도착한 곳은 고려촌 외각의 당집이었다. 산신을 모시는 을씨년스런 당집은 사람의 왕래가 없는 곳이었다. 신당 바닥을 열자 비밀 통로가 나타났다. 염병수의 지휘 아래 사내들이 일사불란하게 금괴를 날랐다. 사병들에게 녹봉을 주기 위해 금괴를 반출하는 것이었다. 수레에 막 금괴를 싣고 떠나려는 순간 탈을 쓴 괴한들이 그들을 덮쳤다. 백안이 썼던 바로 그 탈이었다.

 칼날이 달빛에 번뜩일 때마다 외마디 비명과 함께 피가 뿌려졌다. 기어이 칼날이 염병수의 목을 겨누었다.

염병수가 두 손이 발이 되도록 빌었다.

"제발, 제발 목숨만 살려 주십시오."

염병수 앞에 한 사내가 나서며 탈을 벗었다. 충혜왕이었다. 염병수는 놀란 나머지 입을 다물지 못했다. 그리고 그 표정 그대로 목이 달아났.

충혜왕은 지하 통로 안에 있는 금괴들을 몽땅 실어 날랐다. 우마차 십여 대로도 모자랄 만큼의 엄청난 양이었다. 황소 울음소리가 밤공기를 갈랐지만 지쳐 잠이 든 탓에 밖을 내다보는 사람은 아무도 없었다.

다음 날, 창고에 도착한 금괴 상자를 열어 보던 연철은 기함했다. 몹시 놀란 채 눈을 부릅뜬 염병수의 목이 들어 있었던 것이다. 연철은 두 아들과 함께 넋이 빠진 채 당집으로 몰려갔다. 이미 당집은 불에 탄 채 뼈대만 앙상하게 남아 있었다. 그 많은 비자금을 하루아침에 몽땅 잃은 연철은 악을 쓰다가 혼절해 버렸다. 당기세와 탑자해가 군사를 풀어 미친 듯이 고려촌을 뒤졌지만 모두가 광산으로 일을 나가 텅 빈 마을에서는 금 부스러기 하나 찾을 수가 없었다.

한쪽에서는 아이들이 노래를 부르고 있었다.

팔팔왕이 갓을 쓰고 활을 내렸네
그 땅에 묻혀 누런 똥이 되었네

언제 우린 배부른 부자가 될까
이승은 저승보다 춥고 무섭다네

하지만 이성을 잃은 당기세와 탑자해의 귀에 그 노랫소리가 들릴 리 없었다.

그 시각, 충혜왕은 늘 하던 대로 군사들과 함께 돌산을 지키고 있었다. 폐광 안이 연철에게서 강탈한 금괴들로 가득차 있으리라고는 아무도 상상조차 하지 못했다. 충혜왕은 계속해서 연철의 허를 찌르고 있었다.

강탈당한 비자금을 찾기 위한 연철의 노력은 계속되었다. 현장에 남기고 간 탈바가지를 보며 연철은 돌산을 습격했던 놈들의 소행임이 틀림없다고 판단했다. 하지만 도무지 비자금의 행방을 알 길이 없었다. 당장 급한 것은 수만에 육박하는 사병들을 유지하는 일이었다. 녹봉 지급이 차일피일 미뤄지자 황궁수비대부터 술렁대기 시작했다.

마음이 급해진 연철에게 타나실리가 제안했다.

"급한 대로 휘정원의 돈을 먼저 끌어다 쓰는 것이 어떻겠습니까."

휘정원은 황태후에 의해서 관리되는 황실의 자금 담당기관이었다. 그동안 타나실리를 비롯한 연철 일가는 자신들의 사치를 채우기 위해 조금씩 휘정원의 돈에 손을 대고 있었다. 하지만 이번에는 차원이 달랐다. 수만의 사병을 운용하기 위해선 막대한 돈을 꺼내야만 했다. 그것은 명백한 불법이었다. 황실과 조당이 사실을 알게 되면 시끄러워질 것이 분명했다.

타나실리가 망설이는 연철을 설득했다.

"아버님, 급한 불을 먼저 꺼야 하지 않겠습니까. 여전히 암염 광산이 가동되고 있으니 시간이 지나면 다시 비자금이 모일 것입니다. 그러면 황실과 신료들이 알기 전에 휘정원의 돈도 다시 채워 넣을 수 있을 테고 말입니다."

연철은 그만 허락하고 말았다. 타나실리의 말이 옳았다. 다른 방도가 없었다. 연철의 허락이 떨어지자 일사천리로 일이 진행되었다. 타나실리의 지휘 아래 극비리에 휘정원의 돈이 빼돌려졌다. 그리고 사병들의 녹봉이 지급되기 시작했다.

급한 불을 끄자 연철은 황금 도둑을 잡는 일에 박차를 가했다. 왕고가 혐의를 둔 사람은 기재인과 백안이었다. 규모나 대담함으로 볼 때 일개 좀도둑들이 벌일 일은 아니었기 때문이다. 왕고는 기재인을 만나 집요하게 파고들었다. 하지만 그녀는 전혀 내막을 알지 못하는 듯했다. 그렇다면 백안일 가능성이 크다고 여겼다. 그 많은 금괴를 강탈할 정도라면 적어도 수십 명 이상의 심복을 가진 자가 분명하리라 짐작했다. 그토록 의심이 많은 왕고조차도 결국 충혜왕을 용의선상에 두지는 못했다. 그만큼 충혜왕의 알리바이는 완벽했다.

백안의 얼굴에는 충혜왕이 칼로 그은 상처가 나 있었다. 이를 수상히 여긴 당기세와 탑자해가 한밤중에 백안의 집으로 들이쳤다. 집 안 곳곳을 벌집 쑤시듯 뒤졌지만 아무런 증거도 잡지 못했다. 당기세는 화풀이를 하듯 백안의 뺨까지 때리고 철수했다. 백안은 이를 바득바득 갈았다. 비자금 강탈에 실패한 것도 억울한 마당에 터무니없이 누명까지 썼으니 약이 오를 만도 했다.

백안이 혀를 찼다.

"대체 어떤 놈이 연철의 비자금을 감쪽같이 훔쳐 내고, 그것도 모자라 그 자리에 내 탈까지 남겨 두었단 말인가…."

탈탈이 조심스럽게 입을 뗐다.

"아무래도 고려 전왕이 아닐까 합니다만…."

백안은 고개를 끄덕였다. 그의 탈을 본 사람은 몇 명 되지 않았다. 더군다나 탈이 반으로 쪼개진 순간 분명 얼굴을 봤을 터인데도 충혜왕은 아직까지 아무에게도 그 사실을 고하지 않고 있었다. 백안은 어쩌면 충혜왕이 같은 편일 것이라 짐작했다. 엄밀히 말하면 그들의 편이 아니라 기재인의 편일 것이라 생각했다.

뜬금없는 왕고의 방문을 받은 기재인은 뭔가 이상한 낌새를 눈치챘다. 돌산을 습격하기로 한 충혜왕은 아직까지 전혀 움직임이 없었다. 그녀는 백안에게 바깥 상황을 알아보라고 지시했다. 그러나 세상은 평온했다. 암염 광산에서의 조업은 여전히 활발했고 연철의 사병들은 굳건했다. 한 가지 이상한 점은 폐광을 지키는 연철의 사병들이 모두 철수하고 그곳을 충혜왕의 북문 군사들이 지키고 있다는 것이었다. 그렇다면 거사가 더욱 쉬워졌을 것인데도 충혜왕은 꿈쩍도 하지 않았다.

기재인은 마음이 복잡했다.

'결국 충혜왕은 나의 믿음을 저버리고 연철을 선택했단 말인가?'

연철은 자신의 사병을 철수하는 대신 충혜왕에게 돌산을 지키게 했다. 비자금을 강탈당한 사실을 비밀에 부치기 위해서는 어떤 의심도 막아야 했기 때문이다. 여전히 세상은 그 폐광을 연철의 비밀 창고로 알고 있어야만 했다.

충혜왕은 생각이 많았다. 비자금을 강탈하면 당장 꺾일 줄 알았던 연철의 위세는 변함없어 보였다. 사병들의 녹봉도 계속 지급되었고 광산의 조업도 활발했다. 고려 유민들에게 금괴를 나누어 주어 가난에서 벗어나게 하고 싶었지만 그리하면 필시 꼬리를 밝히게 될 것이었다. 하지만 이 많은 금괴를 그냥 묻어 두는 것도 위험하긴 마찬가지였다. 순간, 충혜왕은 연철을 무너뜨릴 비장의 무기가 있다고 한 기재인의 말이 떠올랐다.

충혜왕의 밀지를 받은 기재인이 변복을 하고 황궁 밖으로 나섰다. 충혜왕이 그녀를 데려간 곳은 뜻밖에도 돌산이었다. 폐광에 가득 쌓인 금괴를 보면서 기재인은 입을 다물지 못했다. 기재인은 충혜왕이 자신의 믿음을 저버리지 않았음을 알게 되었다.

충혜왕이 그간의 상황을 들려준 뒤 심각하게 물었다.

"이제 말씀해 보시오. 비장의 무기가 무엇이오?"

비자금을 강탈했으니 이제 연철을 치기 위한 본격적인 전쟁을 치러야 했다. 더 이상 흉중에 비밀을 숨겨 둘 필요가 없었다. 기재인은 품고 있던 비단 천을 꺼냈다.

"이것은, 이것은…."

"그렇습니다. 승하하신 명종황제의 혈서입니다."

충혜왕은 큰 충격을 받았다. 그 혈서를 손에 넣은 기재인이 참으로 대단해 보였다. 비자금을 강탈했으니 이제부터는 기재인의 몫이었다. 충혜왕이 할 수 있는 일은 결정적인 순간에 군사를 지원하는 것뿐이었다.

기재인이 충혜왕에게 손을 내밀었다.

"부디 마지막까지 저를 도와주세요."

그 손을 굳건히 잡으며 충혜왕이 마음을 보탰다.

깊고 어두운 폐광 안에서 연철의 숨통을 끊어 놓기 위한 결의가 모아졌다. 먼 이국땅에서 두 사람의 가슴 떨리는 결탁이 이루어지고 있었다.

명종의 혈서

  연철의 비자금을 손에 넣었다는 소식에 순제는 크게 놀라며 기뻐했다. 하지만 이내 표정이 어두워졌다.
  "헌데 말이오, 어찌 아직도 연철이 그 많은 사병들을 운용할 수 있는지, 도무지 모르겠소."
  기재인이 침착하게 입을 열었다.
  "그만한 돈이 나올 곳은 오직 한 군데, 휘정원뿐이옵니다."
  순제가 고개를 끄덕였다. 연철이라면 충분히 휘정원의 돈을 좌지우지할 수 있었다. 지금껏 어느 권력자들도 국고에 함부로 손을 대지는 못했다. 사실이라면 제아무리 연철이라도 그 죄과에서 자유롭지 못할 것이었다.

기재인이 박불화와 고용보에게 휘정원의 장부를 빼내 오라고 명했다. 휘정원 환관을 매수하는 데 성공한 고용보가 마침내 장부를 빼돌려 그녀에게 가져왔다. 하지만 그 장부로는 연철의 국고 유용 사실을 확인할 수 없었다. 모든 것이 지나칠 정도로 정상적이었다.

아무래도 이상함을 느낀 기재인은 탈탈에게 장부를 살펴 봐 줄 것을 청했다. 이에 장부를 꼼꼼히 살피던 탈탈은 장부에 찍힌 낙관이 가짜임을 밝혀내고 위서임을 알렸다. 연철은 과연 치밀했다. 이런 상황에 대비해 이중장부를 마련해 두었던 것이다.

순제와 기재인은 깊은 고민에 빠졌다. 휘정원을 개인 주머니로 사용하는 한, 연철의 강력한 군권은 계속 유지가 될 것이었다. 새로이 비자금이 조성되기 전에 이중장부가 존재함을 밝혀 돈줄을 끊어 놓아야 했다. 하지만 휘정원 깊숙한 곳에 숨겨 두었을 이중장부를 찾아내기란 쉽지 않았다.

마침내 순제가 단호한 결정을 내렸다. 백안을 불러 군사들을 이끌고 휘정원을 압수수색하라고 명한 것이다. 기재인조차 깜짝 놀랄 만한 결단이었다. 황제가 공개적으로 명령을 내렸으니 정면 대결을 불사하겠다는 뜻이었다.

백안이 군사들을 이끌고 휘정원으로 들이닥쳤다. 황제의

명령을 막을 환관은 아무도 없었다. 백안은 마침내 이중장부를 찾아내 순제에게 바쳤다. 장부 안에는 연철이 빼내 간 엄청난 국고 유출이 낱낱이 기록되어 있었다.

 순제가 비밀 장부를 빼 갔다는 사실에 연철 일가는 크게 당황했다. 그들은 순제가 압수수색이라는 초강수를 둘 줄은 꿈에도 몰랐다. 사전에 알았다면 손을 썼겠지만 이미 장부가 넘어갔으니 그들로서는 선제공격을 당한 셈이었다. 연철과 타나실리, 당기세, 탑자해, 그리고 왕고가 모여 이후 대책을 논의했다. 순제가 정면 대결을 걸어왔으니 연철도 정면으로 위기를 돌파해야 했다. 그러나 아무리 머리를 맞대고 고심을 거듭해 보아도 쉽사리 해결책을 찾을 수 없었.

 동이 틀 무렵, 마침내 해결책이 나왔다. 이번에도 역시 왕고의 계략이었다. 벌겋게 충혈된 연철의 눈이 야비하게 빛났다. 어쩌면 대역전의 기회가 될지도 몰랐다.

 순제는 황태후 앞에 이중장부를 내밀었다. 그리고 연철의 횡포를 낱낱이 고하며 분개했다. 하지만 휘정원의 실질적인 책임자인 황태후는 이미 모든 사실을 다 알고 있었다.

 황태후가 순제를 다독였다.

 "황상, 세상을 살아가다 보면 때로는 알고도 모르는 척 눈을 감아 주어야 할 때가 있는 법입니다."

연철의 횡포를 알고도 눈감아 주었다니 순제로서는 참으로 기가 막힐 노릇이었다.

그러나 황태후의 의지는 단호했다.

"연못의 바닥을 부러 들춰서 맑은 물을 흙탕물로 만들 연유가 없지 않소. 나는 연못 물이 지금과 같이 깨끗하길 원하오."

"황태후 마마께서 바라시는 평화는 그런 것입니까. 대원제국이 겉으로만 깨끗해 보이는 그런 연못과 같기를 바라십니까. 그러나 결국은 바닥에 쌓인 부유물 때문에 연못 물 전체가 썩게 될 터, 저는 대원제국이 썩은 연못과 같아지는 것을 그냥 보고만 있지는 않을 것입니다!"

순제가 자리를 박차고 나갔다.

황태후는 깊은 한숨을 내쉬었다. 언제부터인가 순제는 부왕인 명종황제의 기운을 내뿜기 시작했다. 하지만 황태후는 반가움보다 불안감을 느꼈다. 순제가 연철과 맞선다면 둘 중에 하나는 반드시 부러질 것이었다. 황태후는 순제가 비명에 죽는 것을 원치 않았다. 순제가 연철을 죽이고 명종의 복수를 행하는 것 또한 바랄 수 없었다. 순제의 아버지와 어머니의 죽음 뒤편에 황태후 자신도 연관되어 있었기 때문이었다. 황태후의 한숨은 깊어만 갔다.

다음 날, 조당의 신료들이 어전에 모여들었다. 순제의 명을 받은 연철, 당기세, 탑자해, 그리고 왕고가 대명전에 들어섰다. 충혜왕도 연철 편에 서서 어전 회의에 참석했다. 순제가 이중장부를 내밀며 국고를 함부로 유용한 연철의 죄목을 일일이 열거했다. 신료들이 웅성거리며 연철을 비난했다. 모두가 일전에 황제의 친정권 회복에 찬동했던 무리들이었다. 반면 연철 측 대신들은 눈치만 보며 쉽게 나서지 못했다. 누가 보아도 연철의 죄는 명백했다.

그러나 연철은 당당함을 잃지 않았다. 오히려 입가에 싸늘한 조소를 흘렸다. 그 자신만만한 눈빛에 주눅이 든 것은 순제 쪽 대신들이었다.

마침내 연철이 나서며 입을 열었다.

"신은 단 한 번도 휘정원의 돈을 사리사욕을 채우기 위해 쓴 적이 없사옵니다."

휘정원의 돈을 유용한 것은 사실이었다. 하지만 연철은 그 돈으로 군대를 키웠다. 원나라에는 많은 지방 토호 세력들이 있었다. 언제 반기를 들고 대도를 공격할지 모를 일이었다.

연철이 말을 이었다.

"지방 토호 세력들보다 강력한 군대를 양병하여 대도를 지키고 황제를 보필하기 위한 충심이었습니다."

그러나 그 군대가 연철 개인의 사병임을 천하가 다 알고 있었다.

순제가 다그쳤다.

"그것이 과연 누구를 위한 충심이오!"

연철은 지지 않고 자신의 뜻을 펼쳤다.

"신의 충심을 의심하신다면 그 사병들을 모두 폐하께 바치겠나이다."

일순간 어전 안에 정적이 감돌았다. 사병들을 바치겠다는 것은 그 소속을 황제 직할로 두겠다는 뜻이었다. 그러자면 당연히 군대를 황궁과 그 주변에 배치해야 했다. 하지만 황제에게 바친다고 연철의 사병이 순제의 것이 되지 않음은 자명한 일, 오히려 연철의 군대에게 황궁을 장악할 구실을 주는 셈이었다.

백안을 비롯한 뜻있는 신료들이 반대의 목소리를 높였다.

"절대 아니 될 말입니다."

"그렇습니다, 황상 폐하. 윤허치 마소서!"

침묵하고 있던 연철 측 대신들도 목소리를 높였다.

"부디 저희들의 충심을 받아들여 주소서!"

반대와 찬성의 목소리로 어전은 한바탕 소란에 휩싸였다.

"다음 조회 때 결정지을 것이오. 오늘은 이만 물러들 가시오!"

순제는 그만 자리를 박차고 나갔다.

왕고가 미소를 지으며 연철에게 눈빛을 보냈다. 연철은 야비한 웃음을 흘렸다. 군대를 바치겠다는 그의 뜻을 순제가 거절할 명목이 없다는 판단이었다. 연철은 이번에야말로 확실하게 황궁을 자신의 발아래 두겠다는 의지를 드러냈다.

어전을 나서는 충혜왕의 얼굴에 수심이 가득했다. 일이 이상하게 흘러가고 있는 듯했다.

후궁전을 찾은 순제는 술잔을 기울이며 고민에 빠졌다. 이제 곧 압도적으로 많은 수의 연철 측 신료들이 그의 제안을 받아들이라며 상소를 할 것이었다. 순제는 거절할 수 있는 명분이 어디에도 없었다. 공연히 긁어 부스럼을 만든 형국이었다.

기재인이 술을 따르며 조용히 자신의 뜻을 밝혔다.

"사병을 받아들이는 대신, 휘정원을 폐하께서 직접 관리하시면 어떨는지요."

순제는 그것이 무엇을 뜻하는지 알지 못했다. 순제가 가만히 기재인을 바라보았다.

그녀의 말이 차분하게 이어졌다.

"사병을 받아들이되, 연철이 여전히 그들을 소유하게 하세요."

사병은 말 그대로 개인 소유의 병사였다. 그들을 황궁을 위해 쓰되, 그 녹봉은 주인인 연철이 주도록 하라는 것이었다. 비자금을 잃은 마당에 휘정원까지 황제가 관리한다면 연철은 심각한 자금 압박을 받게 될 것이었다. 기재인의 노림수가 바로 그것이었다. 비어 있는 휘정원은 연철에게서 빼앗은 엄청난 양의 금괴로 채우면 되었다.

기재인의 뜻을 알아차린 순제가 그제야 웃음을 되찾았다.

"그러면 군권을 내주는 대신 금권을 얻자, 그 말씀이오?"

"예, 그러하옵니다."

순제가 기분 좋게 술잔을 비웠다. 다시 그의 술잔을 채우는 기재인의 두 눈이 반짝였다. 군대는 곧 돈이었다. 돈줄을 거머쥐었으니 그녀는 서서히 연철의 숨통을 조여 갈 것이었다. 천천히, 아주 천천히 연철을 말려 죽일 각오를 다지는 기황후였다.

다음 날, 대명전의 조회 자리에서 순제가 연철을 향해 자신의 뜻을 밝혔다.

"그대의 제안을 받아들이겠소. 뿐만 아니라 그 충정을 높이 사서 사병의 소속을 여전히 그대에게 두겠소."

내막을 알 길 없는 백안과 신료들이 펄쩍 뛰었다. 반면 연철 측 대신들은 크게 기뻐하며 반겼다. 연철로서는 사병을 지켜 내고 황궁을 장악하게 된 것이었다.

순제가 말을 이었다.

"대신…."

순간 대명전이 고요해졌다.

"앞으로 휘정원은 짐이 직접 관리하겠소."

연철이 잠시 망설였다. 하지만 이내 고개를 끄덕였다.

"소신, 황상 폐하의 뜻 받잡겠나이다."

연철은 국고를 횡령한 마당에 황제의 뜻을 반대할 명분이 어디에도 없었다. 뿐만 아니라 이미 절반이 비어 있는 휘정원은 겉만 번지르르한 쌀통에 불과했다. 왕고가 당장 사병들의 급여를 걱정했지만 연철은 내심 복안이 있었다. 빈 곳간을 내주고 천금같은 사병들을 지켜 내지 않았던가. 더군다나 그 군대로 황궁까지 장악하게 되었으니 휘정원 따위에 비할 바가 아니었다. 황제와 권신의 치열한 공방전은 그렇게 마무리되었다. 겉으로 보기에는 연철의 완승이었지만 이후 다가올 파국을 아무도 눈치채지 못했다.

기재인은 조용히 정국을 응시하고 있었다. 이제 오랫동안 갈아 왔던 칼을 뽑을 때가 서서히 다가오고 있었다.

황궁 안팎이 무장한 연철의 병사들로 가득했다. 강력한 군권을 바탕으로 연철은 자신의 반대파 대신들을 감시하거나 탄압했다. 연철뿐만 아니라 당기세와 탑자해도 전포 차림에 칼을 차고 황제 앞에서 거들먹거렸다. 특히 연철의 눈 밖에 난 백안은 당기세에게 온갖 수모를 다 당했다.

참다못한 백안이 기재인을 찾아가 분통을 터뜨렸다.

"더 이상은 도저히 못 참겠습니다, 마마."

"압니다. 그러나 그럴수록 더욱 몸을 낮추셔야 합니다. 그리고 때를 기다리셔야 합니다."

기재인 또한 타나실리의 횡포에 곤욕을 치르고 있었다. 연철의 위세를 등에 업은 타나실리는 기재인뿐만 아니라 순제에게도 갖은 모욕을 서슴지 않았다. 황궁을 장악한 연철 일가에게 대적할 자는 아무도 없어 보였다. 연철의 심복들 또한 저잣거리에서 온갖 악행을 저지르며 활개를 쳤다. 백성들의 원성이 자자했지만 연철의 공포정치는 그칠 줄을 몰랐다.

그러나 연철은 강력한 권력을 구축한 대신 엄청난 돈을 소모해야 했다. 암염 광산을 통해 필요한 자금을 만들려면 아직도 많은 시간이 필요했다. 연철은 자신에게 돈을 빌려 갔던 대신들과 지방의 영주들을 몽땅 불러 모았다. 일전에 그들의 빚을 탕감해 주겠노라고 공언했었지만 지금은 그럴 처지가 아니었다. 느닷없이 빚을 갚으라는 연철의 말에 대신들과 영주들은 어안이 벙벙했다. 연철이 내민 차용 장부에는 원금보다도 훨씬 많은 빚이 있었다. 그동안의 이자가 눈처럼 불어 있었으니 그들로선 날벼락을 맞은 셈이었다.

 그들 중 몇 명이 나서며 연철의 횡포에 항의했다. 하지만 탑자해가 그들의 멱살을 잡아끌고 가서 물고를 내자 좌중은 찬물을 끼얹은 듯 조용해졌다. 공포에 질린 대신과 영주들은 돈을 갚겠다는 서약서에 손도장을 찍고서야 겨우 자리를 빠져나올 수 있었다.

 도장이 가득 찍힌 서약서를 손에 쥔 연철은 내심 흡족했다.
 '이 돈을 다 거둬들인다면 충분히 예전만큼의 비자금을 조성할 수 있을 터….'
 금권만 다시 회복된다면 천하에 자신과 맞설 상대는 아무도 없을 것이라고, 연철은 자신했다.

 기재인은 이미 이러한 사태를 예견하고 있었다. 그것이 어떠한 결과를 가져올지도 충분히 짐작했다. 그녀의 계산은 정확히 맞아떨어졌다. 돈을 갚기 위해 대신들은 수단과 방법을 가리지 않았다. 각 지방의 영주들 또한 무리하게 세금을 늘리며 가혹한 징수를 해 나갔다.

 백성들의 고통은 이만저만이 아니었다. 그들은 살기 위해 고향을 등지고 떠돌거나 산속으로 들어가 도적이 되었다. 대도 안팎으로는 크고 작은 민란과 폭동이 꼬리를 물고 일어났다. 연철은 그때마다 군대를 파견하여 무자비하게 진압했다. 그러고는 돌아와 순제에게 반란을 진압했다며 공치사를 해 댔다. 이러다 보니 대신들과 영주들의 불만은 극에 달했다. 참다 못한 몇몇 영주들이 대도 밖에서 은밀히 모여 대책을 논의했다.

"아무리 쥐어짠다고 해도 없는 돈이 나올 턱이 없지 않습니까."

"누가 아니랍니까."

그때 누군가 나지막이 말했다.

"방도는 하나뿐이오."

그러자 두 눈이 휘둥그레진 영주들이 너도나도 물었다.

"방도가 있소?"

"그것이 대체 뭡니까?"

"우리가 가진 군사들을 연합해 연철을 칩시다."

순간 무거운 정적이 방 안을 짓눌렀다. 더 이상 아무도 입을 열지 않았다. 그렇게 그 의견은 조용히 묵살되었다. 연철의 군대는 그만큼 강력했다. 감히 나서서 총대를 멜 사람은 없었다.

"이제 때가 된 듯합니다."

기재인은 앞으로의 계획을 밝히며 순제와 밀담을 나눴다.

순제는 결연했다.

'성공한다면 부모의 원수를 갚고 진정한 이 나라의 지존으로 군림할 것이고, 실패한다면 연철의 칼에 죽을 것이다. 이날을 위해 얼마나 많은 수모를 참아 냈는가….'

다음 날, 순제는 민심을 직접 살피겠다며 지방 순시에 나섰다. 기재인도 순제를 따랐다. 황제의 지방 순시는 오랜 관행이었다. 그러나 순제가 즉위에 오른 이후로는 처음 있는 일이었다.

왕고가 연철에게 의문을 제기하고 나섰다.

"아무래도 뭔가 석연치 않습니다. 따라가심이 어떨런지요."

하지만 연철은 선뜻 그러겠다고 대답하지 못했다. 그도 요즘 불거져 나오는 대신들과 영주들의 불만을 잘 알고 있었다. 그러한 때에 대도를 비우는 것이 꺼림칙했다.

때마침 충혜왕도 연철을 부추겼다.

"이리 뒤숭숭한 때에 승상께서 대도를 비워서는 아니 될 것입니다."

연철이 마음을 굳혔다.

"그래그래. 지방 순시를 나간다고 황상에게 득이 될 것이 무엇이겠는가? 안 그래도 놀기 좋아하는 황상이 아닌가. 그저 바람이나 쐬고 올 것이다."

황제의 행렬은 마치 유람처럼 느긋하고 여유로웠다. 그러나 그 시각, 황제의 밀지를 품은 사자들이 각 영주들을 향해 말을 달렸다. 중서성에 황제가 당도할 것이니 모이라는 전갈이었다. 밀지를 받은 영주들은 뭔가 심상치 않음을 느꼈다. 황제가 직접 행차할 줄은, 거기다가 밀령까지 내릴 줄은 꿈에도 몰랐던 것이다.

중서성의 관아 안에서 수십 명의 영주들이 예를 표하며 황제를 맞이했다. 순제는 백성들의 고혈을 짜내는 영주들의 가혹한 정치를 혹독하게 비난했다.

영주들이 이구동성으로 연철의 횡포를 고해바치며 장내는 일순간 성토장이 되어 버렸다. 때를 기다렸다는 듯이 백안이 두루마리를 펼치며 황제의 조서를 읽어 나갔다. 조서 안에는 연철의 수십 가지 죄목이 일목요연하게 적혀 있었다.

조서 발표가 끝나자 순제가 좌중을 압도하며 일갈했다.

"짐은 연철을 죽일 것이다. 그 일가의 구족을 멸할 것이다. 그대들이 정하라. 짐을 따라 만고의 충신으로 남을 것인가, 아니면 천하의 간신을 쫓아 역신이 되겠는가?"

영주들은 크게 놀랐다. 나약한 순제의 입에서 연철을 죽이겠다는 말이 나올 줄은 아무도 예상치 못했다. 황제의 명령이니 반역은 아니었다. 그러나 연철의 힘을 알고 있는 그들로서는 순제를 따를 용기가 없었다.

이때, 기재인이 죽은 선황의 혈서를 꺼내 들었다.

"나와 내 아들을 죽인 자는 연철목아와 그 일족들이다. 아들아, 원수를 갚아 달라…."

영주들은 아연실색했다. 이로서 연철은 살아남을 수 없는 대역 죄인이 되었다. 순제가 용포를 벗더니 손바닥에 칼을 그어 피를 냈다. 그러더니 용포 한 자락에 피 도장을 찍어 넣으며 연철을 없애겠다는 맹세를 했다. 이어서 백안이 피를 내서 용포에 손도장을 찍자 영주들이 앞다투어 손바닥을 갈라 피로서 맹세했다.

혈서의 위력은 대단했다. 선왕의 혈서가 세상에 나왔으니 연철은 살아서는 아니 될 만고의 역적이 되었다. 죽이든가 죽든가 둘 중에 하나만을 선택해야 했다. 어차피 빚을 갚지 못하면 살아남기 어려웠다. 영주들의 선택은 자명했다. 그렇게 순제와 기재인은 대도 밖의 영주들을 끌어들이는 데 성공했다.

하지만 어디에든 늘 배신이 있게 마련이었다. 황제의 용포에 피의 맹세를 했던 영주 중 한 명이 연철에게 밀서를 보냈다. 아무래도 황제보다는 연철에게 붙는 것이 현명할 듯싶었던 것이다. 이번 일로 빚을 탕감할 수 있으리라는 얄팍한 계산도 한몫했다.

첩자가 북문에 당도하자 충혜왕은 그자를 족쳐서 밀서를 빼앗았다. 충혜왕은 이미 밀서 안에 적힌 내용을 짐작하고 있었다. 지방 순시를 떠나면서 북문에 들른 기재인이 영주들 중 배신자가 나올 것을 예견했었다. 이 또한 기재인이 의도한 바였다.

 충혜왕이 연철을 찾아가 밀서를 내놓았다. 연철의 충격은 이만저만이 아니었다. 영주들이 황제에게 붙었다는 소식도 놀랍지만 명종황제의 혈서를 지니고 있다는 사실이 더욱 믿기지 않았다.

 '혈서를 품은 채, 그동안 내 앞에서 바보짓을 했다니…'
 순제와의 지난날을 생각하자 연철은 온몸에 소름이 돋았다. 이제 돌아올 수 없는 강을 건넜다. 피를 보지 않고는 해결할 수 없었다.

 순제가 별일 없이 순시를 마치고 돌아와 준다면 다행이었지만, 지방 영주들과 결탁하여 군대라도 이끌고 온다면 한바탕 내전을 불사해야 했다. 연철은 탑자해가 맡고 있던 도성수비대 총사령을 충혜왕에게 맡겼다. 충혜왕이 도성을 지키고 자신의 강력한 사병 대군이 뒤를 받친다면 얘기가 달라지기 때문이었다. 제아무리 영주들이 연합을 한다고 해도 자신을 이길 수는 없을 것이라 생각했다.

 '배신을 할 자였다면 밀서를 소각했을 터…'
 왕고 역시 충혜왕을 도성수비대 총사령에 임명하는 데 이견을 달지 않았다.

 충혜왕은 새삼 정공법을 선택한 기재인의 지략에 탄복했다. 자신이 도성을 맡게 되었으니 이제 해볼 만한 싸움이 된 것이었다.

충혜왕이 도성수비대 총사령이 되었다는 소식을 들은 기재인이 순제에게 말했다.
"이제 황궁으로 돌아가시지요."
순제는 잠시 망설였다.
"도성을 확보했으니 영주들과 연합군을 조직해 정면 대결을 해봄직도 하오만."
"그러나 신첩의 생각은 다릅니다. 도성수비대와 힘을 합친다고 해도 연철의 막강한 대군을 이긴다는 보장이 없습니다. 무엇보다도 그 많은 대군이 대도 안에서 전쟁을 벌인다면 피해는 고스란히 백성들의 몫이 될 터. 황궁이 불타고 백성들이 떼죽음을 당할 것은 불 보듯 뻔한 일입니다. 그러니 예정대로 황궁으로 돌아가시는 것이 옳을 것입니다. 부디 황궁 안에서 최소의 군사들로 적의 심장을 찌르소서."
대도로 돌아가기로 한 그날 밤, 순제와 기재인은 조촐한 술자리를 가졌다. 호랑이를 잡기 위해 호랑이 굴로 들어가는 격이었다. 어쩌면 두 사람에게는 이것이 마지막 여흥이 될지도 몰랐다. 함께 죽을지도 모른다는 생각에 순제는 마음이 애틋해졌다. 그 마음을 기재인이 모를 리 없었다.
기재인이 순제를 따뜻하게 바라보며 얘기했다.

"신첩은 이제 죽어도 여한이 없습니다."

순제가 그녀의 손을 꼭 잡았다. 비장하고 애틋한 밤이었다.

황제가 돌아온다는 말에 연철은 쾌재를 불렀다. 황궁 안이라면 굳이 전쟁을 일으키지 않아도 순제를 제거할 수 있었다. 연철은 당기세와 탑자해, 왕고와 충혜왕을 불러 계획을 모의했다. 며칠 후면 순제의 생일이었다. 혈서가 세상에 나왔으니 이 기회에 황제를 따르는 무리들까지 몽땅 없앨 생각이었다. 이것은 반정이었다. 명종 때처럼 황제를 암살하는 것이 아니라 반정을 일으켜 아예 황제를 죽이고 황권을 찬탈할 작정이었다.

이미 원나라에서 황제 부럽지 않은 권력을 누리던 연철이었다. 혈서가 나와 기왕에 피를 뿌릴 것이라면 그 대가는 자신의 것이어야 한다고 생각했다. 연철은 진작 순제를 죽이고 황제가 되었어야 옳았다고 생각하고 있었다.

마지막으로 연철이 충혜왕에게 당부했다.

"거사 당일, 도성 수비에 만전을 기해야 하네."

"명 받들겠습니다."

부복하며 결의를 다지는 충혜왕의 모습을 연철이 흐뭇하게 바라봤다. 그가 뒤를 받쳐 주고 있다고 생각하니 연철은 한결 든든했다. 충혜왕이라면 혹시 모를 영주들의 반란도 충분히 진압할 수 있을 것이라 여겼다. 연철은 충혜왕이 도성을 지키고 있는 한 마음 놓고 거사를 치를 수 있을 것이라 굳게 믿었다.

순제가 당도하자 연철이 직접 성문에 나가 황제를 맞이했다. 연철은 전에 없이 정중하게 원행을 다녀온 황제의 노고를 치하했다. 순제와 기재인은 아무것도 모르는 척 연철의 환대를 받으며 황궁으로 들어갔다.

그날 밤, 기재인은 돌산의 폐광 안에서 충혜왕을 만나 연철의 계획을 전해 들었다.

"연철은 오백 명의 군사들로 거사를 치룬다고 했소."

황궁 안에서 연회장을 습격하여 황제와 그 무리들을 주살하는 데는 충분한 숫자였다.

충혜왕에게는 정예로 뽑아 놓은 일천 명의 별초대가 있었다. 그들은 모두 충혜왕을 위해 목숨까지 내던질 각오가 되어 있는 고려 출신 병사들이었다.

"거사 당일, 제가 황궁 간문을 열어 놓겠습니다."

일천의 정예 군사들이라면 연철의 군사 오백을 충분히 제압할 수 있을 것이었다.

기재인이 마지막 다짐을 받으려 하자 충혜왕이 입을 굳게 다물며 자못 비장해졌다. 그녀는 이상한 느낌이 들었다. 충혜왕이 무언가를 가슴속 깊이 묻어 두고 말문을 열지 못하는 것이 분명하다는 생각이었다.

그녀가 충혜왕에게 재촉했다.

"어서 심중을 열어 보이십시오. 대업을 앞두고 서로에게 비밀이 있어서는 아니 될 일."

충혜왕이 비장한 어조로 입을 열었다.

"별초대를 이끌고 연철과 그 부하들을 모두 죽일 것이오. 그다음엔…."

기재인이 떨리는 눈으로 충혜왕을 바라봤다.

그가 기재인의 눈길을 피하며 말을 이었다.

"그다음엔 원나라 황제를 비롯해서 모든 황족들을 다 죽이고 황궁을 불태울 것이오."

기재인의 얼굴에서 표정이 사라졌다. 지금 충혜왕은 연철뿐만 아니라 아예 원나라 황궁을 다 없애 버릴 계획이었다. 이어지는 충혜왕의 목소리에 힘이 들어가기 시작했다.

"황궁을 불태우고 황제와 황족들을 다 죽이면 원나라는 큰 혼란에 휩싸이게 될 것이오. 지방의 각 영주들과 토호 세력들이 서로 황제가 되겠다고 벌떼처럼 들고 일어설 것이란 말이오. 그러면 대원제국의 멸망은 불을 보듯 뻔한 일. 고려로서는 자주를 되찾을 수 있는 절호의 기회가 될 것이오."

"하지만 전하도 죽을 것입니다."

"이미 나와 일천의 동지들은 적과 함께 죽기로 마음먹었소."

기재인의 두 눈에 눈물이 고였다. 진정으로 원나라의 속박에서 고려를 구하려 한다면 이보다 확실한 방법은 없었다. 충혜왕은 고려로 돌아가 권좌를 되찾는 대신 죽음으로서 고려를 위안하는 방법을 택한 것이었다.

"나를 말리지 말아 주시오. 마지막 부탁이오."

 이 자리까지 오는 동안 수많은 고려인들의 죽음을 보아 왔던 그녀였다. 원나라의 후궁이 되어 권력을 얻으려던 이유 또한 고려와 유민들을 보호하기 위해서였다. 대업을 위해서라면 그녀는 부귀영화 따위는 한 줌의 재로 날려도 아쉬울 것이 없었다.

"저도 마지막으로 청이 있습니다. 반드시 전하의 손으로 제 목숨을 거두어 주십시오."

 충혜왕이 미친 듯이 기재인을 끌어안았다.

"미안하오. 그대를 끝까지 지켜 주지 못해서 참으로 미안하오."

 두 팔로 충혜왕을 안으며 기재인도 소리 없이 울었다. 두 사람의 그림자가 뒤엉켜 폐광 안이 일렁이고 있었다. 횃불도 그들과 함께 울고 있었다.

정변의 밤

 마침내 거사의 아침이 밝았다. 황제의 생일에 초대받은 대신들이 속속들이 모여들기 시작했다. 연철에게 황제가 아직 후궁전에 있다는 소식이 전해졌다.
 연철의 입가에 살기 어린 미소가 피어올랐다.
 "곧 연춘각으로 향할 것이다. 연회가 벌어질 그곳이 황상의 무덤이 될 터."

 기재인은 직접 순제의 용포를 입혀 주었다. 전에 없던 일이었다.
 순제가 그녀를 위로했다.

"아무 걱정 마시오."

기재인이 순제를 바라봤다. 사생결단을 앞둔 순제는 의연하고 침착했다. 하지만 기재인의 마음을 무겁게 하는 것은 걱정이 아니라 연민이었다.

'부왕의 원수를 갚기 위해 온갖 고초를 다 겪으며 여기까지 온 그가 아닌가…'

순제의 슬픔과 아픔을 기재인은 다 알고 있었다. 하지만 순제는 곧 죽을 것이었다. 그녀 또한 충혜왕의 손에 죽을 것이고 충혜왕과 일천의 고려 군사들도 원나라 황궁의 부귀영화와 함께 사라질 것이었다.

기재인과 충혜왕은 고려를 위해 스스로 선택한 죽음이었다. 그러나 순제에게는 품은 뜻을 채 펼치지도 못한 채 맞이하는 허망한 최후가 될 것이었다. 죽은 후에는 구천을 떠돌며 그녀의 배신에 통곡을 할는지도 몰랐다. 기재인은 그것이 자신의 운명이라면 받아들여야 한다고 마음을 다잡았다. 하지만 그녀는 어떠한 연민도 고려를 위한 대업을 그르치지는 못할 것이라 생각했다.

마치 먼 길을 떠나보내는 어머니처럼, 기재인은 순제를 품에 안았다. 그것이 순제를 위해서 마지막으로 해 줄 수 있는 위로라고 생각했다.

전날부터 당기세는 군사 오백을 이끌고 은밀히 황궁 안에 대기한 상태였다. 마치 피에 굶주린 늑대처럼 창검을 번뜩이며 연철의 명령이 떨어지기만을 기다렸다.

그 시각, 북문 앞 연무장에는 일만에 가까운 도성수비대가 총집결해 있었다. 충혜왕이 앞에 나서며 두루마리를 펼쳐 들었다. 황제의 명령이 든 조서였다.

충혜왕이 한 자 한 자 우렁차게 읽어 내려갔다.

"대원제국의 위대한 장졸들은 들으라. 짐은 이제, 대역죄인 연철목아와 그 일가를 처벌하려 한다. 하늘의 명에 따라 정의를 바로 세우고, 땅의 뜻에 따라 백성들을 도탄에서 구하고자 한다. 황제의 이름으로 그대들에게 허락하노라. 천하의 간신 연철과 그 일가를 멸족시켜 대업을 바로 세워라!"

군사들의 환호성은 도성을 넘기에 충분했다. 황제가 직접 조서를 내렸으니 그들은 이제 천자의 군대가 된 것이었다.

어둠이 내리자 충혜왕은 군사들을 이끌고 일사불란하게 도성 안으로 진출했다. 방심하고 있던 황궁수비대는 변변한 저항조차 못하고 일거에 제압되었다. 도성수비대가 황궁을 포위하자 충혜왕과 백안은 각각 일천의 군사들을 이끌고 기재인이 미리 열어 둔 간문으로 들어섰다. 그러고는 박불화의 안내를 받으며 거침없이 연철 일가가 있는 후원 쪽으로 향했다.

후원에는 오백의 군사들이 횃불을 밝히고 집결해 있었다. 전포 차림의 연철이 그들을 향해 추상같이 명했다.

"황제와 그 도당들을 하나도 남김없이 모두 잡아 죽이라!"

군사들이 연춘각으로 향하려는 순간, 충혜왕이 군사들을 이끌고 후원으로 들이쳤다. 연철을 발견한 충혜왕은 그를 향해 칼을 겨누었다.

충혜왕과 마주한 연철이 대노했다.

"네 결국 충성스런 개가 아니라 교활한 고양이였더냐?"

연철은 충성스럽기만 한 줄 알았던 개에게 목덜미를 물린 형국이었다. 당기세와 탑자해가 나서며 충혜왕과 격돌했다. 양측 군사들의 피비린내 나는 혈전이 벌어졌다.

연철이 옆에 서서 어쩔 줄을 몰라 하는 왕고에게 길길이 날뛰었다.

"그리 멍청히 서 있지 말고, 어서, 어서 황궁 밖의 군대에게 소식을 알려라!"

왕고가 허둥지둥 후원 담장을 넘어 황궁 밖으로 향했다. 상황이 급박했다. 충혜왕이 이끄는 일천의 별초대를 막을 도리가 없었다. 연철은 그곳을 두 아들 당기세와 탑자해에게 맡긴 뒤, 군사 이백을 이끌고 급히 뒷문으로 도망쳤다. 그러나 그곳에는 백안이 있었다.

왕고와 함께 담장을 넘었던 환관이 다급히 돌아와 아뢰

었다.

"황궁이 도성수비대에게 포위되었습니다. 황궁 밖의 군대에게 소식을 알릴 길이 없나이다."

연철은 이를 갈며 분개했다. 충혜왕에게 도성수비대 총사령을 맡긴 것이 후회막급이었다. 하지만 이미 엎질러진 물이었다. 연철은 산전수전을 다 겪은 노장답게 항전을 명했다. 백안과 연철의 군사들이 충돌하며 피를 튀겼다. 그러나 제아무리 백전노장이라 해도 백안의 군대를 당해 낼 수는 없었다.

충혜왕과 별초대는 후원 밖에 따로 집결해 있었다.

충혜왕이 최후의 명령을 내렸다.

"연춘각을 공격하여 원나라 황족들을 모조리 없애라!"

그때, 담장 밑에는 왕고가 숨어 있었다. 황궁이 이미 포위된 사실을 알고는 도망칠 구멍을 찾고 있었던 것이었다. 하지만 그대로 도망을 친다고 해도 연철의 편에 섰으니 죽은 목숨이나 다름없었다. 뜻밖에도 충혜왕의 계획을 알게 된 왕고의 머릿속에 한 가지 묘안이 스쳤다.

'하늘이 무너져도 솟아날 구멍이 있다 했던가…'

그길로 왕고는 백안에게 달려갔다. 촌각이 급했다. 백안은 반란군을 제압하고 연철을 잡아들였다. 그러나 당기세와 탑자해는 끝내 도망쳤다는 전갈이었다. 백안은 당장 그들을 추격하라며 병사들을 보냈다. 철천지원수같은 두 놈을 눈앞에서 살려 보낼 수가 없었다.

그때 왕고가 백안 앞에 스스로 모습을 드러냈다. 수많은 칼날이 그의 목에 겨누어졌다.

왕고가 백안 앞에 무릎을 꿇었다.

"급보를 전하려 하오. 나의 목숨은 그 뒤에 거두어도 늦지 않을 터."

백안이 손을 들어 왕고 주변의 칼날을 거두게 했다.

"그래, 무엇이냐. 또다시 얕은꾀를 쓰려는 것이라면 말이 끝남과 동시에 목이 떨어질 것이다."

"고려 전왕이 황제와 황족들을 모두 죽이려 하오."

순간, 백안의 머릿속이 아득해졌다. 그러고 보니 충혜왕의 군사들이 보이지 않았다. 백안은 군사들을 이끌고 즉시 연춘각으로 향했다. 탈탈이 나서며 뒤쪽 야산을 가로지르는 지름길로 안내했다.

연춘각 안에서는 비장한 기운이 감돌고 있었다. 순제가 이미 대신들에게 바깥 상황을 알려 둔 터였다. 자리에 모인 이들은 초조한 마음으로 바깥소식을 기다리며 앞에 놓인 술잔들을 비웠다.

기재인 또한 초조했으나 그들과는 다른 마음이었다. 연철

제압에 성공을 했다면 이제 곧 충혜왕이 들이닥칠 것이라고 생각했다. 조용히 최후를 기다리는 그녀의 얼굴에 만감이 묻어났다.

그때, 들이닥친 사람은 충혜왕이 아닌 백안이었다.

"폐하, 연철 일가를 제압했사옵니다."

사방에서 환호성이 넘쳐났다. 누가 뭐래도 일등 공신은 충혜왕이었다.

순제가 노고를 치하했다.

"참으로 노고가 많았소. 그래, 고려 전왕은 어디에 있소?"

"그것이… 그가 배신을 할지도 모른다는 급보가 전해졌나이다."

순간 좌중이 얼어붙고 말았다. 기재인은 등골이 오싹해졌다. 이대로 충혜왕이 군사들을 이끌고 공격해 온다면 그 결과는 자명했다. 나서서 말려야 했지만 때는 이미 늦은 후였다.

이를 알 리 없는 충혜왕이 일천의 별초대를 이끌고 연춘각으로 밀어닥쳤다. 뜻밖에도 백안의 군사들이 그 앞을 가로막고 있었다. 그들 뒤로 백안과 탈탈이 황제와 기재인을 보필하며 나섰다. 충혜왕은 잠시 망설였다. 이대로 물러선다면 천추의 한으로 남을지도 몰랐다.

기재인이 눈물 고인 눈빛을 보내며 애타게 고개를 가로저었다.

'하지 마세요, 제발 거기서 멈추세요.'

하지만 마음속으로 간절히 외칠 뿐이었다.

충혜왕의 심복 파천이 간청했다.

"당장 공격을 명해 주소서!"

별초대는 모두 한마음이었다. 저들을 죽이고 장렬히 죽기를 원하고 있었다. 충혜왕은 입술을 깨물었다.

'여기까지 어찌 왔는가? 절대 물러설 수 없다…'

막 공격 명령을 내리려는 순간 환관 방신우가 급히 다가와 나지막이, 그러나 다급하게 전했다.

"부왕께서 위급하다는 전갈이옵니다."

충혜왕은 당황했다.

"아버님이 위독하다니, 그렇다면?"

"거사를 멈추셔야 하옵니다. 전하마저 돌아가신다면 고려는…"

충혜왕은 방신우의 말이 옳음을 알고 있었다. 이미 백안의 군사가 저들의 뒤를 든든히 받치고 있었다. 이대로 일전을 벌인들 저들을 모두 죽일 수는 없을 것이었다. 실패한 거사는 고려에 치명적인 해가 될 터, 차라리 권좌를 되찾아 후일을 도모하는 것이 현명한 방법이었다. 그는 대업을 눈앞에서 놓친 통한과 설움이 복받쳐 올랐지만 달리 방도가 없었다.

충혜왕은 눈물을 삼키며 황제가 있는 쪽으로 나아갔다. 백안이 혹시 모를 위험에 대비해 칼자루를 단단히 잡았다.

충혜왕이 순제에게 무릎을 꿇으며 머리를 조아렸다.

"감축드리옵니다, 폐하. 역당의 무리들을 모두 제압했나이다."

뒤이어 일천의 군사들이 일제히 무릎을 꿇고 한목소리로 외쳤다.

"폐하, 감축드리옵니다!"

순제가 화답했다.

"노고가 많았소. 그대들의 공을 결코 잊지 않겠소."

백안이 한숨을 내쉬며 긴장을 풀었다. 충혜왕은 분명 반역을 꾀했다. 그러나 역모를 밝힐 증거는 어디에도 없었다. 황제를 구하고 황궁을 지킨 것에 만족해야 했다. 순간, 충혜왕을 노려보는 백안의 눈빛이 무섭게 번뜩였다.

기재인의 눈에서 눈물이 흐르고 있었다. 순제는 그 눈물이 연철을 제압한 기쁨의 눈물인 줄만 알고 있었다. 하지만 그것은 충혜왕을 향한 눈물이었다. 충혜왕이 그토록 바랐던 마지막 거사가 실패했기 때문이었다. 이제부터는 기재인이 대신 그 꿈을 꾸어야 했다. 칼로 이루지 못한 대업을 그녀가 이뤄 내야 했다.

밤바람에 피비린내가 묻어왔다. 칼보다 날카로운 달빛이

황궁을 가르고 있었다.

　연철의 사병들은 그대로 황궁에 귀속되어 백안의 지휘를 받게 되었다. 비상을 선포한 순제는 모든 권한을 백안에게 주었다. 공으로 따지자면 충혜왕이 일등 공신이 되어야 했지만 순제는 철저히 그를 배제했다. 노고를 치하하기는 했으나 그날 밤 군사를 이끌고 온 충혜왕에게서 반역의 기운을 느꼈던 것이다. 순제는 충혜왕에게 뒤통수를 맞은 연철처럼 화근을 곁에 둘 수 없는 노릇이라고 판단했다.
　연철이 끌려나왔다. 머리를 산발한 채 결박된 연철의 모습은 흡사 한 마리 대호큰 호랑이와도 같았다. 순제가 혈서를 내보이며 부왕을 죽인 사실을 매섭게 추궁했다.
　그러자 연철은 포효하듯 외쳤다.
　"강한 원나라를 만들기 위해서 내가 죽였노라!"
　순제는 피가 거꾸로 솟는 듯했다.
　"당장 연철의 목을 잘라 저잣거리 한복판에 효수하라. 그 피를 개에게 마시게 하고 그 살을 갈아 새들에게 쪼게 할 것이다."
　연철이 이에 지지 않고 기재인을 노려보며 일갈했다.
　"죽는 것은 두렵지 않으나 저 요망한 계집이 두렵구나. 황제는 명심하라. 원나라는 천하를 정복했지만 저 고려의 계집에게 짓밟힐 것이다. 천년의 사직을 이어 가려면 당장 저년의 목을 쳐야 한다!"

기재인은 조금도 개의치 않았다. 오히려 싸늘한 미소를 띠며 연철을 노려봤다. 끝내 그녀는 연철을 무너뜨렸다. 최후의 승자로 남아 비명에 간 아버지의 원수를 갚은 것이다.

백안은 기재인의 냉소를 놓치지 않았다. 연철의 마지막 말은 백안의 가슴속에 그대로 박혔다.

'연철이 누구던가. 살아 있는 염라대왕이 아니었던가?'

백안은 연철을 이겨 낸 기재인이 두려웠다. 그녀의 몸에 흐르는 고려의 피가 섬뜩하게 느껴졌다.

연철은 저잣거리 한복판에서 마침내 처형을 당했다. 백성들의 환호가 사흘 밤낮으로 이어졌다. 그리고 연철의 구족과 그를 따르던 대신들의 삼족이 모두 잡혀 들어와 처형을 당했다. 그 수가 수천에 이르렀고 한 달 내내 비명이 끊이지 않았다. 오직 한 사람, 타나실리만이 행궁에 유폐된 채 생존해 있었다.

순제는 교서를 내려 타나실리를 폐위시켰다. 처형을 시켜야 마땅했지만 황태후의 반대가 극심했다. 원자의 생모를 죽게 할 수는 없다는 이유에서였다. 순제 또한 정실황후인 타나실리를 죽이라는 명령을 쉽게 내릴 수가 없었다.

그러나 기재인의 생각은 달랐다. 도저히 자비를 베풀 수가 없었다. 현빈 박씨와 고려 궁녀들의 원혼을 달래 주기 위해서라도 타나실리를 죽여야 했다. 타나실리의 목숨을 두고 기재인과 황태후 사이에 치열한 신경전이 벌어졌다.

기재인은 예전의 나약한 후궁이 아니었다. 황제를 지키고 황권을 되찾게 한 최고의 일등 공신이었다. 조당의 신료들이 그녀를 따르기 시작하면서 기재인의 두 손에 강력한 권력이 쥐여지고 있었다. 마침내 순제는 기재인의 뜻에 따르기로 했다.

타나실리를 처형시키라는 교지가 내려졌다. 그리고 타나실리의 품에서 아기를 떼어 냈다.

타나실리는 아기를 받아 든 황태후에게 마지막 유언을 전하며 울부짖었다.

"아이가 크면 반드시 알려 주십시오. 어미가 어찌 죽었는지 하나도 빠짐없이 알려 주십시오. 부디 제 아들이 원수를 갚게 해 주십시오!"

그날 밤 타나실리가 갇힌 옥사로 충혜왕이 찾아왔다. 두 사람은 한동안 말을 꺼내지 못했다. 자신에 대한 그녀의 감정을 잘 알고 있던 충혜왕은 비참한 모습의 타나실리가 애처로웠다.

타나실리가 먼저 정적을 깼다.

"전왕께서는 제 처형장에 나오지 않으셨으면 합니다."

충혜왕이 무겁게 물었다.

"내가 원망스럽지 않소?"

"원망스럽습니다. 죽이고 싶을 만큼 밉습니다. 그러나 전왕께만큼은 제 마지막 모습을 보이고 싶지 않습니다. 흉한 모습으로 기억되고 싶지 않습니다."

충혜왕의 두 눈에 눈물이 핑 돌았다.

타나실리가 울먹이며 말을 이었다.

"다음 생에는 기재인보다 아니, 그 누구보다도 전왕께 사랑받는 여인으로 태어날 것입니다. 반드시 그리할 것입니다."

"미안하오. 내 정녕 그대에게 몹쓸 짓을 했소이다. 날 용서치 마시오. 날 용서치 마시오…."

다음 날, 대명전 앞에 끌려 나온 타나실리에게 기재인이 직접 사약을 건넸다.

타나실리가 두 눈을 부릅뜬 채 외쳤다.

"내 아들이 반드시 널 찢어 죽일 것이다."

마침내 타나실리는 사약을 마시고 피를 토하며 숨을 거뒀다. 마지막까지 그녀가 찾은 사람은 아들, 천둥이었다. 그 아들이 기재인의 소생임을 알게 된다면 구천에서 피울음을 흘릴 것이었다. 멀리서 타나실리의 죽음을 지켜보던 충혜왕의 눈가에 눈물이 고였다. 화려하고 오만했지만 평생 외로웠던 타나실리는 파란만장했던 생을 그렇게 마감했다.

연철의 난을 평정하면서 정국은 급변하기 시작했다. 기재인은 황태후의 휘하에 있던 휘정원의 명칭을 자정원으로 바꾸고 직접 관리했다. 황태후와 견줄 만큼 강력한 힘을 얻게 되었다는 증표였다. 그리고 폐광에 있던 연철의 금괴를 자정원에 귀속시키면서 막강한 금권까지 손에 쥐게 되었다.

이때가 1335년, 순제 2년의 일이었다.

순제의 의심

마침내 연철 일가를 제거한 순제는 부왕의 원수를 갚고 진정한 황제로서의 권위를 되찾게 되었다. 이 모든 것이 기재인 덕분임은 두말할 나위도 없었다. 순제는 타나실리의 빈자리에 기재인을 세우려고 했다. 그녀를 제 1황후, 즉 정실황후로 책봉하려는 것이었다. 그러나 이를 반대하고 나선 자는 다름 아닌 백안이었다. 처음 기재인이 후궁 경선에 참여할 수 있도록 배후를 돌봐 준 백안이었기에 그 반대는 더욱 뜻밖이었다.

순제가 조용히 백안을 불렀다.

"그래, 연유가 무엇인가."

백안이 차분하게 설명했다.

"연철을 몰아내던 그날 밤, 분명 충혜왕은 연춘각을 공격하여 황제와 황족들을 다 죽이려고 했습니다. 왕고의 밀고가 아니었다면 이곳 황궁은 시산혈해시체가 산같이 쌓이고 피가 바다같이 흐름를 이루며 잿더미가 되었을지도 모를 일…."

충혜왕을 정변에 끌어들인 사람은 다름 아닌 기재인이었다. 백안은 고려 출신인 그녀를 제 1황후에 등극시킨다면 커다란 위험을 끌어안는 형국이 될 것이라 여겼다. 하지만 순제의 입장에서 기재인을 의심하는 것은 상상도 못할 일이었다.

백안이 말을 이었다.

"고려 전왕 그자가 누구를 위해 칼을 뽑았겠습니까? 절대 황상 폐하를 위해서가 아니었습니다. 그자와 기재인 사이에 분명 모종의 협약이 있었을 것입니다."

순제는 부아가 치밀었다.

"닥치시오! 지금 모종의 협약이라 했소? 기재인이 짐이 아니면 어느 누구와 마음을 섞는단 말이오!"

황제의 뜻이 확고하자 백안은 밖에서 기다리던 왕고를 들게 했다. 왕고는 오랫동안 흉중에 품었던 비밀을 털어놓았다.

"기재인이 공녀로 뽑혀 오던 길에 충혜왕이 초야권을 행사하겠다며 데려갔었습니다. 분명 두 사람은 정인 관계에 있었음이 확실합니다."

왕고의 입에서 나온 말은 순제에게는 큰 충격이었다. 기재인에 대한 순제의 마음에 내심 불안감이 있는 것도 사실이었다. 그녀의 야망은 순제 자신도 가늠이 되지 않을 만큼 크고 은밀했다. 연철을 몰아내기 위해 손을 잡은 충혜왕의 존재도 내심 신경이 쓰이던 터였다. 그런 차에 왕고의 말은 순제에게 뼈아픈 고통을 주기에 충분했다. 기재인은 그동안 단 한 번도 충혜왕에 대한 감정을 내비치지 않았다. 충혜왕 또한 마찬가지였다. 그 많은 만남 속에서 한 번도 내색한 적이 없었다.

'보이지 않았다는 것은 곧 감추었다는 것!'

새삼 기재인에 대한 배신감과 함께 충혜왕에 대한 질투, 분노가 몰려왔다. 순제의 눈빛이 흔들리고 있었다.

순제의 마음을 눈치챈 백안이 다시 한 번 종용했다.

"절대 고려 여인을 대원제국의 정실황후에 앉힐 수는 없사옵니다."

순제의 고민은 깊어 갔다. 연철을 몰아낸 일등 공신은 누가 뭐라 해도 분명 기재인이었다. 때문에 다른 여인이 제1황후가 되는 것은 꿈에도 생각지 못한 일이었다.

그 시각, 충혜왕은 홍성궁에서 기재인을 만나고 있었다.

이곳 곤덕전은 제 1황후의 처소로 타나실리가 살던 곳이었다. 연철이 죽고 난 후, 기재인은 아예 이곳에서 기거하며 정실황후 노릇을 하고 있었다. 충숙왕은 자신의 후임으로 충혜왕을 지목하고는 끝내 붕어하고 말았다. 이제 충혜왕은 곧 고려로 돌아가 공석인 국왕 자리를 이어받아야만 했다.

충혜왕이 간절히 청했다.

"부디, 제 1황후 책봉을 고사하시오."

기재인에게 원나라 정실황후 자리를 내치라는 말이었으니 참으로 뜻밖이었다.

그녀가 차분히 물었다.

"연유를 여쭈어도 되겠습니까."

그러자 충혜왕은 담담히 생각을 밝혔다.

"백안은 내가 원나라 황제와 황족들을 다 죽이려고 했다는 사실을 눈치채고 있소. 백안을 중심으로 한 골수 옹기라트 출신들이 벌써 그대를 견제하며 제 1황후 책봉을 반대하고 나섰소. 게다가 황태후까지 동조하며 백안의 의견에 힘을 실어 주고 있는 형국이오. 백안이 들고나온 명분은 다름 아닌 법령이오."

대원제국의 정실황후는 대대로 몽골의 옹기라트 가문에서만 배출할 수 있다는 것이 불문율이었다. 물론 기재인의 의지가 확고하다면 황제를 설득해서 얼마든지 제 1황후가 될 수는 있었다. 그러나 그 자리에 앉는다면 백안을 비롯한 골수 몽골 우월주의자들의 집중포화를 받을 것이 분명했다. 차라리 소낙비를 피할 수 있는 자리를 차지하고 조용히 힘을 기르는 편이 현명할지도 몰랐다. 충혜왕의 말속에는 기재인에 대한 걱정과 진심이 담겨 있었다.

기재인은 충혜왕의 말을 곱씹어 보았다.

'어차피 제 1황후가 되지 못한다고 해도, 이제 액정궁 안에서 나를 능가할 여인은 없을 것이다.'

연철의 비자금으로 채운 자정원을 손에 쥐고 있는 그녀였다. 게다가 신료들 중에서 많은 수가 기재인을 따르고 있었다. 또한 황제가 자신의 치마폭에 있으니 정실황후가 아닌들 천하에 두렵거나 부러울 것이 없었다.

기재인은 충혜왕의 진언에 진심으로 고마움을 표했다. 연철을 몰아내는 데 함께 힘을 보태며 어느덧 두 사람 사이에는 전에 없던 깊은 신뢰가 싹트기 시작했다.

논공행상공적의 크고 작음을 논의해 그에 맞는 상을 줌을 앞두고 황궁 안은 부쩍 어수선했다. 백안과 황태후는 기재인의 제 1황후 등극을 막기 위해 황제를 압박하는 한편 옹기라트 출신 대신들에게 상소를 올리게 하여 분위기를 주도했다. 기재인을 추종하는 세력들 또한 연일 상소를 올리며 반대파들과 맞섰다.

기재인은 백안이 앞장서서 반대하고 있는 연유를 누구보다 잘 알고 있었다. 그는 연철보다도 그릇이 큰 자라고 생각했다. 강철 심장을 지녀 두려움을 몰랐고 뱀의 지혜를 가져 다른 이들의 말을 경청할 줄 알았다. 여우를 밀어내니 호랑이가 산에 들어온 격이었다. 기재인은 백안이 언젠가 자신을 압박할 세력으로 등장할 것은 예상했지만 이토록 빨리 움직일 줄은 몰랐다.

백안 옆에는 탈탈이 있었다. 탈탈은 뛰어난 지략은 물론 포용력 있는 인품을 지닌 자였다. 백안에게 부족한 것을 탈탈이 가졌으니 두 사람의 결합은 기재인도 두려워할 만큼 환상적인 것이었다. 그녀는 앞으로 만만치 않은 싸움이 전개되리라는 것을 직감적으로 느끼고 있었다.

대명전 안에서는 한창 논공행상이 벌어지고 있었다. 한족 출신 대신인 단보를 필두로 한 기재인 추종 세력과 옹기라트 출신의 대신 합마를 필두로 한 반대파들이 눈빛을 교환하며 무거운 분위기를 내뿜었다. 기재인의 황후 책봉 문제가 거론되자 찬성파와 반대파들 사이에 고성이 오갔다.

그때, 기재인이 나서며 소란을 잠재웠다.

"대원제국의 앞날을 위해서 제 1황후는 신첩이 아니라 옹기라트 가문에서 내셔야 할 것입니다."

참으로 뜻밖의 발언이었다. 이어지는 기재인의 얘기는 더욱 놀라웠다.

"백안을 태사우승상에 앉히고 정실황후로 그의 조카인 백안홀도를 책봉하세요."

대명전 안에 무거운 침묵이 흘렀다. 반대파도 찬성파도 얼떨떨한 모습이었다. 하지만 그것도 잠시, 이내 반대파들은 쌍수를 들며 찬성을 했고, 찬성파들은 결사반대를 하고 나섰다.

이에 기재인은 자신의 뜻을 분명히 했다.

"대원제국의 국운을 상승시키기 위해서는 무엇보다도 국론을 모으고 분열을 막는 일이 시급합니다. 원나라와 황상폐하를 위해서라면 저는 얼마든지 공명심을 버릴 각오가 되어 있습니다."

마침내 황제가 기재인의 뜻을 받아들였다. 그러자 반대파와 찬성파 할 것 없이 조당의 신료들이 모두 그녀의 결단을 칭송하며 환영했다. 졸지에 대원제국의 태사우승상에 임명되고 새 황후의 숙부가 된 백안은 입을 다물지 못했다. 내막이야 어찌되었든 연철 일가를 물리친 공으로 백안이 받을 수 있는 포상 중에서 그보다 큰 상은 없었다.

탈탈은 눈빛을 번뜩이며 기재인을 노려보고 있었다. 역시 기재인은 자신이 생각했던 것 이상으로 대단하고 위험천만한 인물이라 여기고 있었다. 기재인이 제1황후가 된다면 백안과 옹기라트 대신들은 확실한 적을 앞에 두고 대동단결할 것이었다. 탈탈은 내심 그것을 바라고 있었다.

탈탈이 보기에도 충혜왕은 분명 그날 황궁 안에서 마지막 대반정을 꿈꾸고 있었다. 기재인이 이를 모르지 않았을 터, 만에 하나 묵인을 했다면 그녀는 원의 황후를 가장한 고려의 여인임이 틀림없다는 것이 탈탈의 생각이었다. 연철을 물리친 고려의 무서운 저력을 직접 확인한 탈탈로서는 기재인이 대원제국을 위해서 반드시 축출해야 할 요망한 계집 그 이상도 이하도 아니었다. 그런 기재인이 스스로 제1황후 자리를 물리치며 백안에게 모든 공을 양보했으니 모든 위험으로부터 빠져나간 셈이었다. 또한 이 일로 황제와 신료들의 기재인에 대한 신뢰는 더욱 두터워질 것이니 탈탈은 백안처럼 마냥 좋아만 하고 있을 수 없었다.

충혜왕 차례가 되었다. 기재인은 충혜왕의 공적을 일일이 열거하며 고려의 국왕으로 복귀시킬 것을 주청했다.

그때 말을 아끼고 있던 탈탈이 나서며 조건을 내걸었다.

"관례에 따라 덕령공주와 혼인을 한 후에 떠나야 할 것입니다."

고려가 원나라의 부마국임을 확실하게 못 박아 두려는 속셈이었다.

충혜왕의 시선이 기재인에게 닿자 그녀가 살며시 고개를 끄덕였다.

'하루라도 빨리 국왕의 자리가 비어 있는 고려로 돌아가셔야 합니다…'

충혜왕이 질끈 눈을 감았다. 그도 알고 있었다. 힘을 기르기 위해 자신과 기재인이 고려와 원나라에서 각자 해내야 할 일이 있다는 사실을. 그가 감았던 눈을 떴다. 그리고 마침내 혼인을 받아들였다.

순제는 기재인과 충혜왕 사이에 오가는 미묘한 시선을 놓치지 않았다. 순제의 머릿속은 복잡하기만 했다. 두 사람 사이에 오고 갔을 연모의 정이 그의 가슴을 후벼 파고 있었다. 깊이를 가늠조차 할 수 없는 마음속 어딘가에서 두 사람을 향한 질투가 끓어올랐다.

그날 밤, 백안과 탈탈이 은밀히 황제의 거소를 찾았다.

탈탈이 조용히 입을 열었다.

"고려의 국왕으로 인정한다는 옥새와 조서를 차후에 내리심이 가할 듯합니다."

탈탈은 도발적인데다가 강력한 힘까지 겸비한 충혜왕에

게 고려를 맡기는 것이 아무래도 위험하다고 느꼈다. 국왕 임명을 미룬다면 충혜왕은 고려로 돌아가도 아무것도 할 수 없을 것이었다. 그러는 사이 약점을 잡아 왕고에게 고려 국왕 자리를 내준다는 것이 탈탈의 계획이었다.

순제는 어서 충혜왕이 떠나 주기만을 학수고대하고 있었다. 연철을 몰아내고 천하를 거머쥐며 진정한 황제로 거듭났지만 가장 갖고 싶은 한 가지를 아직 얻지 못했기 때문이었다. 바로 기재인의 마음이었다. 순제는 그녀로부터 진정한 사랑을 얻어 내려면 눈앞에서 충혜왕이 사라져야 한다고 생각했다.

국왕 임명을 미루어 충혜왕을 권좌에서 끌어내리려는 탈탈의 전략은 참으로 탁월했다. 그러나 숙소로 돌아온 백안의 표정에는 왠지 불만이 가득했다.

그의 뒤를 따라 들어온 왕고가 조심스럽게 물었다.

"어디가 편찮으십니까."

"편할 리가 있는가."

"이리 좋은 날에 어찌 그러십니까."

"복잡해, 복잡해. 저 녀석은 늘 너무 복잡하단 말이야."

"혹시 탈탈을 두고 하시는 말씀입니까?"

"그럼 누구겠는가. 왜 항상 일을 그리 복잡하게 만드는지 도무지 알 수가 없어. 고려로 돌아가는 길에 충혜왕을 죽여 없애면 간단할 일을 말이네."

왕고의 입가에 회심의 미소가 번졌다.

"탁월한 결단력이십니다. 이 원나라에는 승상을 따라갈 자가 없사옵니다."

백안은 듣는지 마는지 이를 바득바득 갈았다.

"감히 황궁을 불태워 대원제국을 해체하려 들다니…. 나는 도저히 그자를 살려 둘 수가 없네."

백안이 이글거리는 눈으로 왕고를 쳐다보며 말을 이었다.

"탈탈이 알면 산통이 깨질 터…."

"이 사실은 무덤에 가서도 비밀에 부칠 것이옵니다. 염려 마시옵소서."

왕고가 짐짓 심각하게 고개를 끄덕였다. 공을 논하고 상을 행하는 자리는 그렇게 또 다른 음모를 낳고 있었다.

그러는 사이, 마침내 기재인은 백안홀도에 이어 대원제국 제 2황후의 자리에 올랐다. 공녀로 끌려온 그녀가 기황후로 다시 태어난 것이었다.

정실황후를 새로 맞이하는데다가 같은 날 충혜왕과 덕령공주의 결혼식까지 치르게 되어 황궁 안은 더욱 분주했다.

기황후는 종일 태자궁에서 어린 엔티무르, 곧 천둥을 안고 있었다. 황후였던 타나실리가 죽은 후, 천둥은 황태후가 맡아 키우고 있었다. 그러나 기황후 또한 틈나는 대로 태자궁에 들러 아기를 안곤 했다. 그것은 어쩔 수 없는 모성이었다. 자신의 친아들을 품에 안고도 어미의 정을 온전히 표현할 수 없었으니 참으로 기구한 운명이었다.

더군다나 오늘 밤, 아기의 친부가 새로운 결혼식을 올릴 것이었다. 기황후는 충혜왕이 고려로 떠나기 전에 아기의 존재를 알리고 싶었다. 단 한 번만이라도 아들을 아버지의 품에 안겨 주고 싶었다. 하지만 그것은 그녀의 욕심일 뿐이었다. 천둥이가 온전한 고려의 핏줄임이 알려진다면 기황후는 물론 충혜왕과 원나라에 와 있는 고려 유민들 전체가 몰살당할 수도 있었다. 아기가 커 갈수록 모성은 더욱 짙어 갔다. 하지만 내색할 수 없는 아쉬움에 기황후는 눈물을 흘렸다. 특히 그 밤은 더욱 그랬다.

황제와의 합방을 앞두고 백안홀도보다도 더욱 마음이 조급한 사람은 백안이었다. 아직 기황후의 몸에서는 아들이 태어나지 않았다. 타나실리의 아들에게는 죽은 역적의 피가 흐르고 있었다. 백안홀도가 황제의 아들만 낳아 준다면 고려 출신 계집에서 나온 자식보다도 황태자 책봉에 유리할 것은 자명했다. 백안은 문무백관들의 주리를 틀어서라도 그렇게 만들 자신이 있었다. 그리만 된다면 원나라는 백안의 것이나 다름없었다.

 백안홀도는 세심한 교육을 받은 연후에 신방에 들어갔다. 그러나 그녀가 아기를 낳을 수 없는 몸이라는 것을 아는 사람은 많지 않았다. 기황후가 제 1황후로 백안홀도를 추천한 것은 바로 그러한 이유 때문이었다. 여자들만 알 수 있고, 내방 깊숙한 곳에서만 나돌 수 있는 소문이었다. 고려 출신 첩실들을 규합한 기황후의 내방 정책이 힘을 발하는 시점이 바로 이런 정보력이었다. 황궁 안에서는 기황후와 백안홀도, 그리고 태의만이 알고 있었다. 황후로 간택을 받은 백안홀도는 차마 그 사실을 입에 담을 수가 없었다.

 백안홀도가 신방에 들어갔을 때 이미 순제는 거나하게 취해 있었다. 어쩔 수 없이 백안홀도를 정실황후로 들였지만 그는 성에 차지 않았다. 오히려 순제 자신이 얼마나 마음속 깊이 기황후를 사랑하는지 확인한 셈이 되어 버렸다.

 순제는 타나실리를 회상하며 그녀를 입에 담았다.

 "타나실리 그 사람, 새로운 후궁이라도 들이는 날이면 수단과 방법을 가리지 않고 초야를 방해했지. 심지어 죽어 나간 후궁들도 있었으니 그 시기 질투를 막을 수 있는 사람은 천하에 아무도 없었소."

 오늘 밤, 순제는 기황후가 그리해 주기를 간절히 바라고 있었다. 당장 신방 문을 걷어차고 들어와 그를 데려가 주길 바라고 있었다.

순제가 술잔을 채웠다.

'그녀에게는 정녕 질투가 없는가. 진정 나를 사랑하지 않는 것인가…'

그때 어디선가 아주 작게 거문고 소리가 들려오기 시작했다. 슬픈 고려의 선율이 첩첩이 쌓인 지붕을 타고 바람결에 흘러왔다. 순제가 흐릿한 시선으로 소리가 들려오는 방향을 바라보았다.

거문고를 타는 이는 충혜왕이었다. 덕령공주는 옷고름도 풀지 않은 채 충혜왕의 거문고 소리에 매료되어 있었다. 그러나 아름다운 음률은 그녀를 위한 것이 아니었다. 오직 한 사람, 기황후를 위한 것이었다.

초야권이 행사되던 날 밤, 왕고에게서 기황후를 빼앗아 온 충혜왕은 그녀에게 거문고를 타 주었다. 심신이 지칠 대로 지친 기황후에게 충혜왕이 해 줄 수 있는 유일한 위안이었다. 그녀는 그 소리를 들으며 잠이 들었고, 자면서도 눈물을 흘렸다.

충혜왕은 원치 않는 결혼의 슬픈 심사를 그렇게 거문고 선율로 기황후에게 고백하고 있었던 것이다.

태액지의 다리 위에서 기황후는 충혜왕의 거문고 소리를

듣고 있었다. 어느덧 거문고 소리가 잦아든 태액지에는 달빛만 형형했다. 그만 발걸음을 옮기려는 순간 누군가 그녀에게 다가왔다. 충혜왕이었다.

"이것이 운명이라면 받아들이겠소. 그러나 그 어떤 숙명도 내 마음속에서 그대를 지워 내진 못할 것이오."

충혜왕이 거침없이 말을 이어 갔다.

"그대는 여전히 나의 정인이오…."

기황후는 대답 대신 충혜왕을 노려봤다. 그러자 충혜왕은 어느덧 예전의 그 서슬 퍼런 국왕으로 되돌아가 있었다. 필요하면 무엇이든 취했고 마음에 안 들면 누구라도 내쳤던 그였다. 기황후는 그 모습이 아프면서도 내심 위안이 됐다.

"이번에 그대가 진심을 말해 보시오."

기황후는 하마터면 천둥을 입에 담을 뻔했다. 그러나 이내 눈물이 고여 왔다. 그 눈물을 급히 수습하려는 순간 충혜왕이 기황후를 와락 끌어안았다. 기황후는 크게 당황하며 그를 밀어내려 애썼다. 하지만 그녀는 온몸에 힘이 풀려 충혜왕의 품에 몸을 맡겼다. 기황후의 진심이었다. 적어도 그 밤 태액지에서는 말이다.

기황후는 충혜왕에게 서신 한 통을 건네고 그 자리를 빠져나갔다. 고국으로 돌아가서 충혜왕이 고려를 위해서 해야 할 일을 적어 둔 서신이었다.

처소로 돌아온 기황후는 크게 놀랐다. 신방에 있어야 할 순제가 그곳에 와 있었던 것이다. 그는 취해 있었고 진노했다.

"고려 왕, 그놈이 거문고로 널 꼬드기더냐!"

기황후는 핏기가 가실 만큼 놀랐다. 순제가 의심하고 있을 줄은 몰랐다.

"오늘 밤, 그놈을 내 손으로 죽이리라! 그자의 시체를 토막 내 사냥개의 먹이로 던져 주리라!"

순제가 방 안의 물건들을 집어던지기 시작했다.

"순용아, 순용아! 칼을 가져오너라, 어서 칼을!"

기황후가 순제를 막아서며 조용히 아뢰었다.

"잊으셨습니까? 신첩의 태중에 폐하의 자식이 자라고 있습니다."

그 한마디가 순제의 마음을 가라앉혔다. 어느덧 기황후의 배는 눈에 띄게 불러 있었다. 순제가 조심스럽게 기황후의 배를 어루만지며 그녀의 품에 얼굴을 묻었다.

마침내 충혜왕은 고려로 돌아가게 되었다. 덕령공주와 왕고가 고려행에 함께했다. 계획대로라면 충혜왕 일행이 도성을 나가는 즉시 백안의 습격을 받게 될 것이었다. 충혜왕만 죽이면 고려의 대권을 자신이 이어받을 수가 있었으니 왕고는 좀처럼 초조함을 감출 수가 없었다.

 뒤늦게 백안이 충혜왕을 죽이기 위해 출정했음을 안 탈탈은 크게 탄식했다. 충혜왕이 원나라에 위협적인 존재인 것만은 분명했다. 하지만 절대 섣부르게 죽여서는 안 될 인물이라고 생각했다. 그 이유는 기황후 때문이었다. 충혜왕을 죽인 사실을 알게 된다면 기황후는 자신의 모든 정치력을 동원해 백안과 맞설 것이었다. 이제 막 태사우승상에 오른 백안에게 기황후는 버거운 상대라고 여겼다. 탈탈은 자신과 상의 한마디 없이 긁어 부스럼을 만든 백안이 원망스러웠다.

 그러나 도성 밖에서 충혜왕을 기다린 것은 백안의 군사들이 아니었다. 충혜왕이 도성수비대장을 하면서 길러 낸 파천을 필두로 한 일천의 고려 출신 별초대 군사들이었다. 연철의 정변이 끝나자마자 충혜왕은 즉시 별초대를 해산시켰다. 마지막 반정을 시도하려 했다는 백안의 의심에서 벗어나기 위함이었다. 하지만 고려로 돌아가는 길에 다시 만날 약조를 해 둔 터였다. 충혜왕은 그들을 모두 다 데리고 고려로 돌아갈 생각이었다.

 뜻하지 않은 변수에 왕고는 당황했다. 원나라 황실에서 알면 경을 칠 일이라며 당장 군사들을 해산하라고 권고해 봤지만 허사였다. 충혜왕의 의지는 단호했다.

 그때, 한 무리의 군사들이 충혜왕 일행을 막아섰다. 백안의 군사들이었다. 이러한 상황을 어느 정도 짐작했던 백안이었다. 하지만 많아야 고작 수십 명에 불과할 것이라 생각하고 오백의 군사들만 이끌고 온 터였다. 백안은 일천의 군사들 앞에서 크게 당황했다.

"예까지 어인 걸음이십니까."

충혜왕은 백안이 쫓아온 연유를 알면서도 짐짓 모르는 척 물었다.

백안이 엄포를 놓았다.

"천 명이나 되는 원나라 군사들을 데리고 고려로 갈 수는 없소."

"그러나 이들은 그날 정변 이후, 모두 군복을 벗은 자들이오. 원나라의 녹봉을 받지 않으니 더 이상 원나라 군사가 아니지 않소."

"군복을 벗었어도 원나라 백성이오. 감히 백성들을 빼앗아 갈 수는 없소."

백안은 물러서지 않았다.

이에 충혜왕은 노기를 띠며 말했다.

"그러면 그대들은 어찌하여 고려 백성들을 제멋대로 끌고 갔는가? 저들은 고려의 피가 흐르는 고려의 백성이다. 나는 빼앗는 것이 아니라 되찾아 갈 뿐이다!"

조공을 바치는 부마국의 입장에선 절대 입에 담을 수 없는 발언이었다.

　백안은 화가 머리끝까지 뻗쳐 칼자루에 손을 댔다.

　"오호라, 이제야 네놈들이 검은 본심을 드러내는구나! 네놈들을 다 죽여 없애리라!"

　그러나 백안의 칼보다도 충혜왕의 칼이 한발 앞섰다. 그 순간, 일천의 별초대가 일제히 백안의 군사들을 향해 화살을 겨누었다. 참으로 일사불란했다. 백안은 반쯤 뽑았던 칼을 다시 꽂아야 했다.

　"돌아가서 황상 폐하께 전하시오. 역도들을 제압하여 황실을 보존하고 사직을 지킨 공으로 이 정도의 포상은 과분치 않을 것이니."

　충혜왕은 결국 일천의 별초대를 데리고 고려로 떠났다. 백안으로서는 당장 어찌할 도리가 없었다. 달라도 너무 달라진 모습이었다. 아니, 충혜왕 본래의 모습이 저리도 호방하고 거만했다는 것을 백안은 떠올렸다. 폐위되어 원나라로 와서 단지 본모습을 감추고 있었던 것이라 짐작했다.

　백안은 이를 득득 갈며 황궁으로 돌아왔다. 당장 황제에게 그 사실을 알리고 일벌백계_{다른 이에게 경각심을 불러일으키기 위하여 한 사람에게 엄한 처벌을 하는 것}로 다스려야 했다.

　　순제는 흥성궁에 있었다. 기황후가 출산을 얼마 남겨 두지 않고부터는 아예 흥성궁 밖을 나오려 하질 않았다. 백안이 급히 찾는다는 환관의 다급한 보고에 황제의 집무실에 나선 사람은 순제가 아닌 기황후였다.

"군사들을 이끌고 고려 왕의 뒤를 쫓으셨다고요?"

말문이 막힌 백안을 향해 기황후의 목소리가 더욱 날카롭게 파고들었다.

"배웅을 간 것이 아니라면, 혹시 고려 왕의 목숨을 거두러 간 것이 아닙니까?"

더 이상 당하고만 있을 백안이 아니었다. 그가 당당히 말했다.

"충혜왕이 일천의 고려 유민들을 데리고 나갔습니다. 이는 분명 황상 폐하의 백성을 갈취한 도발임이 역력합니다!"

"그 일천의 백성들, 제가 주었습니다. 황상 폐하께 절 벌하라고 말씀하세요!"

기황후는 곧 황자를 낳을 몸이었다. 그녀는 자신이 웅크릴 때와 나설 때를 정확히 알고 있었다. 더 이상 할 말을 찾지 못하고 물러서는 백안 앞에 탈탈이 나타났다. 한마디 상의조차 없이 독자적으로 행동한 백안에 대한 불만이 서려 있었다. 이제 백안의 방식이 막혔으니 탈탈의 방식에 따라야 했다. 두 사람은 국왕을 인정하는 교사를 미루는 사이 고려 내의 부원배고려 시대에 원나라의 힘을 등에 업어 출세를 한 권문세족 세력이 충혜왕을 몰아내기만을 바랐다. 백안과 탈탈은 다시 한 번 기황후의 위력을 실감해야만 했다. 그녀가 이대로 아들을 낳는다면 무소불위_{하지 못하는 일이 없음}의 권력을 행사할 것이 틀림없다고 생각했다.

충혜왕의 귀환

 고려의 조정은 충숙왕의 아내인 경화공주와 부원배들이 장악하고 있었다. 이미 백안으로부터 사주를 받은 그들은 충혜왕을 몰아낼 궁리에 분주했다. 어차피 원나라의 임명장이 없으니 국새를 내줄 수 없었다. 돌아와 봤자 왕이 될 수 없다는 뜻이었다. 충혜왕의 입궁을 앞두고 그들은 기세등등했다.

 그러나 왕궁에 입궁한 사람은 왕고와 덕령공주 일행뿐이었다. 충혜왕은 개경을 목전에 두고 애써 데려온 별초대를 해산시키더니 호위무사 파천과 환관 방신우만 데리고 홀연히 사라졌다. 충혜왕을 찾기 위해 한바탕 소란을 피웠지만 그의 행적을 알 길이 없었다. 경화공주와 부원배들로서는 참으로 불경스럽고 괴상하기 짝이 없는 상황이었다.

충혜왕은 개경의 색주가에 있었다. 평복으로 갈아입고 방신우만을 대동한 충혜왕을 알아보는 사람은 아무도 없었다. 호위무사 파천은 오늘도 어김없이 그늘 속에 숨어 충혜왕을 따랐다. 개경 최고의 기생집인 홍월관에 범상치 않은 자들이 모여서 술을 마시고 있었다. 그들은 당시의 저잣거리와 뒷골목을 휘어잡고 있는 왈패 두목들이었다. 악소배惡小輩라 불렸던 이들은 악惡한 소인배小人輩들로 고려에서 왕성하게 활동하던 깡패 집단이었다.

충혜왕이 악소배들의 연회 장소에 거침없이 들어섰다.

그가 당당하게 말했다.

"거 나도 술 한 잔 주시게."

충혜왕의 범상치 않은 기세가 싫지 않은 듯 악소배 두령우두머리 중 한 명이 술잔을 내밀었다. 호방한 성격으로 그들과 어울리게 된 충혜왕은 스스럼없이 술잔을 주거니 받거니 하면서 거나하게 취했다. 그러다가 일이 터졌다. 술에 취한 두령 중에 한 명이 호기를 이기지 못하고 나선 것이었다.

두령이 술 한 바가지를 단숨에 들이키더니 물었다.

"어이 그쪽, 이제 그만 마시고 정체를 밝히시지."

그러자 충혜왕이 아무렇지도 않은 듯 대답했다.

"나 말인가? 이 몸은 대 고려의 국왕일세."

사방에서 한바탕 웃음이 터져 나왔다. 하지만 두령은 그가 자신을 무시한 것 같아 화가 났다. 두령은 손에 꼭 쥐고 있던 술 바가지를 내동댕이쳤다. 그러고는 충혜왕을 향해 주먹을 휘두르며 달려들었다. 하지만 충혜왕은 그자를 단숨에 때려눕혔다.

순간, 연회장에 냉기가 흘렀다. 악소배들 입장에서는 출신도 모르는 놈이 감히 두령을 때려눕혔으니 조직의 불문율에 따라 피로 응징해야 했다. 순식간에 큰 싸움이 벌어졌다. 충혜왕의 주먹에 너덧 놈이 나자빠지자 이번에는 아예 환도까지 뽑아 들며 찔러 죽일 기세였다. 그때, 파천을 필두로 별초대의 군사들이 뛰어들면서 단번에 싸움은 평정되었다.

악소배 두령들은 몽둥이로 죽지 않을 만큼 얻어맞고는 모두 결박된 채 홍월관 마당에 끌려 나왔다. 어느새 홍월관은 일천의 별초대가 장악하고 있었다. 마당에서 술을 마시던 악소배 졸개들까지도 모두 잡혀 나와 있었다. 취기 어린 모습으로 충혜왕이 그들 앞에 나서자 두령 중 한 명이 다그쳤다.

"이쯤 하고 조직 이름을 밝히시게."

일천의 무리까지 지니고 있으면서 지금껏 악소배들 사이에 이름 석 자 알려지지 않았으니 악소배들로서는 참으로 별스런 일이었다. 그러나 충혜왕의 말대로 그가 고려 국왕임을 믿는 자는 아무도 없었다.

충혜왕이 대답 대신 목청을 높여 그들의 죄를 일일이 열거하기 시작했다.

"너희 죄를 너희가 알렷다. 나라의 법령을 무시하고 함부로 양민을 괴롭힌 죄, 힘 있는 대가들에게 기생하여 권력에 아부하고, 부당한 방법으로 탐관오리들의 재산을 불린 죄, 나라가 이 지경인데 혈기방장한 힘을 고려를 위해 쓰지 않은 죄…."

일목요연하게 폐단을 밝히자 악소배들은 어리둥절했다. 암행을 나온 감찰부 관리라고 생각한 악소배 중 한 명이 부원배 중의 유력자 이름을 대며 넌지시 겁을 줬다. 그러자 이에 분개한 충혜왕이 옆에 섰던 파천의 칼을 뽑아 들었다.

"네 이놈, 국왕을 능멸한 죄로 당장 네놈의 목을 베리라."

그 광기가 심상치 않자 다른 두령이 나섰다.

"국왕을 능멸한 죄라면 납득할 수 없으니 차라리 다른 이유를 대고 죽이시게. 죽더라도 이유는 알고 가야 하지 않겠소."

그들로서는 도저히 믿기지 않는 것이 당연했다.

충혜왕이 한바탕 웃음을 터뜨렸다.

"그래. 저잣거리에 나왔으니 거리의 법을 따르는 게 도리겠지. 어떠하냐. 나를 너희들의 최고 두령으로 삼아 주겠느냐?"

이미 악소배들은 충혜왕 앞에 무릎을 꿇고 있었다. 거리의 법에 따라 이미 승패가 난 것이었고 따라서 서열도 결정된 셈이었다.

악소배들이 한목소리로 맹세했다.

"저희 목숨 다하는 날까지, 제일 큰형님으로 모시겠습니다."

마침내 악소배들이 결박에서 풀려났다. 그러고는 언제 소동이 있었냐는 듯 또다시 연회가 벌어졌다. 충혜왕은 상석에 앉아 마음껏 술을 마셨다. 오랜 기다림 끝에 다시 밟은 고려 땅에서 벌어지는 그만의 특별한 환영회였다.

다음 날 아침, 기생들에게 묻혀 잠이 든 충혜왕을 누군가 조심스럽게 깨웠다. 방신우였다. 그가 충혜왕에게 은밀히 보석함을 내밀었다. 충혜왕이 함을 가만히 열었다. 그 안에 들어있는 것은 큼지막한 국새였다. 경화공주와 부원배들은 충혜왕을 부정하고 국새를 내놓지 않을 것이 불을 보듯 뻔했다. 그래서 아예 저자에서 가장 솜씨 좋은 장인에게 부탁해 새로 파 오는 길이었다. 충혜왕은 개경의 거리를 장악한 데다가 일천의 별초대가 있었다. 그리고 국새까지 손에 쥐었으니 충혜왕으로선 모든 준비가 끝난 셈이었다. 이제 왕궁으로 들어갈 일만 남아 있었다.

 충혜왕이 무장한 일천의 별초대와 수백의 악소배 무리들을 이끌고 입궁을 하자 조정은 한바탕 소란에 휩싸였다. 어느새 그럴듯한 복장까지 갖춰 입은 별초대는 자못 근위병처럼 삼엄하고 늠름했다. 충혜왕은 언제 폐위가 되었냐는 듯 당당히 들어섰다. 그 위용이 개선장군 못지않았다. 누구보다 놀란 자들은 악소배들이었다. 큰형님으로 모시는 이가 정말 고려의 국왕이었으니 그 놀라움에 턱이 빠질 지경이었다. 충혜왕은 입궁하자마자 거나하게 술상을 차려 악소배들에게 먹였다.
 경화공주와 부원배들은 왕궁을 능멸했다며 크게 분개했다. 국왕으로서의 자질이 부족함을 만천하에 고한 것과 다름없으니 아예 조당에 들기 전에 귀양을 보내 내쫓아야 한다고 성토했다. 그때, 대전 안으로 충혜왕이 들어섰다. 악소배들과 주색에 빠져 있을 줄로만 알았던 그들로서는 뜻밖이었다.
 충혜왕이 용상에 앉아 있는 경화공주와 왕고를 향해 노기를 뿜어내며 호통을 쳤다.
 "당장 내려오지 못하시겠소!"
 이에 경화공주도 지지 않고 맞섰다.
 "아직 대원제국의 황상 폐하께서는 그대를 고려의 국왕으로 임명한다는 교서를 내리지 않으셨소."

"대체 누가 감히 고려의 국왕을 정한단 말이오! 고려의 국왕은 고려가 정하오. 짐이 바로 고려의 국왕이오!"

장내가 술렁거렸다. 오직 천하에 원나라 황제만이 스스로를 짐이라고 칭할 수 있었다. 충혜왕이 자신을 가리켜 짐이라 칭했으니 이는 원나라에 대한 모독과도 같았다.

부원배들이 이때를 놓치지 않고 고성을 질러 댔다.

"당장 저자를 끌어내라!"

그 순간 무장한 군사들이 몰려들었다. 순식간에 대전 안을 장악한 그들은 놀랍게도 별초대 군사들이었다. 충혜왕이 어느새 별초대로 대전 안팎을 장악하고 있었던 것이었다. 제일 앞에 섰던 파천이 충혜왕에게 칼을 건넸다. 그 칼을 받아 든 충혜왕이 성큼성큼 용상으로 다가갔다. 그리고 살기 띤 눈빛으로 나지막이 말했다.

"마지막으로 말하겠소. 그 자리에서 당장 내려오시오."

그의 위용에 압도당한 왕고와 경화공주가 슬그머니 용상에서 일어서고 말았다.

마침내 상석에 앉은 충혜왕이 광기 어린 눈빛으로 대신들을 둘러봤다.

"오랜만이구려. 짐을 폐위시켜 놓고 참으로 잘들 살고 계셨구려."

별초대의 시퍼런 칼날들 틈에서 부원배들은 사시나무 떨듯이 떨고 있었다.

충혜왕이 두루마리를 펼쳐 들고 그 안에 적힌 이름들을 호명하자 부원배들이 한 명 한 명 앞으로 끌려 나왔다.

"그대들은 짐을 폐위시켜야 한다고 주장했던 분들이오. 또한 짐이 없는 동안 원나라의 수탈에 앞장서서 백성들의 고혈을 남김없이 빨아 드셨소이다. 백성들은 더욱더 살기 어려워졌거늘 어찌해서 그대들의 육신은 살이 찌고 옷은 그리도 화려해졌소이까? 하여 짐은 그대들의 가산을 모조리 압수하고, 죄가 위중한 앞의 세 분은 효수형에 처할 것이오!"

벌집을 건드린 듯 대전 안이 들끓었다.

그 틈을 타 경화공주와 왕고가 나서서 항거했다.

"어찌 왕실의 법도와 절차를 무시하고 이리 독단을 행하십니까?"

"법도와 절차라?"

충혜왕이 코웃음을 치며 교서를 펼치자 방신우가 저잣거리에서 판 새로운 국새를 건넸다. 충혜왕이 보란 듯이 교서 위에 국새를 찍었다.

그리고 추상같이 명했다.

"짐의 명을 실행에 옮기라!"

당장 별초대 군사들이 부원배들을 포박했다. 그들은 악을 쓰며 질질 끌려 나갔다. 거명된 세 명의 대신들은 그날 밤 목이 달아났고, 다음 날 악소배들의 손에 의해 저잣거리 한복판에 걸렸다.

 그렇게 충혜왕은 고려로 돌아오자마자 궁을 장악했다. 참으로 거침없고 당찬 행보였다. 그 모든 것이 원나라에 기황후가 있었기에 가능한 일이었음은 말할 나위 없었다.

 충혜왕은 조용히 서찰을 꺼내 다시 읽었다. 원나라를 떠나오기 전, 태액지에서 기황후가 그에게 건넨 서찰이었다. 힘을 기르려면 돈이 있어야 했다. 당시 원나라는 자국의 제조업이 모두 문을 닫은 상태였기에 상당수의 물목들을 주변 국가에서 수입해 사용하고 있었다. 그중 가장 큰 교역 국가가 고려였다. 금과 은뿐만 아니라 인삼과 문피무늬가 있는 동물 가죽, 화문석, 나전, 종이와 지필묵, 향유 등을 수입해 갔다.

 기황후는 고려 내의 무역권을 충혜왕이 장악하길 바랐다. 원나라에 들어오는 고려의 수출품들을 기황후가 직접 관장하여 팔겠다는 것이니 참으로 묘안이 아닐 수 없었다. 고려는 고려대로 제값을 받고 팔 수 있으니 그 자체로 국력이 될 것이었고, 기황후는 막대한 정치자금을 자정원에 확보할 수 있으니 서로가 득이 되는 장사였다.

당시는 밀무역이 성했다. 부원배들을 등에 업은 악소배들이 교역로와 창고 등을 장악하고 불법적인 거래로 사욕을 채우고 있었다. 그 규모와 세력이 너무 큰 탓에 관군의 힘으로는 뿌리를 뽑을 수가 없었다. 오히려 뒷돈을 받고 한통속이 되는 자들이 늘어났다. 충혜왕이 고려로 돌아오자마자 전국의 악소배 두령들과 손을 잡은 연유는 이 때문이었다. 악소배들과 손을 잡았으니 원나라와의 밀무역을 단숨에 거머쥔 것이나 다름없었다. 고려의 자주권을 세우려면 강력한 군대가 필요했다. 그러기 위해선 상당한 자금을 축적해야 했다.

 기황후와의 무역은 고려 개혁의 서막과도 같은 것이었다.

 왕고가 한달음에 원나라로 달려갔다. 충혜왕이 스스로를 짐이라 칭한 뒤 함부로 친원파들을 탄압하고 처형했다는 말에 백안은 입에 거품을 물며 진노했다. 황제의 교서가 없으면 무력할 줄 알았던 충혜왕의 행보에 탈탈은 내심 놀라고 있었다. 백안은 당장 순제의 집무실이 있는 문덕전으로 찾아가 고했다.

 순제는 이를 심각하게 받아들였다. 충혜왕은 대원제국의 황제인 자신을 정면으로 무시한 것이나 다름없다고 생각했다. 당장이라도 원나라로 소환해야 마땅했지만 만삭인 기황후가 걸렸다. 기황후를 진심으로 사랑하고 있는 순제였기에 태중의 아기는 참으로 소중했다. 지금은 어떠한 마찰이나 다툼도 피하고 싶은 것이 솔직한 심정이었다.

  백안은 속으로 분통을 터뜨리며 나와야 했다. 황제의 명령 없이는 충혜왕에게 아무런 제재를 가할 수 없었기 때문이다.

  기황후는 환관들을 통해 문덕전에서 일어난 일을 소상히 보고 받았다. 마침내 충혜왕이 고려에서 행동을 시작했다고 여겼다. 그러나 문제는 백안과 탈탈이었다. 백안은 황제의 명이 없어도 충혜왕을 폐위시키기 위한 음모를 꾸미기 시작할 것이었다. 어떤 수단과 방법을 사용할지 미리 알아내고 대처해야만 했다.

  기황후에게는 고려 출신 첩실들로 조직된 막강한 정보통이 있었다. 그러나 정작 가장 중요한 백안만은 고려 여인을 첩실로 들이지 않았다. 몽골 우월주의 때문이기도 했지만 탈탈의 권고가 결정적이었다. 탈탈은 기황후가 고려 출신 첩실들을 이용해 내방 정책을 펼치고 있음을 눈치채고 있었다. 기황후로선 어떡하든 똘똘한 첩자를 백안에게 심어 놓아야만 했다.

  기황후가 이를 의논하기 위해 박불화와 고용보를 불러들

였다. 그런데 어찌된 일인지 고용보가 보이질 않았다.

"어찌하여 혼자 오셨습니까."

그러고 보니 고용보를 본 지가 한참이었다.

박불화가 잠시 머뭇거리다 입을 열었다.

"그것이… 아뢰옵기 송구스럽습니다만. 그놈이 글쎄 연경 안의 유명한 기생 년에게 빠져 있습니다. 그 계집 때문에 가산까지 탕진하면서도 정신을 못 차리지 뭡니까."

기황후는 크게 놀랐다.

'고용보가 누구던가. 이재_{관리로서 백성을 잘 다스리는 능력}에 밝기로는 천하에 손꼽히는 자가 아닌가.'

그녀는 환관을 그토록 정신 못 차리게 할 정도라면 참으로 대단한 계집임이 틀림없을 것이라 여겼다.

기황후가 박불화에게 명했다.

"당장 자정원의 장부를 살펴보세요."

짐작대로 가산을 탕진한 고용보는 자정원의 돈까지 손을 대고 있었다. 기황후는 당장 고용보와 계집을 잡아들였다. 고용보는 양아버지인 독만에게 끌려가서 죽지 않을 만큼 맞았고 계집은 기황후 앞에 불려 갔다.

기황후는 눈앞에 꿇어앉은 여인을 가만히 바라보았다. 듣던 대로 절세미인이었다. 그런데 왠지 낯이 익었다.

'아, 그러고 보니…'

기황후는 그녀의 얼굴을 단번에 기억했다. 현빈 박씨 사건 때 황궁을 도망쳐 나와 떠돌던 기황후는 유곽이 즐비한 골목에서 쓰러졌었다. 그때 기황후를 구해 준 사람이 바로 그 여인이었다. 이름도 기억하고 있었다.

'여울… 그래 여울이었지.'

그때 여울은 어린 티가 가시지 않은 해맑은 모습이었다. 어느덧 그녀의 눈가에는 요염한 태가 가득했고, 자태에는 매혹이 넘쳐흘렀다.

여울 또한 고려의 공녀 출신이 황후에까지 올랐다는 사실을 들어 알고 있었다. 그러나 기황후가 그때의 그 양이임을 감히 상상조차 못하고 있었다.

기황후가 여울의 죄를 추상같이 물었다.

"네 죄를 알고 있으렷다. 어찌 자정원에 몸담고 있는 고용보를 꾀어 나랏돈을 유용케 했느냐?"

여울은 당당하기만 했다.

"꾀다니, 당치 않으신 말씀입니다. 이년 맹세컨대, 단 한 번도 남정네들에게 먼저 손짓한 적이 없나이다. 나비가 꽃을 찾듯 그들 스스로 다가와 돈을 뿌렸을 뿐입니다. 고용보, 그자도 마찬가지였습니다. 기방에서 몸을 파는 천한 계집이 제 직분에 충실한 것이 어찌 죄가 되옵니까."

여울의 말은 틀린 곳이 없었다.

그러나 이에 물러설 기황후가 아니었다.

"부모가 주신 몸을 함부로 하는 것도 죄악이니라…."

여울은 뭔가에 폐부를 깊이 찔린 듯 숨을 죽이더니 천천히 다시 입을 열었다.

"황후마마께서도 고려 출신이라 들었사옵니다. 이년 또한 그러하옵니다. 고려에서 이 머나먼 나라로 끌려와 온갖 고초를 겪었습니다. 그리고 천신만고 끝에 고향으로 돌아갔었습니다. 그러나 태어난 땅은 이년을 반겨 주지 않았습니다. 유곽에 있었다는 소문이 돌더니 화냥년이라는 꼬리표를 달게 되더군요. 저잣거리에 나서면 여자들과 아이들은 돌을 던졌고 남정네들은 천대하면서도 노골적으로 손을 뻗어 왔습니다. 말단 관직에 있던 아버지는 끝내 노자를 내어 주며 고향을 떠나라고 했고, 어머니는 그날 밤 우물에 몸을 던졌습니다."

여울이 잠시 말을 멈추었다. 복받치는 심사를 달래기 위해서였다.

하지만 다시 입을 연 여울의 눈매는 분노로 번뜩였다.

"이년, 다시 연경의 홍등가로 돌아와야만 했습니다. 유일하게 저를 반기는 곳이었으니까요. 그곳에선 사람들이 제게 돌을 던지는 대신 돈을 던져 주었습니다. 이년, 저를 탐하는 원나라 사내들을 치마폭에 담아 마음껏 농락했습니다. 그것이 세상에 대한 복수라면 복수였고 즐거움이라면 즐거움이었지요."

어느덧 여울은 설움에 받쳐 울먹이고 있었다.

기황후는 주변 사람들을 물리쳤다. 단둘이 남은 자리에서 기황후가 입을 연다.

"고개를 들어라."

영문을 알 리 없는 여울이 눈물을 훔치며 천천히 고개를 들었다.

"나를 알아보겠느냐."

"…."

"혹시 양이라는 이름을 기억하느냐."

"양이…. 양이?"

그제야 여울의 두 눈이 휘둥그레졌다.

기황후가 가만히 미소 지었다.

"그래, 내가 바로 그 양이이니라."

"아니, 아이를 가졌고, 총명하던 그…, 양이가 정말 황후마마…. 마마."

잠시 호들갑을 떨던 여울이 겨우 정신을 차리고 황급히 예를 갖추었다.

기황후가 다가와 따뜻하게 미소 지으며 여울의 손을 잡았다.

"이왕 사내를 농락하려면 저잣거리의 잡새들보다 대붕_{하루에 구만 리를 날아간다는 매우 큰 상상의 새}을 잡는 것이 어떠하냐?"

"그런 사내가 있사옵니까?"

기황후가 고개를 끄덕였다.

"있지. 태사우승상, 백안이니라!"

여울은 크게 놀랐다. 그녀가 원나라 조당의 우두머리 격인 백안을 모를 리 없었다. 백안을 치마폭에 담을 수 있다면 그야말로 봉황을 얻는 격이었다.

기황후가 말을 이었다.

"그러나 실패한다면 목숨을 내놓아야 할 터, 할 수 있겠느냐?"

여울의 고민은 길지 않았다. 기황후를 돕는 일은 곧 고려를 돕는 일이었다. 자신을 버린 나라였지만 그녀의 몸속 깊은 곳에서는 여전히 고려의 피가 뜨겁게 끓어오르고 있었다. 한 개의 돌로 두 마리 새를 잡는다 했듯 여울은 내친김에 자신을 노류장화_{아무나 쉽게 꺾을 수 있는 길가의 버들과 담 밑의 꽃이라는 뜻의 창녀나 기생}로 전락시킨 원나라에 대한 복수를 제대로 해볼 요량이었다.

백안의 생일을 맞이해서 성대한 연회가 벌어지고 있었다.

상석의 백안을 중심으로 옹기라트 출신과 요직을 맡고 있는 신료들이 모두 모였다. 어사대부로 임명된 박불화와 중서참인 고용보도 한 자리씩 차지하고 있었다. 지루한 술자리에 백안이 싫증을 내며 자리를 뜨려고 했다.

그때 박불화가 백안을 만류했다.

"아니, 승상께서 자리를 비우시면 어찌합니까. 제가 제대로 한 번 흥을 돋우겠습니다. 그러니 잠시만 기다려 주십시오."

박불화가 신호를 보내자 한 무리의 무희들이 쏟아져 나왔다. 서역에서 온 여인들이었다. 현란한 춤사위가 끝나는가 싶더니 한 여인이 춤을 추며 들어섰다. 여울이었다. 서역 여자들 틈에서 여울은 단연 돋보였다. 화려한 독무에 남정네들은 순식간에 얼이 빠져 버렸다. 고용보만이 아물지 않은 상처를 어루만지며 씁쓸해 하고 있었다.

여울이 술병을 들고 백안 주변을 돌며 춤을 추었다. 백안이 흡족해 하며 술잔을 드는 순간, 여울이 앉은 곳은 탈탈의 무릎이었다. 백안이 무안하게 술잔을 내려놓는 사이 자신의 술잔에 여울이 술을 따르자 탈탈은 당황했다.

"오늘의 주인공은 내가 아니라 여기 계신 태사우승상이시다. 네 어찌 그것도 모르느냐."

하지만 여울의 대답은 당돌했다.

"연회의 주인공이 누구든, 소녀는 오늘 밤 제 여심을 사로 잡은 분을 모시렵니다…."

순식간에 연회장이 썰렁해졌다.

그러자 박불화가 벌떡 일어나 여울을 나무랐다.

"네 이년, 당장 그 요망한 입을 다물지 못할까!"

"이보게, 그럴 것 없네. 무희의 한마디에 뭘 그리 성을 내는가."

백안이 점잖게 말리며 나섰다.

그가 호기심 어린 눈빛으로 여울에게 물었다.

"무엇이 너의 여심을 사로잡았느냐?"

"이분은 제게 뜨거운 시선을 주셨지만 승상께선 그렇지 않으셨습니다."

그때 탈탈이 정색을 하고 나섰다.

"이 계집을 바치겠나이다. 거두어 주소서."

"그럴 것 없다."

백안은 탈탈의 청을 만류했다. 사실 여울이 탐났던 백안이었다. 그러나 대신들이 모인 연회석상에서 조카의 여자를 빼앗을 수는 없는 노릇이었다. 그날 밤, 탈탈은 여울을 돌려보낸 뒤 조용히 일을 마무리했다.

며칠 후, 백안과 탈탈은 사냥을 나갔다. 멧돼지를 쫓다가 일행과 멀어진 백안이 작은 폭포 앞에 다다랐을 때 무언가가 눈에 들어왔다. 사냥감인 줄 알고 활을 겨누던 백안은 화들짝 놀라고 말았다. 폭포 아래서 한 여인이 목욕을 하고 있었던 것이다. 백안은 천천히 다가갔다. 뒤늦게 인기척을 느낀 여인이 급히 물속으로 몸을 숨겼다. 여울이었다. 그때 숲속에서 일행들의 소리가 들려왔다.

여울이 더욱 당황해 어쩔 줄을 몰라 하자 백안이 그들에게 명했다.

"누구도 나서지 말라."

그러고는 여울을 뚫어지게 봤다.

"부디 시선을 거두어 주십시오. 이년 부끄러워 몸 둘 바를 모르겠나이다."

백안이 진지하게 물었다.

"그날 탈탈의 눈빛이 이것보다도 뜨거웠느냐?"

여울이 대답 대신 입가에 미소를 띠자 백안도 웃음으로 화답하며 돌아섰다.

그러자 여울이 수줍게 청했다.

"그냥 가시면 어쩌십니까? 누가 볼까 두렵습니다. 송구하오나 옷을 좀…."

돌아오는 백안의 말 등에 여울이 함께 타고 있었다. 뒤따라오는 탈탈이 여울에게서 눈을 떼지 못했다. 백안은 탈탈의 시선에 기분이 상했다.

탈탈은 여울을 의심하고 있었다.

'그 산중에서 목욕이라니…'

인근의 암자에 왔다가 몸을 정갈히 하려고 그리했다 했지만 그 말을 다 믿기에는 여울의 태도가 너무도 능수능란하다고 여겼다.

그날 밤 여울은 백안과 합방했다. 그리고 다음 날 여울은 기방을 그만두고 백안의 첩이 되었다. 탈탈은 여전히 여울을 감시하는 눈초리였다. 그것이 백안에게는 한 송이 꽃을 두고 두 마리 나비가 날아든 형국으로 보였다. 그렇다고 계집 문제로 불만을 표출할 수도 없는 노릇이었다.

그때 놀라운 소식이 당도했다. 기황후가 사내 아기를 낳은 것이었다.

기황후는 아이를 품에 안고 있자니 만 가지 생각이 스쳤다. 천둥을 낳았던 날과 떠나보내야 했던 날, 그리고 천둥이 죽은 줄만 알고 하늘이 무너져 내렸던 날이 차례로 떠올랐다. 이후 기황후는 충혜왕의 얼굴을 떠올렸다.

이런 기황후의 마음을 알 리 없는 순제는 그녀의 손을 꼭 잡은 채 감격해 마지않았다.

"고맙소. 고맙소, 황후."

기황후의 출산 소식은 고려에도 전해졌다. 사절단을 통해 축하 선물을 보낸 충혜왕은 저잣거리로 나가 악소배들과 어울려 진탕 술을 마셨다.

밤이 깊어지자 충혜왕은 거문고를 타기 시작했다. 그 옛날 기황후를 위해 탔던 곡이었다. 애잔한 선율에 빠져들던 악소배들은 충혜왕이 한 줄기 눈물을 보이자 크게 당황했다. 강하고 억세기만 한 충혜왕의 가슴 한쪽은 그렇게 기황후에 대한 그리움으로 짓물러 갔다. 하지만 그 상처를 눈치챈 이는 아무도 없었다.

두 명의 아들

 세월이 유수와 같이 흘렀다. 어느덧 여덟 살이 된 기황후의 아들 아유시다라가 궁궐 뜰 안에서 뛰어놀다가 천둥과 부딪혔다. 하지만 십대의 강건한 골격을 갖춘 천둥은 거칠게 아유시다라를 밀어 넘어뜨렸다. 마침 근처를 지나던 기황후와 백안홀도가 그 광경을 보고는 크게 놀라 걸음을 멈추었다. 아유시다라가 울음을 터뜨리며 기황후에게 안기자 백안홀도가 나서며 천둥을 나무랐다.

"동생을 잘 살펴야지, 어찌 그리 거칠게 대하느냐."

"잘 살피지 않은 것은 아유시다라입니다. 소자는 잘못한 것이 없사옵니다."

천둥은 끝내 용서를 빌지 않았다.

기황후가 만류하고 나섰다.

"그만하세요. 이 녀석이 놀라 그런 모양입니다."

백안홀도는 대신 용서를 빌었다.

"내가 태자의 교육을 잘못 시켰습니다. 다시 호되게 나무라겠습니다."

백안홀도가 서둘러 천둥을 데리고 갔다. 한참 동안 기황후는 천둥의 뒷모습에서 눈을 떼지 못했다. 천둥의 눈빛은 어느덧 충혜왕과 닮아 있었다. 기백이 넘쳤고 거만했으며 도발적이었다. 마치 충혜왕이 원나라를 향해 던졌던 그 눈빛으로 천둥은 기황후를 바라보았다. 천둥의 눈빛에는 언제나 기황후에 대한 경멸과 복수심이 가득했다. 친모로 믿고 있는 타나실리를 기황후가 죽였다고 생각하고 있을 터이니 당연했다. 천둥이 커갈수록 기황후의 안타까움은 점차 두려움으로 변해 갔다. 특히 아유시다라와 함께 있을 때에는 동생을 대하는 형의 태도가 늘 불안했다. 아무것도 모르는 아유시다라는 차갑기만 한 형이 그래도 좋다고 쫓아다니고 있었다.

천둥을 처소로 데리고 들어온 백안홀도의 태도가 백팔십도 바뀌었다. 그녀가 천둥을 이리저리 살피며 다정하게 물었다.

"어디 다친 곳은 없느냐."

"예."

"내가 얼마나 일렀더냐. 그리 노골적으로 적개심을 보이면 어찌한단 말이냐."

"송구합니다."

"이제 황태자 책봉이 얼마 남지 않았느니라. 신중, 또 신중해야 한다."

천둥이 고개를 숙였다. 백안홀도가 그 모습을 안타깝게 바라보았다. 그녀도 알고 있었다. 순제의 마음이 기황후의 아들 아유시다라에게 기우는 것은 당연했다. 그러나 황태후와 백안을 중심으로 한 옹기라트 출신의 지지를 받고 있는 천둥을 쉽사리 내치지는 못할 것이었다. 황태자 책봉 문제는 한마디로 기황후와 백안의 싸움이었다. 태자 책봉이 결정될 때까지는 절대 황제에게 흠잡힐 일을 보여서는 안 되었다.

정실황후라고는 하나 백안홀도에게는 허울뿐인 자리였다. 황제의 사랑을 비롯해서 모든 권력을 기황후가 독차지하고 있었기 때문이다. 아기를 낳을 수 없는 그녀는 일찍부터 천둥을 맡아 키웠다. 겉으로는 기황후를 따르며 내방의 화평에 최선을 다하는 어진 황후의 모습을 하고 있었지만 속으로는 칼을 갈고 있었다. 천둥을 키우면서 친모인 타나실리가 기황후와 고려의 충혜왕에게 죽임을 당했음을 끊임없이 세뇌시켰다. 당연히 천둥은 자신의 친부모인 기황후와 충혜왕을 철천지원수로 알고 자랐다. 참으로 얄궂은 운명이 아닐 수 없었다.

천둥은 참으로 영특한 아이였다. 복수를 하려면 적을 알아야 한다는 생각으로 기황후의 모든 것을 알아내려고 노력했다. 특히 주목한 부분은 충혜왕과 얽혀 있는 비밀스러운 관계였다. 고려의 무역권을 장악한 충혜왕은 수백 개에 달하는 물류 창고를 확보하고 벽란도를 통해 원나라에 수출했다. 그 물목들을 기황후가 사들여 원나라 각지는 물론 멀리 대식국아라비아과 서역까지 내다 팔았다. 이후 자금들은 기황후가 관장하는 자정원에 쌓였고, 교역을 직접적으로 담당하는 고려촌은 원나라에서 가장 부유한 마을이 되어 있었다. 엄청난 재력을 거머쥔 충혜왕은 수시로 원나라 대신들에게 뇌물을 써 대며 자신의 입지를 다졌다. 아직까지 원나라 황제의 정식 임명 동의가 없는 상태에서 고려 국왕으로서의 입지를 다진 것도 모두 돈의 힘이었다.

천둥이 순제를 찾아갔다. 황제의 무릎에는 아유시다라가 앉아 있었다.

순제가 천둥을 반가이 맞았다.

"어서 오너라. 마침 네 동생도 와 있었단다. 하하하."

아유시다라도 천둥을 향해 해맑게 웃었다.

하지만 천둥은 이를 무시한 채 말했다.

"아뢰올 말씀이 있어 찾아뵈었습니다."

"그래, 무엇이더냐. 어서 말해 보아라."

"원나라 내의 고려 세력이 너무도 커지고 있습니다. 소자는 황상 폐하께오서 이를 저지해 주실 것을 간언드리옵니다."

나날이 커 가는 고려 세력을 모를 순제가 아니었다. 백안과 황태후, 옹기라트 출신 대신들이 귀에 딱지가 앉도록 주청하는 내용들이었다.

순제는 아유시다라를 내보내고는 가만히 천둥을 바라봤다. 어느덧 천둥은 나라를 걱정할 만큼 장성해 있었다. 비록 아유시다라가 기황후의 소생이지만 대통을 이을 황태자로서는 천둥이 제격일지도 모른다는 생각이 들었다. 그러나 문제는 천둥이 가지고 있는 분노였다. 어머니의 원수를 갚겠다고 나서면 황궁 안에 피바람이 불 것이었다. 이것이 바로 순제가 가장 우려하는 점이었다.

순제가 자못 심각하게 물었다.

"네게 적이 있느냐?"

"원나라를 위협하는 세력들은 모두 소자의 적이옵니다."

"그것이 고려라고 생각하느냐?"

"기황후라고 생각하옵니다."

천둥은 거침이 없었다. 순제의 양미간이 찌푸려졌다.

"엄밀히 따지면 너 또한 역당의 핏줄이다. 네 외조부가 반역을 꾀했음을 모르진 않을 터."

"어찌해서 소자를 살려 두셨사옵니까?"

"널 살린 것은 내가 아니다. 바로 기황후니라."

천둥은 한동안 굳게 다물었던 입을 겨우 뗐다.

"소자가 미처 헤아리지 못했사옵니다."

비록 그렇게 답하였으나 고려 여인의 품에서 헤어나지 못하는 부왕을 한심하게 여기는 천둥의 마음이 고스란히 순제에게 전해졌다. 천둥이 나가자 그는 깊은 한숨을 내쉬었다. 천둥과 아유시다라 중 한 명을 자신의 대통을 이을 황태자로 지목해야 했다. 하지만 순제로서는 그 결정이 쉽지 않았다.

몇 년째 원나라에 홍수와 가뭄으로 인한 대기근이 이어지고 있었다. 연경 안에서도 하룻밤에 수백 명씩 굶어 죽어 가는 실정이었다. 곧 다가올 황제의 생일을 맞이해서 대규모 사절단들이 원나라에 입국했다. 서역과 대식국에서 온 그들은 황제를 알현하자마자 기황후에게 몰려갔다. 국제 교역을 통해서 그들은 기황후와 긴밀한 관계를 맺고 있었다. 이번 사절의 목적 중 하나도 새로운 교역을 체결하고 무역을 하기 위함이었다.

기황후의 중계 무역 덕분에 그들은 자국에서 고려의 종이와 인삼, 화문석, 나전, 향유 등을 쓰며 고려를 알아 갔다. 서역 사신들의 입에서 코리아KOREA라는 말이 나오자 백안을 비롯한 옹기라트 출신 대신들의 심기는 불편해졌다. 순제 또한 마찬가지였다. 사절단들은 황제에게 얼굴을 한 번 비치고 나서는 흥성궁으로 몰려가 기황후의 환심만 사려 했다. 괘씸하기 짝이 없는 노릇이었다.

황제의 생일에 대규모 연회가 있을 거라는 소문에 민심은 더욱 흉흉해졌다. 백성들은 사치스런 황궁을 손가락질하며 황제를 욕했다. 비밀리에 자정원의 자금 현황을 빼돌려 꼼꼼히 살피던 탈탈은 상당수의 돈이 고려로 흘러 들어간 정황을 포착했다. 어쩌면 기황후와 충혜왕 사이에 모종의 음모가 있을지도 모른다고 생각했다.

조회 때 백안이 주장했다.

"몇 년째 기근이 이어지고 있습니다. 그러니 대규모 수륙재를 열어야 할 것으로 아옵니다."

수륙재는 종교의식으로 천지 만물에 떠도는 혼령들의 넋

을 위로하기 위해 공양하는 것이었다. 몇 년째 계속 이어지는 기근을 하늘의 힘을 빌려 막아 보고자 하는 마음이 담겨 있었다.

기황후가 반대하고 나섰다.

"죽어 가는 백성들을 돌봐야 할 때에 어찌 죽은 혼령들을 위해 돈을 쓴다는 말입니까?"

마치 기황후의 반대를 기다렸다는 듯이 백안이 맞섰다.

"혹시 자정원에 수륙재를 치를 돈이 없는 것은 아닙니까?"

기황후가 대답을 하지 않자 탈탈이 장부를 들이대며 나섰다.

"자정원의 막대한 돈이 어찌 고려로 흘러간 것입니까? 설명을 해 주시지요."

이러한 사실을 처음 알게 된 옹기라트 출신 대신들은 펄쩍 뛰며 진상을 캐물었다. 장부의 내용이 사실이라면 그보다 큰 문제가 없었다.

순제가 굳어진 표정으로 조심스럽게 물었다.

"황후, 그 돈이 어찌하여 고려로 들어갔소?"

"곡식을 샀습니다."

"곡식이라니? 고려에서 곡식을 사들였단 말이오?"

"송구하오나, 소첩 황상 폐하의 생신을 맞이하여 대대적인 구휼 사업을 벌일 생각이었나이다. 백성들의 원성을 잠재위 황상 폐하의 위상을 드높일 수 있는 절호의 기회이기 때문입니다."

 백안과 탈탈, 옹기라트 대신들은 할 말을 찾지 못했다. 기황후는 참으로 죽은 자를 위한 것이 아닌 산 자들을 위한 정책을 펴고 있었던 것이다. 순제는 새삼스럽게 기황후의 마음 씀씀이에 탄복하고 말았다.

 기황후의 뜻에 따라 대대적인 구휼 사업이 시작되었다. 연경 곳곳에 밥 짓는 연기가 다시 피어오르기 시작했다. 저잣거리 한복판에서는 거대한 솥에서 죽이 끓고 있었다. 기황후는 궁녀와 환관들을 대동하고 손수 백성들에게 죽을 퍼주며 그들을 위로했다. 아사 직전의 백성 수십만 명이 기황후의 곡식 덕분에 목숨을 건졌다.

 그러나 이미 굶어 죽은 사람들의 숫자만도 이십만에 달했다. 그 시신들이 사방에 널려 악취가 풍겼고 전염병이 돌았다. 기황후는 자정원의 남은 돈으로 시신들을 수거하여 경도 11문 밖에 묻어 주었다. 뿐만 아니라 애초에 반대했던 수륙재를 열어 죽은 넋을 달래고 산 자들의 마음까지 위로했다.

 순제와 기황후가 대소신료들을 대동하고 거리에 나서자 수많은 백성들이 구름처럼 몰려들어 황제와 기황후를 연호하며 만세를 불렀다. 시체들로 즐비하던 대도에 어느새 생기가 넘치고 있었다. 그 모습에 순제와 기황후는 자못 감격해 눈물을 비쳤다.

반면 백안과 옹기라트 대신들은 쓸쓸함을 감출 수가 없었다. 자정원의 막대한 돈을 원나라 백성들을 위해 썼으니 더 이상 충혜왕과의 교역에 관해 가타부타 말할 수가 없게 되었기 때문이다.

기황후는 어느덧 백성들 사이에서 국모로 대접 받고 있었다. 비록 자정원의 돈을 허비하긴 했지만 기황후로서는 많은 것을 얻은 셈이었다.

곡식을 구입한 자정원의 돈은 그대로 고려로 흘러들어간 터였다. 기황후와 충혜왕을 한통속으로 보는 백안의 입장에서는 복장이 터질 노릇이었다. 더군다나 충혜왕은 지난 몇 년 동안 단 한 번도 조공을 바치지 않고 있었다. 백안은 탈탈의 의견에 따라 황제의 생일을 맞이해서 충혜왕의 입 조_{벼슬아치들이 조정의 조회에 들어감}를 요구하기로 마음먹었다. 그간 밀린 조공을 한꺼번에 받아 낼 심산이었다. 이를 거부한다면 제아무리 기황후의 비호를 받고 있는 충혜왕이라도 비난을 면치 못할 것이라는 예상이었다. 몇 년간 쌓인 조공을 한꺼번에 받을 수 있다면 이 또한 고려의 국력을 빼앗을 수 있는 기회였으니 어느 쪽이든 잃을 것이 없다는 것이 백안의 생각이었다.

백안이 충혜왕의 입조를 요구하는 의견을 내놓자 사신을 자처하고 나선 자는 바로 천둥이었다. 순간 기황후의 안색이 변했다. 어차피 부자간의 정을 나눌 수 없는 사이라면 차라리 서로 모르고 지내는 편이 낫다고 생각한 기황후였다. 먼 고려 땅에서 마주할 충혜왕과 천둥 사이에 무슨 일이 생길까 두려웠던 것이다.

기황후가 짐짓 침착하게 말했다.

"태자는 아직 너무 어립니다."

그녀의 반대에 순제가 고개를 가로저었다.

"어인 말씀이시오. 태자는 이미 나라를 걱정할 만큼 장성했소. 이번 기회에 부마국인 고려의 산천을 두 눈으로 확인하는 것도 나쁘지 않을 성싶구려."

순제가 자신의 뜻을 들어주자 천둥은 눈빛을 번뜩였다.

'지피지기라 하지 않았던가. 충혜왕을 죽여 어머니의 원수를 갚으려면 먼저 고려를 알아야 한다….'

천둥은 충혜왕이 어떤 자인지 직접 두 눈으로 확인하고 싶었다.

그날 밤, 천둥은 백안의 집을 방문했다.

백안이 천둥에게 향이 좋은 차를 권하며 힘주어 말했다.

"반드시 충혜왕을 데려오세요."

백안은 충혜왕이 몇 년 동안 코빼기는커녕 조공도 바치지 않은 채 기고만장해 있다고 생각했다. 천둥이 그를 데려온다면 그 능력을 인정받아 황태자 책봉에도 유리할 것이었다.

천둥의 답변은 당찼다.

"죽여서라도 반드시 끌고 오겠습니다."

백안과 탈탈은 결연한 의지를 보이는 천둥이 마냥 믿음직스러웠다. 그러나 곁에서 묵묵히 차 시중을 들던 여울의 눈빛이 매섭게 빛났다.

여울로부터 천둥의 의지를 전해 들은 기황후는 불안감을 떨칠 수 없었다. 자칫 두 사람 사이에 피를 보는 상황이라도 일어난다면 큰일이었다. 기황후는 급히 박불화를 동행하도록 했다. 백안의 반대가 있었지만 천둥을 보필하겠다며 따라나서는 박불화를 끝내 물리칠 명목은 없었다.

마침내 천둥과 박불화를 중심으로 한 사신단이 고려에 당도했다. 그러나 충혜왕은 악소배들과 어울려 술을 마시느라 마중을 나가지 않았다. 그에 천둥은 심한 모욕감을 느꼈다. 대원제국의 태자인 자신이 고려에 사신으로 왔다는 것을 모를 리 없는 충혜왕이 마중을 나오지 않은 것은 곧 대원제국에 대한 불충이자 무례라고 생각했다. 하지만 충혜왕은 일부러 마중을 나가지 않았다. 연철의 외손자인 천둥이란 놈이 얼마나 방자하고 당돌한지도 익히 들어 알고 있었다. 충혜왕은 천둥을 초장부터 제압하고자 했다. 어린놈은 초장에 잡아야 한다는 생각에서였다. 그래서 일부러 홀대를 했던 것이다.

천둥은 이틀 동안이나 충혜왕의 얼굴을 보지 못했다. 왕고와 경화공주를 통해 들은 고려의 실상은 참으로 가관이었다. 충혜왕은 악소배를 앞세워 부원배들을 대놓고 탄압했다. 스스로를 짐이라 칭하고 있음은 물론 공공연히 원나라의 속박에서 벗어나겠다며 위험한 발언도 서슴지 않았다. 천둥은 그 모든 것이 기황후가 배후에 있기에 가능한 일이라 짐작했다. 기황후의 힘을 등에 업은 충혜왕이 무역으로 막대한 자금을 벌어들여 원나라 대신들에게 마구 뿌리며 안하무인처럼 굴고 있다는 생각이 들었다.

마침내 충혜왕이 돌아왔다는 전갈을 받은 천둥은 지체 없이 자리를 털고 일어섰다.

박불화와 방신우는 두 사람의 만남에 부쩍 신경을 쓰고 있었다. 피를 나눈 부자간에 불상사가 생기면 큰일이라고 생각했다. 하지만 아니나다를까, 성격까지 꼭 닮은 두 사람은 만나자마자 크게 충돌하고 말았다.

먼저 포문을 연 것은 천둥이었다.

"고려 왕께서 오랫동안 조공을 바치지 않은 연유가 무언지요. 대원제국에 대한 참으로 큰 불충이 아닙니까."

충혜왕은 지체 없이 대꾸했다.

"원나라 대신들 중 짐에게서 정치자금을 가져다 쓰지 않은 자가 과연 몇이나 되는지 그대는 알고 있는가. 혹여 안다면, 조공보다 몇 갑절을 더 내고 있다는 사실도 잘 알 터. 그 장부가 짐의 손에 있는 한 감히 조공을 바치지 않는다며 불충을 운운할 대신들은 원나라에 없을 것이오."

이에 천둥이 버럭 성을 냈다.

"왕께서는 어찌 감히 스스로를 짐이라 칭하시오? 천상천하에 짐이라 자칭할 수 있는 사람은 대원제국의 황상 폐하밖에는 없다는 것을 모르시오?"

"고려는 대대로 황제의 나라다. 원나라가 생기기 훨씬 이전부터 짐을 자칭했다. 뒤늦게 생긴 원나라가 짐을 칭하였으니 과연 어느 쪽이 옳겠는가?"

천둥은 물러서지 않았다.

"감히 대원제국의 태자를 이리 홀대하다니, 참으로 무례하십니다."

이에 충혜왕의 답변이 걸작이었다.

"젖먹이일 때 널 본 적이 있다. 참으로 많이 컸구나."

"무엄하오! 난 대원제국의 태자요. 부마국이면 부마국답게 구시오!"

"대원제국의 황실이 어찌 보존되었는지 모르는가? 역당들의 도발을 내가 막아 주었네. 자네 부왕과 황족들이 다 나 때문에 목숨을 보존했단 말이네!"

그 말에 천둥의 눈이 불타올랐다.

"지금 내 어머니를 죽였다고 아주 대놓고 자랑을 하시는 겁니까? 그래, 마음껏 떠들어 대시오. 장차 대원제국의 황제가 되는 날, 이 고려를 불바다로 만들 것이오. 그대와 황궁 안에 있는 저 요망한 고려 여인을 반드시 찢어 죽일 것이오!"

천둥의 오랫동안 한 맺혔던 절규였다. 그러나 절대 입 밖에 내서는 안 될 말이었다.

"어린놈이 세 치 혀를 함부로 놀리는구나!"

충혜왕이 발끈하자 방신우와 박불화가 나서 두 사람을 뜯어말렸.

아버지와 아들의 만남은 그렇게 한 치의 양보도 없는 싸움으로 끝났다. 천둥이 돌아간 뒤에도 충혜왕은 분기를 삼키지 못했다. 일찍이 순제의 뺨까지 후려쳤던 충혜왕이었다.

'감히 고려를 불태우고 기황후를 찢어 죽이겠다니. 호랑이 새끼도 그냥 호랑이 새끼가 아니었구나. 미친 짐승과도 같

은 놈이 아닌가.'

 천둥의 분노도 이만저만이 아니었다. 자신과 원나라 황실을 능멸했다는 생각에 도무지 분을 참을 수가 없었다. 천둥은 충혜왕이 자신이 듣던 것보다도 훨씬 대가 세고 거친 사내라는 것을 확인했다.

 방신우와 박불화가 단둘이 술잔을 기울이고 있었다. 충혜왕과 천둥은 한 치의 양보도 없이 으르렁댔다. 곁에 있는 둘의 눈에는 충혜왕과 천둥의 모습이 마치 거울을 보는 듯 똑같이 느껴졌다. 그렇다고 천둥의 비밀을 충혜왕에게 털어놓을 수도 없는 노릇이었다.

 술기운에 박불화가 눈물까지 흘리며 안타까워했다.

 '이 노릇을 어찌하면 좋을꼬…'

 방신우는 말없이 박불화의 술잔을 채워 주었다. 충혜왕과 천둥의 첫 부자 상봉을 돌이켜 보니, 앞으로의 험난한 세월을 짐작하고도 남음이 있었다.

 충혜왕은 끝내 밀린 조공을 바치겠다는 약조도, 황제의 생일 때 입조하겠다는 뜻도 밝히지 않았다. 결국 사신으로 왔던 천둥은 아무것도 얻은 것 없이 돌아가야만 했다. 고려에 당도했을 때도 그랬듯이 떠날 때도 충혜왕은 얼굴 한번 내비치지 않았다. 천둥의 가슴속 천불은 더욱 거세졌다. 왕고와 경화공주조차 충혜왕의 무례한 행동에 혀를 내두르며 분개했다. 비록 얻은 것 없이 돌아가는 길이었지만 박불화로서는 큰 불상사가 일어나지 않은 것만으로도 다행이었다.

천둥이 떠나고 난 후 충혜왕은 혼자 술을 마시며 깊은 생각에 빠졌다. 수십 년 동안 충혜왕을 보필한 방신우조차도 그 마음이 고심인지 슬픔인지 갈피를 잡을 수 없었다.
그가 조심스럽게 물었다.
"어찌 그러시는지 여쭈어도 되겠습니까."
충혜왕이 술을 털어 넣으며 한마디 툭 던졌다.
"그놈은 곧 죽네."
순간 방신우는 사색이 되었다. 충혜왕은 이미 악소배들에게 천둥을 죽이라는 밀명을 내려놓은 터였다. 사신 행렬이 고려의 영토를 벗어나는 순간, 길목을 지키던 자객들의 공격을 받을 것이었다.
"그런데 이상한 일이야. 죽어 마땅한 놈을 죽이라고 명했는데 왜 이리 가슴이 답답한 걸까? 아무래도 술 탓이야. 술을 너무 많이 마신 게야. 술을 끊어야 하는데, 술을…."
방신우가 쿵 소리가 나도록 두 무릎을 바닥에 찧으며 부복했다.

"폐하, 당장 그 명을 거두어 주소서!"

뭔가 이상했다. 어느새 방신우는 눈물까지 흘리고 있었다.

"전하의 손으로 그분을 죽이시면 절대 아니 되시옵니다."

"노망이 드셨소? 어린 짐승 한 마리 죽이는 것을 가지고 어찌 이리 호들갑이시오?"

"그분은… 전하의 아드님이시옵니다!"

순간, 충혜왕의 얼굴에서 표정이 사라졌다.

방신우가 말을 이었다.

"그분은 전하와 기황후 사이에 태어난 친자이옵니다."

충혜왕이 술상을 뒤엎었다.

"대체 이게 무어란 말인가. 무엇이 어찌 돌아가고 있단 말인가!"

그 밤, 전포 차림의 충혜왕이 직접 십여 기의 기마병을 이끌고 쏜살같이 궁문을 박차고 나갔다. 촌각을 다퉈야 했다. 악소배들이 천둥을 죽이기 전에 가서 보아야만 했다. 그 당돌한 얼굴에 충혜왕 자신과 기황후의 얼굴이 있는지, 하여 천둥이 정녕 고려의 핏줄인지를 똑똑히 보아야만 했다. 미친 듯이 달리는 내내 충혜왕의 머릿속에서는 천둥 대신 기황후의 얼굴이 뚜렷해지기 시작했다. 방신우의 말이 사실이라면, 그 엄청난 비밀을 품고 이날까지 버텨 온 기황후가 너무도 불쌍했다. 달리는 말 위에서 충혜왕의 눈물이 바람에 날렸다.

 사신 행렬이 의주의 호젓한 산길로 접어들자 사방에서 화살이 날아들었다. 일순간, 도적 떼로 변신한 악소배들이 모습을 드러내며 그들을 포위했다.
 박불화가 칼을 빼어 들고 천둥을 보호하며 나섰다.
 "우린 원나라 사신들이다! 원하는 물건을 다 내어 줄 테니 그만 물러가거라!"
 악소배들이 대답 대신 끌끌거리며 비웃음을 흘렸다. 그것을 신호로 일제히 공격이 시작되었다. 박불화가 데려온 호위대만으로 악소배들을 막아 내기에는 역부족이었다. 이대로 천둥은 이름 모를 도적의 칼날에 죽게 될 판이었다. 그 순간 한 떼의 마병들이 달려들더니 순식간에 악소배들을 뚫고 천둥을 둘러쌌다. 마병들의 선두가 투구를 벗자 악소배들은 한눈에 충혜왕임을 알아채고는 뭔가 잘못되었음을 눈치챘다.
 "짐은 고려의 국왕이다. 이대로 물러서면 용서할 것이나 대적하는 놈은 그 삼족을 멸할 것이다!"
 더 이상 머무를 연유가 없었다. 악소배들은 순식간에 흩어지며 도망쳤다. 충혜왕이 다가가자 천둥은 마치 무언가에 홀린 듯 물끄러미 바라볼 뿐이었다. 박불화가 정식으로 부복하며 고마움을 표시하는 동안에도 천둥은 그렇게 충혜왕을 쳐다보고만 있었다.

의주 관아에서 하룻밤을 묵게 된 충혜왕은 천둥과 술상을 사이에 두고 독대를 했다. 촛불 너머에서 일렁거리는 천둥의 모습은 흡사 거울을 보고 있는 듯 자신과 닮아 있었다.
  길게 이어지던 침묵을 먼저 깬 것은 천둥이었다.
  "고려 왕께 제 목숨을 빚지게 될 줄은 미처 몰랐습니다."
  충혜왕은 목이 메어 아무 말도 할 수가 없었다. 술만 연신 들이킬 뿐이었다.
  "제게도 한 잔 주시겠습니까?"
  천둥이 잔을 내밀자 충혜왕이 말없이 술을 따랐다.
  "언젠가 고려 왕께 이 빚을 갚을 날이 있을 것이오. 그러나 단 한 번 뿐입니다. 또한 빚을 갚는 것일 뿐, 절대 용서가 아님을 알아 두시오."
  천둥이 술잔을 말끔히 비웠다. 사실 그것은 난생처음으로 먹어 보는 술이었다. 철이 들기 전부터 복수를 꿈꾸며 긴장 속에서 살아온 그였다. 천둥은 석 잔 째를 마시더니 그대로 고꾸라져 잠이 들고 말았다. 충혜왕이 조심스럽게 그의 얼굴을 어루만졌다.

　충혜왕의 두 눈이 촉촉이 젖었다. 그리고 이내 눈물이 흐르는가 싶더니 울음을 참으려는 소리가 꺼이꺼이 새어 나오기 시작했다. 그렇게 충혜왕은 아른거리는 촛불 속에서 흐느꼈다. 방신우와 박불화가 문 뒤에서 그 소리를 들으며 함께 울었다.

　다음 날, 천둥이 잠에서 깨어났을 때 충혜왕은 개경으로 돌아가고 없었다.

어색한 재회

천둥의 입을 빌어 충혜왕의 행태가 낱낱이 대명전 조당에 보고되었다. 조공도 내놓지 않고 황제의 생일 연회에도 불참하겠다니 백안은 한껏 분위기를 고조시키며 충혜왕을 성토했다. 천둥을 통해 충혜왕에 대한 음해를 전해 들어야만 하는 기황후는 가슴이 아팠다.

순제가 짐짓 노기를 띠며 말했다.

"고려 왕에게 황명을 전달하겠노라."

소환장을 받고서도 움직이지 않는다면 폐위를 시키겠다는 단호한 의지였다.

기황후는 백안과 탈탈을 노려봤다. 그녀는 두 사람이 노리는 것이 무언지 정확히 꿰뚫고 있었다.

'충혜왕을 폐위시켜 고려와의 교역권을 끊어 내고 종국엔 나 기황후의 세력을 약화시키시겠다….'

그때, 독만이 들어서며 급보를 알렸다.

"충혜왕이 대규모 사절단을 이끌고 연경으로 오고 있습니다."

천둥과 헤어져 개경으로 돌아간 충혜왕은 그 즉시 사절단을 구성하고 창고를 열어 원나라로 가져갈 진귀한 물품들을 잔뜩 실었다. 순제의 생일 때문만이 아니었다. 임무를 수행하지 못한 천둥이 원나라로 돌아가서 받을 고초가 염려되었기 때문이다. 무엇보다도 기황후를 만나서 자초지종을 들어야 했다. 마음이 급해진 충혜왕은 더욱 기황후가 보고 싶었다. 그에게는 십여 년의 세월 동안 참아 왔던 그리움이었다. 그 절박함이 한꺼번에 봇물 터지듯 쏟아져 나왔다.

막상 충혜왕이 다시 온다니 순제의 마음이 어두워졌다.

'젊은 날 한때의 연모가 뭐 그리 대수겠는가…'

순제는 애써 태연하려 했지만 좀처럼 마음먹은 대로 되지 않았다.

흥성궁을 찾은 순제는 한창 치장에 열중하고 있는 기황후를 지켜봤다. 그녀는 분명 들떠 있는 것 같았다. 고려의 궁중 예복을 꺼내 입고 곱게 화장을 한 기황후의 얼굴에 발그레한 홍조까지 비쳤다.

지난 십여 년의 세월 동안 순제는 기황후의 온전한 사랑을 얻고자 무던히도 애를 썼다. 그러나 그녀에게 순제는 존엄하고 고귀한 황제일 뿐이었다. 고려와의 무역에 힘썼고, 자정원의 돈으로 백성들을 구휼하여 진정한 국모라며 칭송을 들었지만 그녀의 분주한 마음 어디에도 순제가 들어설 자리는 없었다. 그런 그녀가 충혜왕이 온다고 하니 곱게 화장을 하고 있었다. 순제는 심장 한가운데에서 불타오르는 질투를 느꼈다.

'저들의 연모가 지금도 계속된다면, 이번에야말로 절대 용서치 않으리라.'

순제는 마음속 깊이 벼르고 벼르며 시퍼런 날을 세웠다.

너무도 당당하게 대명전 안으로 걸어 들어온 충혜왕이 순제에게 예를 갖추었다.

"황상 폐하, 생신을 경하드리옵나이다."

순제도 온화한 얼굴로 화답했다.

"먼 길 오시느라 노고가 많았소."

엄청난 조공까지 가지고 직접 입조를 했으니 그간의 무례를 논할 수 없었다. 더군다나 조당 내의 만만치 않은 기황후 측 대신들이 모두 충혜왕의 지지자들이나 다름없었다.

이번에는 충혜왕이 기황후에게 물었다.

"황후마마, 그간 강녕하셨습니까?"

"덕분에 잘 지냈습니다."

기황후 또한 화사한 미소로 답했다. 순제는 그 웃음을 놓치지 않고 마음 깊은 곳에 새겨 두었다.

이어 충혜왕의 눈길이 천둥에게 머물렀다. 한없이 따뜻하고 자애로운 눈빛이었다. 순간 기황후의 표정이 굳어졌다.

그날 밤, 흥성궁에서는 연회가 벌어졌다. 기황후와 충혜왕을 비롯해 서역과 인접국 각지에서 모여든 사신들이 자리했다. 국제 교역으로 긴밀히 유대를 맺고 있었으니 겉으로는 큰 문제가 없어 보였다. 그러나 황제 집무실인 문덕전에 모인 순제와 백안, 탈탈, 왕고, 천둥은 자못 심각했다. 천하를 잇는 대교역에 원나라만 소외된 꼴이었다. 기황후가 있지만 사신들은 그녀 앞에서 코리아를 연신 외쳐 댔다.

백안과 탈탈이 입을 모아 간언을 올렸다.

"황상 폐하, 하루빨리 기황후와 충혜왕 사이의 연계를 끊어 내야 할 줄로 아뢰옵니다."

순제는 연거푸 술잔을 비우며 깊은 생각에 잠겼다.

'연모, 연모라…'

두 사람 사이에 여전히 연모의 감정이 있음을 확인하는 순간, 그때 칼을 빼어도 늦지 않을 것이라 생각했다.

 사신들이 모두 돌아가고 마침내 충혜왕과 기황후 단둘만이 남았다. 이미 박불화에게 보고를 받은 기황후는 충혜왕이 무엇 때문에 왔는지 잘 알고 있었다.
 충혜왕이 침착하게 입을 열었다.
 "하늘이 놀라고 땅이 흔들릴 소식을 들었소이다. 정녕 그것이 사실이오?"
 그간의 이야기를 그 자리에서 다 꺼낼 수는 없었다.
 충혜왕이 답답함을 참지 못하고 재차 물었다.
 "우리 사이에 자식이 있다는 그 말이 정녕 사실이냔 말이오!"
 기황후가 화들짝 놀라며 문 쪽을 살폈다. 다행히 문밖에는 아무도 없는 듯했다. 하지만 자고로 궐에는 벽에도 귀가 있는 법, 그 말을 들은 계집이 있었으니, 백안홀도에게 매수된 고려 출신 궁녀였다. 기황후가 밖을 살피려 문을 열자 숨어 있던 궁녀는 지금 막 문 앞에 도착한 척 딴청을 피웠다.
 "마마, 명하신 대로 술을 더 가져왔나이다."
 "그만 되었으니 물러가거라."
 "예."

궁녀가 저만치 멀어지자 기황후가 다시 방 안으로 들어왔다.

한숨을 돌린 그녀가 차분하게 입을 열었다.

"고려 왕께서 생각하고 계신 그 아이가, 우리 자식이 맞습니다."

충혜왕의 두 눈에 뜨거운 눈물이 고였다. 그 모든 비밀과 슬픔을 고스란히 안고 고초의 세월을 혼자 버텨 온 기황후에 대한 연민이 그의 가슴에 밀려왔다.

"미안하오. 내가 그대에게 몹쓸 짓을 했소이다."

기황후는 흐느끼는 충혜왕을 안고 위로했다.

"이제 다시는 그런 말씀을 입에 담지 마세요."

그녀는 끝까지 충혜왕이 모르길 바랐다. 아픔을 간직한 것은 자신 하나만으로 충분했다.

"살아 있는 동안에는 이미 우리 모두의 인연이 다했습니다. 죽어서나 불러 볼 수 있는 자식입니다."

"미안하오. 어리석고 못난 나를 부디 용서하시오."

그렇게 두 사람은 서로를 부둥켜안고 눈물을 흘렸다. 이때, 밖에서 황제의 행차를 알리는 환관의 목소리가 들려왔다. 두 사람이 황급히 눈물을 수습하자 거나하게 취기가 오른 순제가 흥성궁 연회장에 들어섰다. 그는 아직 한창 연회 중일 거라고 생각했었다. 그런데 흥성궁 안에 두 사람만 남아 있자 순제의 눈빛이 차갑게 변했다. 더군다나 기황후와 충혜왕의 두 눈에는 아직도 물기가 남아 있었다.

순제가 먼저 입을 열었다.

"연회장이 마치 초상집 같구려. 무슨 말씀들을 나누셨소?"

취기를 빌어 순제가 날카롭게 다그쳤다.

"혹시, 황후께서 눈물을 흘리신 것은 아니시오?"

기황후가 얼굴을 매만지며 시치미를 뗐다.

"그럴 리가 있겠습니까?"

"옛 동무를 만나면 반가움에 눈물이 날 수도 있지. 아니 그런가, 고려 왕?"

"예, 폐하. 너무도 반가워 그만 눈물을 흘리고 말았사옵니다."

충혜왕이 순제의 비아냥거림을 맞받아치며 나오자 기황후는 당황했다.

순제가 곁에 섰던 장순용에게 명했다.

"새로 술상을 봐 오너라. 이렇게 세 사람이 다시 만나니 짐 또한 눈물이 날 지경이다. 밤이 새도록 그간의 회포를 풀어야겠다."

그렇게 순제와 충혜왕, 기황후의 어색한 술자리가 시작되었다. 두 사람 사이의 무언가를 알아내려는 순제의 집요한 추궁이 이어졌고, 기황후는 이를 교묘히 피해 갔다. 하지만 충혜왕은 사사건건 순제와 위태롭게 맞섰다. 그들의 어색한 술자리는 밤늦게까지 계속되었다.

파국의 징조

"자식이라 했느냐?"

백안홀도가 다시 묻자 고려 출신 궁녀가 고개를 끄덕였다.

"틀림없습니다. 제 두 귀로 똑똑히 들었사옵니다."

"알았느니, 너는 그만 물러가 죽은 듯이 지내고 있거라."

궁녀가 물러간 뒤에도 한동안 백안홀도는 아무 말도 하지 못했다. 놀라움에 숨이 막혀 오는 듯했다. 곁에 있던 천둥도 마찬가지였다.

"충혜왕과 기황후 사이에 자식이 있다니. 그것이 사실이라면 기황후와 충혜왕의 목을 잘라 저잣거리 한복판에 효수를 해도 모자랄 대죄일 터."

하지만 너무도 엄청난 비밀을 알게 된 백안홀도는 오히려 마음이 불안했다. 자칫 단 한 번의 실수라도 있는 날에는 오히려 화를 입을 수도 있었기 때문이다.

"소자에게 이 일을 맡겨 주십시오."

천둥이 나섰다. 그는 지금이야말로 고려인들을 몰아내고 어머니의 원수를 갚을 절호의 기회라고 판단했다.

천둥은 곧 백안과 탈탈, 왕고를 불러 이 일을 상의했다.

백안이 자리에서 벌떡 일어서며 목소리를 높였다.

"당장 황상 폐하께 고해바치세."

흥분한 백안을 탈탈이 저지하고 나섰다.

"그보다 먼저, 결정적인 증거나 증인을 확보해야 할 것입니다."

대단한 비밀임은 분명했지만 기껏해야 궁녀의 귀를 통해 들었을 뿐이었다. 기황후가 이를 전면 부인하며 오히려 자신을 음해했다고 그 죄를 뒤집어씌운다면 꼼짝없이 불똥은 역으로 튀어 버릴 수 있었다. 그러니 그들의 자식이 정말로 존재한다면, 그리고 살아 있다면 그자를 찾는 것만큼 확실한 방법은 없었다.

왕고도 거들었다.

"맞습니다. 만약에 자식을 낳았다면 분명 그때였을 것입니다."

백안과 탈탈이 눈을 반짝였다. 왕고가 그 시선을 즐기며 말을 이었다.

"예전 현빈 박씨 사건 때 말입니다. 그때 궁 밖으로 도망을 쳐서 낳았을 것이 분명합니다."

백안과 탈탈이 고개를 끄덕였다. 분명 일리가 있는 말이었다. 기황후의 행적을 비교적 소상히 알고 있는 왕고였으니 그 행적을 쫓다 보면 분명 꼬리가 잡히리라 예상했다. 둘의 자식을 찾는 일은 천둥이 맡기로 했다. 찾는 그 사람이 바로 자신임을 까마득히 모른 채, 천둥은 모친의 원수를 갚으려는 일념으로 마냥 전의를 불태우고 있었다.

집으로 돌아온 백안은 흥분을 가라앉히려고 애썼다.

여울이 술을 따라 주며 슬쩍 물었다.

"무슨 시름이 있으십니까?"

"이렇게 기쁨만을 주는 자네가 곁에 있거늘 내게 무슨 시름이 있겠는가?"

술잔을 비우며 백안이 시치미를 뗐다.

"나랏일 하시는 분이 어찌 시름이 없으시겠습니까. 승상께서 이년을 너무 사랑해 주시니 그만 주제도 모르고 여쭈었나이다. 송구하옵니다. 이년은 그저 술이나 한 잔 더 올리겠습니다."

여울이 빈 술잔을 채우며 퉁명을 떨었다.

"이 술을 비우시고 그만 마님께 돌아가세요. 이년은 혼자서 남은 술을 마저 비우고 시름도 비우렵니다."

"어허 고년 참, 이리 오너라."

여울은 고개를 돌리고 꿈쩍도 하지 않았다.

"어허, 이리 오래도."

백안이 두 팔을 벌리자 여울이 못 이기는 척 그의 품에 안겼다.

"자, 술 한 잔 더 다오."

여울이 정성껏 술을 따라 올렸다.

"그게 말이다. 자식이 있는 게 확실한데 말이야, 그걸 황상께 아뢸 수가 없으니…."

백안의 술잔에 차오르던 술이 그만 넘치고 말았다.

그날 밤, 한 통의 밀지가 기황후의 손에 전달되었다. 이를 읽은 기황후의 표정이 싸늘하게 굳었다. 그 이야기가 새어 나갈 곳은 단 한 군데, 이곳 흥성궁밖에 없었다. 연회가 있던 날 가장 마지막까지 시중을 든 궁녀는 단 한 명뿐이었다.

기황후는 당장 궁녀를 잡아 족쳤다. 피투성이가 된 그녀는 마침내 자신이 그 이야기를 들었노라고 실토하고 말았다.

기황후가 얼음처럼 차갑게 물었다.

"그 이야기를 누구에게 발설했느냐!"

"황, 황후마마께…."

기황후는 다시 한 번 치를 떨어야 했다. 백안홀도를 제 1황후로 추대한 이후 두 사람 사이는 너무도 돈독했다. 또한 백안홀도는 정실황후임에도 불구하고 기황후를 윗사람 대하듯 따랐다. 그런 그녀가 자신의 목을 조이기 위해 뒤에서 칼을 갈고 있었다니, 기황후의 배신감은 이루 말할 수가 없었다.

그러나 기황후에게 있어 더욱 다급한 일은 그들의 입을 막는 것이었다. 기껏 궁녀 한 명의 말 한마디에 그 위상이 흔들릴 기황후가 아니었지만 작은 구멍 하나가 거대한 제방을 무너뜨릴 수 있었다.

다음 날, 기황후는 흥성궁에 후궁들을 불러 모아 연회를 베풀었다. 고려의 음식과 떡을 먹으며 후궁들은 오래간만에 잔치를 즐겼다. 백안홀도가 기황후에게 과실주를 따르며 그 후덕함을 칭송하자 다른 후궁들이 맞장구를 쳤다. 연회가 무르익을 즈음 기황후가 신호를 보내자 피투성이가 된 궁녀가 연회장에 끌려 들어왔다. 순간 백안홀도의 얼굴에서 핏기가 사라졌다.

"해괴한 소문이 있어서 진원지를 알아보니 바로 저년이더군…."

기황후가 백안홀도를 쏘아보며 말을 이었다.

"적은 가장 가까운 곳에 있는 법. 명심들 해 두게. 날 음해하는 자는 지위고하를 막론하고 저 꼴이 될 것이야!"

그녀의 서슬 퍼런 기운에 연회장 안은 삽시간에 얼어붙었다. 백안홀도는 부축을 받을 정도로 다리가 풀려 돌아갔다.

백안과 탈탈, 왕고는 대책을 논의했다. 기황후의 경고가 후궁들을 향한 것이 아니었음을 그들은 잘 알고 있었다. 천둥이 기황후의 지난날 행방을 쫓고 있었지만 언제쯤 그녀와 충혜왕 사이의 자식을 찾을 수 있을지 알 수 없었다. 그렇다고 이대로 물러설 수도 없는 노릇이었다. 꼬투리를 잡은 이상 끝까지 가야 했다. 그러나 도무지 실마리가 잡히질 않았으니 그들로서는 답답할 뿐이었다.

그날 밤, 흥성궁을 찾은 순제가 낮에 있었던 소동에 대해 물었다.

"폐하께서 귀담으실 일이 아니옵니다…."

순제가 무릎을 베고 눕자 기황후는 솜털이 달린 봉으로 부드럽게 귀를 파 주었다. 순제는 그 시간이 가장 좋았다. 기황후가 살며시 뿜어내는 고운 숨결을, 두근거리는 그녀의 심장을 가장 가까운 곳에서 느낄 수 있었기 때문이었다. 무엇보다도 기황후의 음성이 어느 때보다 가까워서 좋았다. 그 순간만큼은 무슨 말이든 자연스럽게 묻고 답할 수 있었다.

"폐하께선 신첩을 얼마나 믿사옵니까?"

"그대가 날 믿는 만큼…."

기황후의 부드러운 손길에 순제는 살포시 잠이 들기 시작했다. 그녀의 표정이 어두워졌다. 급한 불을 끄긴 했지만 불씨는 여전히 살아 있었다. 멀리서 파국의 징조가 몰려오는 듯했다.

충혜왕은 연경에 머물면서 주로 교역국의 사신들을 만났다. 천둥은 자신의 심복을 시켜서 기황후의 행적을 쫓는 한편, 충혜왕과 의도적으로 가까이하며 그의 일거수일투족을 살폈다. 천둥이 교역에 관해 관심을 가지자 충혜왕은 내심 기뻐하며 그를 반겼다.

기황후는 두 사람의 모습이 가슴 아팠다. 충혜왕에게 천둥을 가까이 두지 말라며 우려했지만 막을 수가 없었다. 아버지의 마음으로 대하는 충혜왕과 가슴속 깊이 적대감을 품고 있는 천둥이 함께하는 모습은 그녀에게 늘 위태롭고 애절하게 느껴졌다.

그림자놀이

 어느 날, 왕고는 저잣거리에서 그림자극을 보게 되었다. 흰 창호지 뒤에서 인형의 그림자만으로 공연을 하는 그림자극은 크게 유행하는 놀이였다. 가장 인기가 많은 이야기는 고려에서 끌려온 노예와 그 주인의 이야기였다.

 그림자극을 보는 순간, 왕고는 그것이 충혜왕과 기황후의 이야기임을 알아차렸다. 그림자극 속에서 노예로 끌려온 여인은 주인의 애첩이 되지만 함께 끌려온 다른 노예와 사랑에 빠졌다. 두 사람은 어리석은 주인의 눈을 피해 아슬아슬한 사랑 행각을 이어 갔다. 그러다 마침내 주인에게 발각될 위기에 처하자 남자는 그 집에서 도망치기로 결심했다. 결국 두 사람은 훗날을 기약하며 아픈 이별을 했다. 고려로 돌아간 남자는 많은 돈을 벌고, 사랑하는 여인을 찾아 다시 원나라로 돌아왔다. 주인의 집안은 오랜 가뭄과 흉년으로 망하기 직전이었다. 가솔들이 모두 굶어 죽을 지경에 이르자 고려 남자는 엄청난 돈을 쏟아부으며 그 집안을 살려 주었다. 가솔들은 무능한 주인을 내쫓고 그 남자를 주인으로 맞이했다. 마침내 여자와 남자의 사랑이 결실을 맺게 되며 극이 끝났다.

그림자극이 끝나는 순간, 자못 심각했던 왕고의 얼굴에 회심의 미소가 피어올랐다. 저잣거리에서 유행하는 놀이는 곧 민심을 반영하고 있었다. 자정원의 돈을 풀어 구휼을 베푼 이후로, 원나라 백성들 사이에서는 구휼미를 제공한 기황후와 고려 왕에 대한 칭송이 자자했다. 기황후와 충혜왕 사이의 비밀을 알게 되었지만 실마리를 찾지 못하던 왕고에게 그림자극은 가뭄에 만난 단비와도 같았다.

'이를 잘 이용한다면 충혜왕이 연경에 머무는 지금 제거할 수 있을 터….'

마침내 기황후와 순제 사이를 이간질하려는 왕고의 음모가 시작되었다.

충혜왕이 고려로 돌아갈 때가 되자 백안의 제안으로 태액지 안 광한전에서 환송회가 벌어졌다. 백안은 미리 계획해

둔대로 연회가 무르익자 흥을 돋운다는 명목 하에 특별 공연을 열었다. 그것은 바로 그림자극이었다. 웃음으로 시작된 그림자극은 어느 순간부터인가 태액지 안에 무거운 침묵을 드리우기 있었다. 누가 보아도 그것은 충혜왕과 기황후의 이야기를 담고 있는 듯했다. 심각한 표정으로 그림자극에 빠져든 대신들 사이에서 백안과 왕고, 탈탈만은 입가에 미소를 머금고 있었다. 그리고 순제와 기황후, 충혜왕을 유심히 살피고 있었다.

기황후와 충혜왕은 당혹감을 감추지 못했다. 처음에는 즐거워하던 순제도 점차 웃음을 잃어 갔다. 두 사람이 아프게 이별을 할 때에는 이를 악물었고, 다시 만나서 무능한 주인을 내쫓고 그 집안의 새로운 주인이 될 때에는 두 눈에 분노가 역력했다. 그러나 더욱 놀라운 것은 극의 마지막에 있었다. 두 사람 사이에 몰래 숨겨 둔 아들이 나타났던 것이다.

기황후와 충혜왕은 숨이 멎을 듯했다. 이쯤 되면 분명 우연의 일치는 아니라는 생각이 들었다. 두 사람은 누군가가 의도적으로 자신들의 숨통을 옥죄고 있다고 확신했다. 그리고 그것은 분명 왕고의 작품이라 여겼다. 그림자 극단을 궁으로 불러들여 숨겨 둔 아들에 대한 이야기까지 추가한 것으로 미루어 짐작할 수 있었다.

참다못한 순제가 자리를 박차고 외쳤다.

"당장 집어치우지 못할까! 그림자를 만들어 내는 자들을 밖으로 끌어내라!"

그림자 뒤에 섰던 자들이 질질 끌려 나와 순제 앞에 머리를 조아렸다.

"어찌 저리 불경스러운 내용을 짐 앞에 내보이는가?"

겁에 질린 그들이 덜덜 떨며 겨우 입을 열었다.

"황, 황상 폐하, 그저 항, 항간에 떠도는 이야기일 뿐이옵니다."

광한전에는 싸늘한 기운이 감돌았다. 기황후와 충혜왕을 노려보는 순제의 눈빛에 광기가 흘렀다. 백안이 이를 보며 미소를 지었다. 내막을 알 리 없는 천둥은 한구석에서 그 모든 분위기를 간파하고 있었다.

처소로 돌아온 순제는 분을 참을 수가 없었다. 민심조차 자신을 조롱하고 기황후와 충혜왕의 사랑을 떠받들고 있다고 생각했다.

순제가 옆에 섰던 장순용에게 명했다.

"그같은 내용의 모든 공연을 중단시켜라! 헛소문을 유포하는 자 또한 엄벌에 처하라."

기회를 엿보던 백안이 조용히 나섰다.

"절대 헛소문이 아니옵니다."

순제의 표정이 굳어졌다. 백안이 그 틈을 놓치지 않고 재빠르게 말을 이었다.

"백성들은 모두 기황후와 충혜왕의 관계를 알고 있사옵니다. 오직 황상 폐하만 모르고 계셨나이다."

백안의 말에 순제는 참담함을 감출 수 없었다.

그가 자못 심각하게 물었다.

"그들 사이에 자식이 있다는 말은 또 무엇이오?"

"그 또한 사실이옵니다."

백안은 일전에 있었던 일을 고해바치기 시작했다.

"기황후와 충혜왕의 이야기를 엿들은 궁녀가 지금 궁 밖으로 쫓겨나 있습니다. 원하신다면 당장 황상 폐하 눈앞에 대령하겠나이다."

증인까지 있다는 말에 순제의 눈빛에서 살기가 돌았다. 두 식경도 지나지 않아 쫓겨났던 고려 출신 궁녀가 순제 앞에 머리를 조아렸다. 그녀는 겁에 질린 채 떠듬떠듬 입을 열었다. 그리고 황제 앞에서 자신이 알고 있는 모든 사실을 그대로 고했다. 이제 모든 것이 명백해졌다. 순제는 오히려 처음보다 차분해졌다. 아니, 서늘했다.

"그들의 핏줄을 찾아내시오. 고려 왕을 절대 살려서 보내지 않을 것이오!"

"황상 폐하의 명, 받잡겠나이다."

백안이 내심 쾌재를 부르며 서둘러 나갔다.

순제는 사지가 부들부들 떨려 오기 시작했다.

'속았다…. 내가 속아서 살아왔다. 절대 용서치 않으리라, 절대!'

기황후와 충혜왕은 자신들을 옥죄는 검은 마수를 느끼고 있었다. 그림자극은 철저히 계산된 함정임을 눈치챘다. 자식까지 밝히며 사실상의 선전포고를 했으니 기황후도 이대로 앉아서 당할 수는 없다는 생각이었다.

기황후가 충혜왕에게 간절하게 청했다.

"하루빨리 고려로 돌아가세요. 이곳에 머물면 어떤 위험에 처할지 모릅니다."

하지만 깊은 생각에 잠긴 충혜왕은 아무런 대답도 하지 않았다. 기황후는 애가 탔다. 그녀가 다시 청하려는데, 장순용이 순제의 전갈을 가져왔다.

"황상 폐하께오서, 두 분을 찾으시옵니다."

황제의 집무실에 모인 세 사람은 향이 좋은 차를 마셨다. 순제는 뜻밖에도 온화하고 평온했다.

순제가 먼저 정적을 깼다.

"항간에 원나라의 황후와 고려의 국왕이 정인 관계라는 소문이 있다 하오. 내 이토록 가당치 않은 소문은 생전 처음

들어 보오."

순제는 어이가 없다는 듯 헛웃음까지 지어 보였다. 기황후와 충혜왕은 그 자리가 바늘방석처럼 불편하기만 했다.

두 사람에게 순제가 오히려 위로를 건넸다.

"그런 헛소문에 절대 현혹되지 마시오."

순간 순제의 표정이 자못 심각하게 변했다.

"해괴망측한 소문을 낸 그 진원지는 짐이 반드시 찾아낼 것이오. 그들을 찾아 갈기갈기 찢어 죽이고 구족을 끌어내 멸할 것이오. 다신 이 땅에서 황실을 능멸하고 나와 황후를 욕보이는 자들이 없도록 만들 것이오."

순제가 충혜왕에게 차를 권했다.

"그러니 짐이 소문의 진상을 밝힐 때까지 고려로 돌아가지 마시오."

기황후와 충혜왕이 순제의 의도를 모를 리 없었다.

기황후가 다급하게 입을 열었다.

"하오나 황상 폐하…."

충혜왕이 기황후의 말을 막고 나섰다.

"저 또한 이대로 못 갑니다. 반드시 실추된 명예를 회복하고 가야겠사옵니다."

순제가 향이 좋은 차를 입에 머금고 만족스러운 듯 고개를 끄덕였다.

처소로 돌아온 기황후가 박불화를 불렀다.

"백안이 지금 아기에 관한 비밀을 캐고 있네. 그 비밀을 알고 있는 자들을 찾아내서 입막음을 해야 해. 촌각을 다투는 일이네. 그들보다 먼저 찾아내지 못하면 꼼짝없이 앉아서 죽을 판이란 말일세."

박불화가 명을 받들고 나간 후에도 기황후는 한참 동안을 굳은 듯이 앉아서 허공을 응시했다.

'이렇게 무너질 수는 없다. 이곳까지 어찌 왔는데…. 이대로 질 수는 없어….'

마침내 천둥이 기황후와 충혜왕 사이에서 태어난 아이에 관한 비밀을 아는 자를 찾아냈다는 전갈이 왔다. 백안의 거소로 탈탈과 왕고가 모여들었다.

전갈을 들고 온 자가 고했다.

"황각사 주지 밑에서 불목하니_{절에서 밥을 짓고 물을 긷는 일을 맡아서 하는 사람}로 있던 자라고 합니다. 입적하기 직전 주지스님으로부터 공녀로 끌려온 고려 여인의 아들에 관한 이야기를 들은 모양입니다. 태자마마께서 오늘 밤 소상한 내용을 밝혀낼 것이니 조금만 더 기다려 달라 당부하셨습니다."

백안이 크게 기뻐하며 주안상을 벌였다. 이제 제아무리 용빼는 재주를 지닌 기황후라도 빠져나갈 구멍이 없을 것이라고 백안은 생각했다. 기황후와 충혜왕만 제거된다면 백안으로선 아무 걱정이 없었다.

'그들을 제거하고 원나라 깊숙이 뿌리박혀 있는 고려의 흔적을 모조리 없앨 것이다. 다시 한 번 칭기즈칸의 후예다운 위용을 갖춰 보이리라…'

술자리에 함께 있던 여울의 밀지가 어김없이 기황후에게 전달되었다. 밀지를 든 기황후의 손이 부들부들 떨렸다. 이미 한발 늦은 터였다.

기황후가 박불화를 황급히 불러들였다.

"급히 황각사로 가세요. 비밀을 아는 자들은 한 놈도 살려두어선 아니 됩니다."

"아무 걱정 마십시오. 이 박불화가 모두 깔끔히 처리하겠습니다."

어두운 밤, 박불화가 심복들을 데리고 급히 황궁 밖으로 나섰다.

불목하니는 탐욕스런 자였다. 스님이 절대 입 밖에 내지 말라고 당부했건만 상인을 가장한 천둥이 금품과 향응을 베풀자 그만 흔들리고 말았다. 그들은 저잣거리의 조용한 기방에서 만나고 있었다.

천둥의 심복이 방문 앞에서 바깥쪽을 살피고 있는 동안

취기 오른 불목하니가 흥이 나서 입을 열었다.

"만삭이었던 고려 궁녀가 천신만고 끝에 궁을 도망쳐 나왔답디다. 그러고는 글쎄 고려촌에서 아기를 낳았다지 뭐요. 그 아기를 황각사로 데려온 사람은 환관이었다지. 방씨라나 뭐라나. 아무튼 그 환관도 고려 출신이라 했소. 틀림없소."

천둥이 고려 궁녀의 이름을 물었다.

불목하니가 고개를 갸웃거렸다.

"양이라 했던가? 맞아, 승냥이라고 불렀소. 거 사나운 짐승 있잖소, 승냥이."

천둥은 기황후의 본명을 알지 못했다.

'승냥이라…. 그것이 누구란 말인가. 그러나 황상 폐하께서는 그 이름을 알고 계실 터.'

불목하니가 두 눈을 반짝이며 입술에 침을 잔뜩 발라 댔다.

"헌데 말이오. 아주 재밌는 얘기가 하나 있는데 말이야. 그게 좀 값이 나가는 이야기라…."

불목하니가 대단한 비밀을 풀어 놓을 듯이 뜸을 들이자 천둥은 지체 없이 품 안에서 금자 두 냥을 꺼내 건넸다.

사내는 입이 떡 벌어지더니 마침내 오래도록 간직했던 그 비밀을 술술 풀어 놓았다.

"그즈음, 원나라 황후가 황각사에서 아기를 갖게 해 달라며 백일 봉양을 드리고 있었소. 헌데 아무리 치성을 드려도 임신을 할 수 없었던 황후가 바로 그 아기를 데리고 황궁으로 들어가 버렸다지 뭐요. 그러니까 다시 말해서, 고려 궁녀의 아기가 순식간에 황제의 아들로 둔갑한 거지."

천둥은 돌처럼 굳었다. 문가에 앉았던 심복도 크게 놀라며 그자를 돌아봤다.

사내는 이를 아는지 모르는지 신이 나서 말을 이었다.

"황궁 안에 있는 태자가 고려 핏줄이라 이 말 아니겠소. 그런데 정말 재미나는 건 지금부터거든. 거 요즘 저잣거리에서 유행하는 그림자놀이 있잖소. 그게 또 의미심장하거든. 거기 나오는 주인공이 아무리 다시 보고 고쳐 봐도 고려 왕이랑 기황후 마마라는 거지. 근데 요즘 새로 추가된 내용이 바로 둘 사이에 자식이 있다는 것이거든. 이것으로 미루어 볼 때, 아무래도 황태자 마마의 아비는 그러니까 고려 왕이고 어미는…."

"닥쳐라!"

천둥은 하마터면 품고 있던 환도를 뽑아 들 뻔했다. 그 서슬에 놀란 불목하니가 비로소 자신이 무슨 말을 내뱉었는지 깨달았다. 그가 벌벌 떨며 바닥에 납작 엎드렸다. 그러고는 받았던 금자들을 몽땅 내어놓으며 애원했다.

"이거 몽땅 도로 가져가시오. 그리고 이 정신 나간 놈이 지껄인 말들, 절대 어디 가서 다시 입에 담지만 말아 주시오. 제발 부탁이오."

　천둥은 자신이 황각사에서 부처님의 은덕으로 태어났다고 믿어 왔다. 하늘이 무너지고 땅이 꺼질 듯한 충격이었다. 천둥이 멍해 있는 틈을 타 불목하니가 내어냈던 금자들을 주섬주섬 챙겨 들고는 허둥지둥 밖으로 나갔다.

　옆에 섰던 심복이 다급하게 천둥을 불렀다.

　"태자마마. 저자가…."

　그 말에 정신을 차린 천둥이 급히 불목하니의 뒤를 쫓았다. 황각사로 가는 산길에서 그자를 발견한 천둥이 호통을 쳤다.

　"네, 이놈! 게 서지 못할까!"

　놀라서 산길에서 넘어진 불목하니가 두어 바퀴 굴러 천둥 앞에 쓰러졌다.

　그가 정신을 차리고 더듬더듬 말했다.

　"알았소. 내 잘못했소. 이거 다 도로 가져가시오."

　그때 천둥의 빠른 걸음을 따라잡지 못해 애를 태우던 심복이 마침내 그를 발견했다.

　심복이 놀란 가슴을 달래며 얼떨결에 외쳤다.

　"태자마마!"

　순간 불목하니의 표정이 굳어졌다.

　"태자마마? 태자마마라니?"

심복과 천둥의 얼굴을 번갈아 쳐다보던 불목하니가 사시나무 떨듯 덜덜 떨기 시작했다. 그리고 자신에게 다가오는 죽음의 그림자를 직감한 순간, 천둥이 칼을 뽑아 단번에 그었다. 불목하니는 눈을 부릅뜬 채 죽음을 맞았다. 심복이 만류할 사이도 없었다. 이어 천둥은 핏발 선 눈으로 심복을 노려봤다. 그의 입장에서는 자신이 고려의 핏줄임을 알고 있는 자들은 모두 죽어야 했다. 심복은 본능적으로 칼을 잡았다. 둘 사이에 잠시 바위처럼 무거운 긴장감이 흘렀다. 하지만 이내 심복이 천둥 앞에 무릎을 꿇었다. 그러고는 천천히 칼을 뽑아 자신의 목에 겨누었다.

그가 진심을 다해 말했다.

"소신이 죽어 마마를 편안케 해 드리겠사옵니다."

심복이 들고 있던 칼로 자신의 목을 찌르려는 순간, 천둥이 팔을 잡아채며 만류했다.

"널 의심하다니… 미안하구나…"

심복이 칼을 떨어뜨리며 가만히 눈물을 흘렸다. 고개를 들어 허공의 달을 바라보는 천둥의 눈가에도 물기가 비쳤다.

불목하니가 정체불명의 상인들과 나갔다는 말에 박불화는 황급히 황각사를 나섰다. 산길에서 불목하니의 시신을 발견한 박불화는 직감적으로 그자들의 소행임을 알아챘다.

아직 피가 솟는 것으로 봐서 방금 이곳을 내려갔을 터, 박불화가 산길을 가로질러 그들을 쫓았다.

달빛을 받으며 두 명의 사내가 산을 내려오고 있었다. 그들의 허리춤에는 환도가 걸려 있었다. 박불화는 천만다행이라며 가슴을 쓸어내렸다. 불목하니도 죽었으니 저들만 죽이면 비밀을 아는 자들의 입을 다 막을 수 있을 것이라 여겼다. 박불화가 천천히 칼을 뽑으려는 순간, 달빛에 그들의 모습이 드러냈다. 틀림없는 천둥이었다. 순간 박불화는 화들짝 놀라며 몸을 숨겼다.

그의 머릿속은 온통 뒤죽박죽이 되었다.

'태자마마께서 자신의 출생에 대한 비밀을 알게 된 것일까? 아니면 다른 이유 때문에?'

천둥이 그곳을 벗어나자 박불화는 다리에 힘이 풀려 그 자리에 주저앉고 말았다. 그는 자신의 두 손을 들어 올려 멍하니 바라봤다. 바로 그 두 손으로 핏덩이였던 천둥을 황각사에 맡겼었다. 한숨과 함께 눈물이 흘렀다. 그는 두 손에 얼굴을 묻고 한참 동안 뜨거운 눈물을 쏟았다.

박불화의 보고를 받으며 기황후는 표정 없는 얼굴로 허공을 응시했다. 천둥이 제 손으로 불목하니를 죽일 이유는 단 한 가지밖에 없었다. 그렇지 않으면 불목하니를 살려서 결정적인 증인으로 내세웠을 것이었다.

'천둥이 자신의 출생에 관해서 알게 되다니…. 그 어린것이 얼마나 큰 충격을 받았을꼬.'

기황후는 가슴이 메어 왔다. 하지만 비밀을 알게 된들, 천둥은 절대 그녀를 어머니라 부르지 않을 것이라고 기황후는 확신했다. 부르고 싶어도 불러서는 안 되었다. 아니, 어쩌면 천둥은 기황후를 향해 이전보다도 더욱 큰 분노를 품게 될지도 몰랐다. 어찌 되었건 천둥의 입장에서 그녀는 아기를 버린 무정한 어미였고 충혜왕은 자식을 살피지 못한 무능한 애비였다. 그들은 천둥을 아들이라 부를 자격도, 용기도 없었다. 용서를 바라는 것은 더더욱 뻔뻔한 일이었다. 기황후의 눈가에서 눈물이 흐르기 시작했다. 지금쯤 천둥이 안고 있을 고통이 그녀에게 고스란히 느껴졌다. 천둥이 너무도 안쓰러워 그녀는 괴로웠다.

그 밤, 천둥은 이불을 뒤집어쓰고 숨을 죽여 울고 있었다. 울음조차 이토록 두려울 줄은 미처 몰랐다.

'원수로 생각했던 기황후가 내 친모였다니…. 죽여 마땅한 고려 왕이 내 아버지라니….'

문득 천둥의 가슴 깊은 곳에서 그리움이 솟구치더니 이내 분노가 그 자리를 채웠다. 처음으로 그는 세상이 두려웠다. 그러더니 다시 악에 받쳤다.

도무지 종잡을 수 없는 격정으로 천둥은 밤새 이불 속에서 홀로 절규해야만 했다.

유일한 증인이던 불목하니가 죽자 백안은 당혹감을 감추지 못했다. 그는 누군가 천둥보다 한 발 앞서 불목하니를 죽였으니 기황후 쪽에서 먼저 손을 쓴 것이 분명하다고 생각했다. 그 무렵 순제는 연일 향락에 젖어 폭음을 계속하고 있었다. 그는 기황후에 대한 배신감과 분노에 치를 떨다가도 정작 비밀이 밝혀지면 끝내 그의 손으로 사랑하는 기황후의 목숨을 거두게 될까 두려워했다. 신료들은 황제의 온전치 않은 정신을 걱정하며 수군대기 시작했다.

백안으로부터 증인이 죽었다는 보고를 받은 순제는 분노하면서도 안도했다. 그는 스스로도 자신의 감정을 다스리지 못했다. 기황후에 대한 사랑이 남아 있기 때문이었다. 백안은 그런 황제의 모습이 불안했다. 저러다가 언제 마음이 변해서 기황후와 충혜왕을 용서할지 몰랐다. 하루빨리 다른 증인을 찾아야 했다.

술에 취한 순제를 찾아온 사람은 기황후였다.

그녀가 단호하게 말했다.

"폐하, 충혜왕을 그만 고려로 보내 주시옵소서."

언제까지 충혜왕을 잡아 둘 수는 없는 노릇이라는 생각이

들어서였다. 기황후와 충혜왕을 추종하는 신료들이 조회 때마다 목청을 높이며 순제를 압박하고 있었다. 단지 저잣거리에 떠도는 풍문 때문에 두 사람을 의심한다면 그것이야말로 순제 스스로가 우스운 꼴이 되는 것이었다.

순제가 기황후를 가만히 바라보았다. 기황후는 순제의 눈길을 피하지 않았다. 그녀의 두 눈에는 충혜왕을 향한 애타는 마음이 가득 담겨 있었다.

순제는 분명 느낄 수 있었다.

'그 마음을 감추기라도 할 것이지….'

순제의 흐릿한 두 눈에 눈물이 핑 돌았다. 눈물을 들키기 싫은 순제는 황급히 술잔을 들어 얼굴을 가렸다. 그러나 그의 마음도 감출 수가 없었다. 감추어지지가 않았다. 술잔 너머로 흐르는 눈물을 기황후도 보고 말았다. 그녀는 무언가를 말하려다가 거두고 방에서 조용히 나왔다.

순제는 기황후가 서 있던 자리를 허망한 눈빛으로 바라보며 들고 있던 술잔을 단숨에 비웠다.

그때 백안이 다급하게 들어섰다.

"황상 폐하, 기황후의 자식에 대한 비밀을 아는 새로운 증인이 있사옵니다."

순제가 다시 술잔을 채우며 웅얼거렸다.

"열흘의 말미를 주마."

열흘. 그 안에 밝혀내지 못한다면 순제도 어쩔 수 없었다. 충혜왕을 고려로 돌려보내야만 했다.

백안은 현빈 박씨 사건 때 궁을 도망쳐 나온 궁녀가 어딘가에 살아 있다는 첩보를 입수한 터였다. 그때 후궁전에 거처하던 고려 출신 궁녀라면 기황후의 임신 사실을 알았을 것이 틀림없었다. 그녀를 찾는 일에 이번에는 천둥이 아닌 탈탈이 나서기로 했다. 대신 천둥은 충혜왕을 감시하는 일을 맡기로 했다. 충혜왕이 천둥에게 호의적이란 사실을 다들 알고 있었다.

백안의 거소에서 나온 천둥은 그 즉시 고려촌으로 발길을 돌렸다. 궁녀가 살아서 연경에 있다면 고려촌에 정착했을 것이 분명하다는 판단에서였다. 변복을 하고 고려촌을 누비며 이런저런 소문을 캐던 천둥은 탈탈 일행을 보고는 급히 몸을 숨겼다. 천둥은 새삼 탈탈의 지모슬기로운 꾀에 놀랐다. 그 또한 다른 곳을 마다하고 고려촌부터 뒤지기 시작했던 것이다. 궁녀를 찾기 위한 탈탈과 천둥의 보이지 않는 경합이 벌어지고 있었.

객관에 머물러 있는 천둥에게 심복이 급히 소식을 전했다.

"궁녀는 고려촌이 아니라 대도 밖의 한 산촌에서 화전을 일구며 살고 있다고 합니다. 탈탈이 그 행방을 알아내고 방금 그곳을 향해 출발했습니다."

천둥은 그 즉시 말을 달려 연경을 벗어났다. 탈탈보다 늦게 당도한다면 모든 것이 끝장임을 천둥은 알고 있었다. 죽을힘을 다해 말을 달려야 하는 천둥의 눈매가 매섭게 빛났다.

꼬박 하루를 달리는 거리였다. 천만다행으로 천둥은 먼저 그곳에 당도할 수 있었다. 화전을 일구는 초가는 평화로워 보였다. 대여섯 살 난 계집아이가 마당에서 놀고 있었다. 커다란 눈을 가진 예쁜 아이였다. 그러나 천둥에겐 지체할 시간이 없었다.

천둥이 마당으로 들어섰다. 마침 방에서 나오던 여인은 살기를 감지하고는 급히 아이를 들쳐 안았다. 그리고 뒷마당을 향해 허둥지둥 달리기 시작했다. 하지만 얼마 가지 못하고 돌부리에 걸려 넘어지고 말았다.

여인이 울음을 터뜨린 아이를 보듬어 안으며 간청했다.

"어르신, 살려 주십시오. 제발 목숨만…."

멀리서 흙먼지를 일으키며 탈탈이 다가오고 있었다. 천둥이 차마 칼을 내리치지 못하자 심복이 단칼에 여인을 죽였다. 순간 아이의 얼굴에 피가 튀었다. 심복이 아이마저 죽이려 하자 겁에 질린 아이의 커다란 두 눈에서 눈물이 뚝뚝 떨어졌다.

천둥이 나서 심복을 말렸다.

"칼을 거두거라. 그만 가자. 시간이 없다."

천둥과 심복은 그길로 급히 말을 달려 몸을 숨겼다.

그제야 도착한 탈탈은 또다시 한발 늦었음을 알고는 분개했다. 분명 그들을 잘 알고 있는 자가 틀림없다는 것이 탈탈의 생각이었다. 그렇지 않고서는 이렇게 완벽하게 한 발씩 앞서 나갈 수가 없는 일이었다.

아이를 말에 태우고 돌아가는 탈탈 무리를 먼발치에서 지켜보며 천둥은 긴 한숨을 내쉬었다. 대체 누굴 위해 이러는 것인지 혼란스러웠다. 기황후와 충혜왕이 자신의 부모라 하더라도 용서가 되지 않았다. 끝까지 부정하고 싶었다. 그러나 마음과 머리가 따로 움직였다. 마음은 달랐다. 이대로 두 사람이 사지로 내몰리는 것을 온 힘을 다해 거부하고 있었던 것이다.

인질이 된 천둥

 탈탈은 아이에게서 제 어미를 죽인 자에 관해 알아내려 안간힘을 썼다. 하지만 아이는 충격으로 그만 말을 잃고 말았다. 결국 기황후와 충혜왕 사이에서 태어난 자식을 밝혀내려는 시도는 무위로 돌아갔다. 어찌할 수 없는 일이었다.
 '충혜왕을 곱게 살려 보내는 일만은 반드시 막아 낼 것이다…'
 백안은 다짐하고 또 다짐했다. 고려로 돌아가는 길에 충혜왕을 반드시 죽여 없앨 작정이었다.
 그러나 기황후는 여울을 통해서 백안의 이러한 계획을 미리 알아냈다. 그녀는 박불화로 하여금 고려로 떠나는 충혜왕을 국경까지 수행하게 했다. 교역 때문에 많은 물목들을 싣고 떠나는 고려 왕을 도적들로부터 보호한다는 명목이었다.

순제는 오랜만에 흥성궁에 나가 기황후와 함께했다. 기황후가 황제를 무릎에 눕히고 귀를 파 주었다.
그녀가 걱정스런 목소리로 말했다.
"오래도록 강녕하셔야 하옵니다."
순제가 화답했다.
"황후에게는 그저 미안할 뿐이라오."
순제의 말 뒤에는 많은 뜻이 내포되어 있었다. 더 이상 충혜왕과의 풍문으로 기황후를 의심치 않겠다는 뜻이었다. 기황후는 그런 순제를 가만히 가슴에 묻으며 안아 주었다. 순제의 사랑을 모를 리 없었다. 기황후 때문에 괴로워하며 불면의 날들을 보내는 동안 순제의 심신은 눈에 띄게 쇠약해져 있었다. 기황후는 그런 순제가 안쓰러웠다. 마음속 깊이 단 한 사람만을 사랑할 수밖에 없는 자신의 운명이 얄궂었고, 그런 자신을 사랑하며 평생 가슴앓이를 해야만 하는 순제가 가여웠다. 순제는 어느덧 기황후의 품에서 잠이 들어 있었다. 그렇게 두 사람 사이에 따뜻한 봄날이 다시 오는 듯했다.

다음 날, 백안과 왕고, 탈탈을 은밀히 불러들인 순제는 함을 하나 내놓았다. 그 안에는 뜻밖에도 고려의 국새가 들어 있었다. 예전에 충혜왕이 복권되어 돌아갈 때도 내놓지 않았던 국새였다.

어리둥절한 일행들에게 순제의 밀명이 전달되었다.

"심양왕 왕고를 고려의 국왕으로 임명하노라."

왕고는 놀란 나머지 입을 다물지 못했다. 함에는 국새와 함께 왕고를 국왕으로 인정한다는 황제의 교서가 들어 있었다.

순제가 낮고 분명한 어조로 밀명을 이어 갔다.

"충혜왕보다 먼저 고려로 돌아가 조정을 장악하라. 충혜왕이 돌아오는 즉시 그자와 무리들을 처단하고 고려의 법을 다시 세우라."

어제까지 술에 찌들어 살던 유약한 순제가 아니었다. 정신을 놓고 사는 척했지만 사실은 충혜왕을 없앨 칼을 갈고 있었던 순제였다. 왕고를 국왕으로 임명해 놓고 처형을 시킨다면 그것은 고려의 내정이 될 터, 기황후와 충혜왕을 따르는 원나라 권신들도 그 일로 황제를 몰아세우지만은 못할 것이라는 계산이었다.

왕고가 감격에 겨워 부복을 하며 다짐했다.

"황상 폐하, 성은이 망극하옵니다. 이 왕고, 고려의 왕이 되어 평생토록 대원제국에 충성할 것입니다."

백안과 탈탈 역시 부복을 하며 황제에 대한 예를 갖추었다. 순제는 분명한 결론을 가지고 있었다. 하늘에 해가 두 개일 수 없듯이 한 여인의 가슴속에 두 남자가 있을 수 없다는 것이었다. 그러니 순제에게 있어 또 하나의 태양, 충혜왕은 사라져야만 했다. 진즉 그를 죽이지 못한 것이 한스러울 뿐이었다. 왕고 일행은 그 즉시 고려로 출발했다. 충혜왕이 당도하기 전에 해야 할 일들이 많았다.

그즈음, 천둥은 충혜왕에게 노골적인 적개심을 보이고 있었다. 충혜왕과 만날 때마다 적대감을 표시하는 바람에 둘 사이는 외줄을 타는 듯 늘 위태롭기만 했다. 백안은 그런 천둥의 마음을 이해했다. 충혜왕과 기황후를 죽일 기회가 물 건너갔으니 어머니의 원수를 갚고자 했던 천둥으로서는 당연한 모습이었다.

백안은 천둥을 은밀히 불러 일렀다.

"충혜왕을 국경까지 배웅하는 데 동행하시지요."

충혜왕을 마지막까지 감시하라는 것이었다. 천둥은 고개를 가로저었다. 충혜왕과의 이별이 길수록 번민만 깊어질 뿐이었기 때문이다.

천둥의 내심을 알 리 없는 백안이 그를 위로할 심산으로 입을 열었다.

"고려로 돌아가는 즉시 그자는 죽게 되어 있습니다. 그러니 그만 노여움을 푸시고 그자의 마지막 가는 길을 잘 봐 두십시오."

백안이 황제의 밀명을 전하자 천둥의 마음 한구석이 쿵 내려앉았다. 자신이 모르는 사이 무서운 일이 진행되고 있었던 것이다.

박불화와 함께 국경까지 가는 동안 천둥은 또 다른 번민에 휩싸여야만 했다. 이대로 충혜왕의 죽음을 모른 척하기가 너무도 괴로웠다. 그럴수록 충혜왕을 대하는 천둥의 모습은 날카롭고 도발적으로 변했다. 충혜왕은 그런 천둥을 넓은 아량으로 끌어안았다. 아들과 함께 가는 원행길이 무엇과도 바꿀 수 없이 소중했기 때문이다. 그런 두 사람을 말없이 바라보는 박불화는 가슴이 찢어지도록 아팠다.

마침내 국경에 다다르자 이별을 앞두고 조촐한 술자리가 벌어졌다. 취기가 오른 충혜왕의 말투는 어느덧 아들을 대하듯 살갑게 변해 있었다.

그런 충혜왕을 노려보던 천둥이 차갑게 한마디를 던졌다.

"심양왕이 고려로 돌아간 사실을 아십니까?"

왕고는 원나라에 남아 있겠다며 충혜왕과 일찌감치 하직 인사를 나눈 터였다.

"황제께서 고려의 국새를 그자에게 주셨습니다."

순간 충혜왕은 술이 번쩍 깼다. 그것이 무엇을 뜻하는지 잘 알고 있었다. 무방비 상태로 고려로 돌아간다면 속수무책으로 당할 것이 분명했다. 하지만 천둥이 이런 말을 전하는 까닭을 도무지 알 수 없었다.

충혜왕이 나지막이 물었다.

"그대는 원나라의 태자다. 어찌 내게 그런 말을 전하는가?"

"대원제국의 태자로서 빚을 지고 살 수는 없소이다…."

일전에 고려에서 충혜왕이 도적 떼들로부터 목숨을 구해주었을 때, 천둥은 빚을 반드시 갚겠다고 말했었다.

"이제, 고려 왕과 나 사이에는 아무런 동정도 호의도 남아 있지 않소."

"아직도 날 원수로 생각하는가?"

"다음에 만날 때는 내 칼이 먼저 인사를 하게 될 것이오."

천둥은 자리를 박차고 나갔다. 충혜왕은 심사가 복잡해졌다. 눈앞에서 아들과 이렇게 헤어져야만 하는 현실이 너무도 가슴 아팠다. 돌아오는 길, 천둥은 말 위에서 뜨거운 눈물을 흘렸다. 자신에게 주어진 운명의 굴레가 너무도 가혹하기만 했다.

충혜왕이 없는 고려의 실권자는 조적이었다. 조적은 왕고와 경화공주의 전폭적인 지지를 배경으로 부원배들 사이에서 우두머리로 군림했다. 고려에 당도한 왕고는 조적을 앞세워 순식간에 조정을 장악했다. 원나라 황제의 교서와 고려 국새를 지녔으니 어느 누구도 왕고를 저지하지 못했다. 이제 충혜왕이 오기만을 기다릴 뿐이었다. 그자의 목을 내걸고 고려의 새로운 국왕으로 등극할 생각에 왕고는 가슴이 벅차올랐다.

 충혜왕은 악소배들로부터 시시각각 개경의 상황을 보고받고 있었다. 의주에 당도한 충혜왕은 무역방을 설치하고 가져온 물목들을 풀어 교역에 열중했다. 그 사실이 바람처럼 왕고에게 전달되었다. 이번 교역은 멀리 대식국까지 연계되어 있어 최소 석 달 이상은 의주에 머물 것이라는 보고였다. 충혜왕을 없애고 즉위식을 거행할 생각이었던 왕고로서는 짜증이 날 만도 했다. 왕고는 세작^{비밀 간첩}들을 의주로 파견해 충혜왕의 일거수일투족을 보고 받았다. 그러나 충혜왕은 아예 무역방에 틀어박혀서 각국의 상인들과 여흥에만 몰두하느라 얼굴 한 번 보기가 힘들다는 소식이었다.

 무역방에서 여흥을 즐기는 자는 가짜 충혜왕이었다. 충혜왕은 일찌감치 변복을 한 채 개경에 들어와 있었다. 홍월관의 내실에 수십 명의 악소배 두령들이 모여 있었다. 전국 각지에서 두령들이 부하들을 데리고 속속 개경으로 들어오는 중이었다. 계획대로라면 일천의 악소배들이 모일 것이었다. 기습이 성공한다면 충분히 왕궁을 점령할 수 있는 병력이었다. 충혜왕은 이를 악물며 기회를 엿보고 있었다. 그는 이참에 부원배들을 모두 죽여서 새로운 고려 개혁의 시작을 알릴 셈이었다.

충혜왕이 의주에 머무는 시간이 길어지자 점차 동요가 일기 시작했다. 조적의 강압으로 조정을 장악하긴 했지만 충혜왕을 따르는 신료들 사이에서 반기의 조짐이 보이기 시작했다.

경화공주가 조바심을 냈다.

"이렇게 마냥 기다리고 있을 것이 아니라, 아예 군대를 보내 충혜왕을 잡아들이고 즉위식부터 올리시는 것이 어떻겠소."

조적도 거들었다.

"정예군 오천이면 충분히 충혜왕을 잡아들일 수 있을 것입니다. 즉위식을 거행하면 반대하는 신료들도 대세를 따를 수밖에는 없을 테고 말입니다."

왕고가 고개를 끄덕였다. 이미 대권을 움켜쥔 마당에 더 이상 지체할 일이 아니었다.

마침내 조적은 정예군사 오천을 의주로 보냈다. 그리고 다음 날 왕고를 고려의 국왕으로 내세우는 즉위식을 거행했다. 새로운 국왕의 등극을 알리는 조서가 발표되었다. 왕고와 경화공주, 조적과 부원배 무리들은 축하연을 베풀며 새로운 고려의 시작을 기뻐했다. 이제 충혜왕의 머리만 가져오면 그만한 선물이 없을 것이었다.

그날 밤, 저잣거리에 악소배들이 소리 없이 집결하기 시작했다. 어느덧 국왕의 황금 전포를 입은 충혜왕이 일천의 악소배들을 이끌고 거침없이 왕궁으로 들이닥쳤다. 갑자기 나타난 충혜왕을 보자 왕궁 수비대 군사들은 두 명의 국왕 중 누구를 따라야 할지 우왕좌왕하며 갈피를 못 잡았다.

충혜왕이 그들 앞에 나서며 칼을 뽑고 외쳤다.

"고려의 군사들은 똑똑히 보아라. 짐의 뒤를 따르는 자들은 고려의 백성들이다. 고려의 국왕이 고려의 백성으로 고려를 구하고자 함이거늘 무엇을 망설이느냐? 뜻있는 자들은 성문을 열어 동참하라. 간악한 부원배 무리들의 피로 더럽혀진 고려의 사직을 씻어 내리라!"

이에 질세라 왕궁 수비대장도 목청을 높였다.

"뭣들 하느냐! 어서 역도들을 공격하라!"

하지만 성안의 병사들은 움직이지 않았다. 잠시 어색한 정적이 흐르던 찰나, 왕궁 수비대장의 목이 툭 던져졌다.

그리고 병사들이 스스로 성문을 열어 충혜왕을 맞았다.

"폐하, 어서 안으로 드소서."

충혜왕과 일천의 악소배들은 왕궁 안으로 물밀듯이 쏟아져 들어왔다.

어전에서 연회를 베풀던 왕고와 경화공주, 조적과 부원배들은 갑작스런 공격 소식에 뿔뿔이 흩어지며 허둥댔다. 조적이 급히 근위대를 이끌고 충혜왕과 맞섰지만 잔뜩 독이 오른 악소배들과 그 뒤를 따르는 왕궁수비대 병사들을 막아 낼 수는 없었다. 충혜왕의 칼날에 목이 잘린 조적의 몸뚱이는 나무토막처럼 쓰러졌다. 충혜왕은 그대로 왕고가 있는 어전으로 들이쳤다.

경화공주는 급히 서찰을 한 통 써서 왕고의 손에 쥐여 줬다. 원나라로 돌아가 황제 폐하께 전해 달라는 서찰이었다. 왕고는 환관을 죽여 그 옷으로 갈아입고는 겨우 왕궁 뒷문으로 도망쳐 목숨을 부지했다.

충혜왕이 어전에 다다르자 경화공주가 팔을 벌리며 온 힘을 다해 막아섰다.

"그대는 이제 고려의 왕이 아니오."

"비키거라! 네가 제아무리 부왕의 비라 한들 용서치 않을 것이다!"

"무엄하오, 난 그대의 어미요!"

"난 오랑캐 계집을 어미로 둔 적이 없느니라!"

충혜왕이 거칠게 밀쳐 내자 경화공주는 그만 단상에서 떨어져 바닥에 나동그라졌다. 그 바람에 다리가 부러지고 말았다. 금방이라도 숨이 넘어갈 듯 고통을 호소했지만 충혜왕은 눈도 꿈쩍하지 않았다. 핏발 서린 두 눈으로 이리저리 왕고를 찾아다닐 뿐이었다.

그 시각, 왕고는 환관 복장을 한 채 허겁지겁 도망치고 있었다. 신발을 잃어버린 두 발에서는 연신 피가 흘러내렸다.

서기 1339년 8월, 충혜왕을 죽이고 왕고를 국왕으로 내세우려던 조적의 난은 악소배를 이끈 충혜왕에 의해 그렇게 실패로 돌아갔다.

천신만고 끝에 원나라로 돌아간 왕고는 백안을 만나 정변의 실패를 알렸다. 이번에야말로 충혜왕을 죽일 것이라고 믿어 의심치 않았던 백안에게는 청천벽력 같은 소식이었다. 왕고는 백안에게 경화공주의 서찰을 건넸다. 황제에게 보내는 그 서찰에는 자신을 강간한 충혜왕의 소행이 낱낱이 적혀 있었다. 물론 그것은 충혜왕을 폐위시키려는 경화공주의 음모였다.

일그러졌던 백안의 입가에 비로소 미소가 피어올랐다. 충혜왕이 꼼짝없이 간계의 그물에 빠지게 될 것이 눈에 보였기 때문이다. 그 자리에 있던 천둥은 심란한 마음을 금할 수가 없었다. 왕고의 음모를 미리 알려 충혜왕을 구해 주었던 천둥이지만 이번만큼은 달리 손을 쓸 방도가 없었다.

경화공주의 서찰을 본 순제는 대노했다. 당장 어전 회의가 소집되었다. 순제는 신료들이 모인 자리에서 그 서찰을 공개했다. 충혜왕을 누구보다도 잘 알고 있는 기황후는 그것이 경화공주의 간악한 계략임을 단번에 알아챘다. 기황후가 충혜왕을 두둔하고 나서자 백안을 중심으로 한 옹기라트 출신 대신들이 강하게 반발했다. 충혜왕으로부터 많은 정치자금을 받고 있던 대신들이 충혜왕을 옹호하고 나서면서 조당은 두 파벌의 설전으로 소란스러워졌다.

이때, 고려로부터 소식이 전달되었다. 충혜왕이 조적의 난에 가담했던 부원배들을 색출하여 모조리 주살_{죄를 물어 죽임}했다는 것이었다. 경화공주 역시 충혜왕의 강간에 저항하다가 다리가 부러졌다는 보고였다. 순간 충혜왕을 옹호하던 대신들도 서로 눈치를 보며 입을 다물 수밖에 없었다.

순제는 당장 충혜왕을 폐위시키고 원나라로 끌고 오라고 명령했다. 이제 충혜왕을 보호할 사람은 원나라 조당 내에 기황후밖에 없었다.

기황후는 끝까지 자신의 뜻을 굽히지 않고 충혜왕을 옹호했다.

"황상 폐하, 사람은 항상 눈 때문에 속고, 귀 때문에 속고, 코 때문에 속고, 입 때문에 속고, 몸 때문에 속는다 하지 않습니까. 부디 진실만을 보시옵고, 진실만을 들어 주소서."

"진실, 진실이라 하였소? 그대가 지금 내 앞에서 진실을 논하는 것이오?"

하지만 불에 기름을 부은 격이었다. 순제의 분노는 더해 갔다. 두 사람의 충돌이 극에 달한 그때, 천둥이 나서 제 의견을 밝혔다.

"소자 감히 아뢰옵니다. 먼저 충혜왕과 경화공주를 소환하고, 진의를 밝힌 연후에 폐위를 논하여도 늦지 않으리라 사료되옵니다."

순제와 기황후로서는 서로 한 발씩 물러나는 셈이었다. 그러나 순제는 도무지 분노를 삭일 수가 없었다.

백안이 그런 황제를 조용히 위로했다.

"황상 폐하, 어차피 충혜왕이 소환을 받아 연경에 온다고 경화공주를 강간한 죄가 없어지진 않을 터. 폐위가 되어서 끌려오나 소환이 되어 오나 그자는 이제 죽은 목숨이나 다름없습니다."

기황후는 충혜왕이 소환에 불응할 것을 알고 있었다. 시간이 필요한 일이었다. 충혜왕의 소환이 늦어지는 동안 기황후는 원나라 내의 막강한 정치력을 이용해서 그의 무죄를 입증해 보일 생각이었다.

기황후는 눈치채고 있었다. 천둥의 중재안이 자신과 충혜왕을 돕기 위한 의도라는 사실을. 비록 자신을 대하는 태도는 여전히 싸늘했지만 천둥의 마음 깊숙한 곳에 자리한 두 사람에 대한 애절함을 그녀는 잘 알고 있었다.

박불화가 기황후에게 급히 소식을 알려 왔다. 충혜왕을 소환하는 사신에 탈탈이 선출되었으며, 천둥 또한 자임하여 탈탈을 따라나선다는 것이었다. 일말의 불안감이 기황후를 초조하게 만들었다. 하지만 이 또한 충혜왕을 돕기 위한 천둥의 뜻임이 분명했다.

천둥이 따라나선다고 하자 이를 반긴 이는 백안이었다. 일찌감치 원나라의 차기 황제로 점찍고 태자 책봉에서 천둥을 밀고 있는 백안이었다. 그러니 천둥이 드러내는 고려와 기황후에 대한 복수심을 환영하지 않을 까닭이 없었다.

사신단이 연경을 떠나는 날, 탈탈의 집에 들른 천둥은 한 아이와 마주쳤다. 커다란 눈을 가진 귀여운 아이였다. 천둥이 고개를 숙여 아이와 눈높이를 맞추었다.

"이름이 뭐니?"

하지만 아이는 아무 대답도 하지 않았다. 아니, 오히려 두려움에 떨고 있었다. 천둥은 의아해 하며 아이의 얼굴을 가만히 들여다보았다. 그러고 보니 어딘가 낯이 익은 얼굴이었다. 순간 아이의 커다란 두 눈에서 눈물이 뚝뚝 떨어졌다.

'아…'

그제야 천둥은 아이를 알아보았다. 일전에 자신의 손으로 죽인 공녀 출신 여인의 아이였다. 틀림없었다. 그날도 아이는 그렇게 울고 있었다.

'미안하다, 아가…'

천둥이 가여운 마음에 눈물을 닦아 주려 손을 내밀자 아이는 그만 울음을 터뜨렸다. 일꾼들이 달려와 아이를 급히 들여보내면서 소동은 끝이 났다. 까닭을 알 리 없는 탈탈의 눈에는 아이의 반응이 이상하기만 했다. 하지만 출발이 코앞이었다. 큰일을 앞두고 그런 것까지 마음에 담아 둘 여유가 없었다.

천둥과 탈탈은 같은 곳을 향해 걸음을 서둘렀다. 하지만 마음에 품은 목적은 서로 달랐다. 탈탈은 무슨 수를 써서라도 충혜왕을 데려올 작정이었다. 그러나 천둥은 온 힘을 다해 이를 막을 생각이었다. 스스로를 몽골의 후예라 자부하며 출생의 비밀을 애써 거부할수록, 천륜은 더욱 뜨겁게 천둥을 괴롭히고 있었다.

개경에 당도한 탈탈은 경화공주를 강간한 책임을 물으며 충혜왕의 소환을 알렸다.

충혜왕은 자신이 간계에 빠졌음을 알고는 대노했다.

"무어라? 내 당장 저자를 죽여 없애고 경화공주를 처형하고 말 것이다!"

그러자 방신우를 비롯한 신료들이 눈물로 만류했다.

"폐하, 그리하시면 스스로 죄를 인정하는 셈이 될 뿐이옵니다. 제발 뜻을 거두어 주소서!"

그렇다고 소환에 응해서 원나라로 가는 것은 더더욱 위험했으니 그야말로 진퇴양난이었다. 그는 고심을 거듭했다. 그리고 마침내 결단을 내렸다.

충혜왕이 굳은 표정으로 입을 열었다.

"나는 원의 소환에 불응할 것이오. 또한 최악의 경우, 전쟁도 불사할 것이오."

그동안 충혜왕은 많은 자금을 비축해 두었다. 부원배들의 눈치를 보며 악소배들에게 의존했지만 이제부터는 적극적으로 군사를 양병하고 군력을 증강시킬 계획이었다. 오랫동안 꿈꾸었던 고려의 자주권을 힘으로 되찾겠다는 의지였다. 신료들은 국왕의 결연한 의지 앞에서 아무 말도 하지 못했다. 더러는 눈물까지 흘리며 감격해 하기도 했다. 그것이 본래의 고려 모습이었다. 세상을 제패한 몽골의 군대와 맞서 사십 년을 버텨 낸 진정한 제국의 기상이었다.

그날 밤, 천둥이 충혜왕을 찾아왔다. 비록 자신을 소환하기 위한 사신단으로 온 그였지만, 아들과의 만남은 늘 설레고 가슴 벅찼다.

   천둥이 단도직입적으로 말문을 열었다.

"소환에 응하지 않으시면, 원나라는 군대를 동원할 것입니다."

"교역이 필요할 때가 있고 칼을 뽑아야 할 때가 있네."

   전쟁도 불사하겠다는 말이었다.

   천둥이 동요하지 않고 말을 이어 갔다.

"지금은 전쟁보다 교류가 필요할 때입니다."

"그렇다면 자네가 나서서 말려 보게. 난 절대 억울한 소환에 응할 수가 없네."

"저를 이곳에 인질로 잡아 두십시오."

   순간, 충혜왕은 두 귀를 의심했다. 천둥이 인질로 잡혀 있게 된다면 충혜왕은 상당한 시간을 벌 수 있었다. 전쟁은 기황후도 원치 않는 극단적인 상황일 터, 천둥도 고려와 원나라간의 혈전은 바라지 않았다. 천둥이 고려에 잡혀 있는 동안 기황후는 충혜왕의 혐의를 벗기기 위해 모든 노력을 다할 것이었다.

   충혜왕은 이내 인질을 자처한 천둥의 진심을 알아챘다. 천둥은 자신과 기황후를 도와주기 위해 스스로를 희생하겠다는 의사를 드러낸 것이었다. 충혜왕은 감격스러웠다. 그러나 짐작일 뿐 정확한 천둥의 심중은 알 수 없었다.

충혜왕이 다정하게 물었다.

"날 도와주기 위함인가?"

"내 백성을 구하기 위함입니다."

지금 전쟁이 일어난다면, 그 고통은 고스란히 양국의 백성들에게 돌아갈 것이 불을 보듯 뻔했다. 천둥의 생각은 깊고 대견했다. 군대를 양병하기 위한 시간이 필요했던 충혜왕으로서는 천둥의 결정을 마다할 이유가 없었다. 더군다나 원나라 땅이 아닌 이곳 고려에서 아들과 함께 지낼 생각을 하니 그는 공연히 가슴까지 뛰었다.

다음 날, 충혜왕은 천둥을 객궁에 연금시키고 탈탈에게 경화공주를 내주었다. 원나라 태자를 인질로 남겨 두고 떠나게 되었으니 탈탈로서도 전혀 예상치 못한 결과였다. 충혜왕은 자신의 결백을 알리는 서신을 탈탈에게 건넸다. 이로서 충혜왕은 백안의 간계에 맞설 만반의 준비를 마친 셈이었다. 탈탈은 무거운 발걸음으로 개경을 떠났다.

상황이 전혀 예상치 못한 곳으로 흘러가고 있었다.

끝내 밝혀진 비밀

탈탈 일행이 돌아가자 천둥은 곧 자유의 몸이 되었다. 인질이라고 했지만 충혜왕은 모든 대소사에 천둥을 대동했다. 함께 사냥을 나가 고려의 산천을 즐겼고 저잣거리에서 악소배들과 어울리며 고려인들의 삶을 함께 누렸다. 천둥은 고려라는 나라의 저력을 느끼게 되었다. 대원제국과 맞서 수십 년을 버틴 힘의 뿌리가 오랜 역사와 그들의 자긍심에 있음을 뼈저리게 체험했다. 원나라의 황실에서 온전한 푸른 늑대의 후예인 줄만 알고 자라왔던 천둥에게 부모의 나라는 참으로 경이로웠다.

그러는 동안 천둥에 대한 충혜왕의 사랑은 더욱 깊어졌

다. 하지만 절대 자신이 아버지임을 발설할 수는 없었다. 언제 다시 천둥과 이처럼 소중한 시간을 함께할 수 있을지도 알 수 없었다. 애절함이 깊어질수록 충혜왕의 가슴 한쪽이 메어 왔다.

천둥이 인질로 잡히자 원나라 조정은 한바탕 소란에 휩싸였다. 백안과 옹기라트 출신 대신들이 당장 전쟁을 벌여야 한다며 강경한 입장을 내보이는 반면 반대파 신료들은 경화공주 강간사건의 진상을 새롭게 파악해야 한다고 주장했다. 덕분에 기황후는 한숨 돌릴 수가 있었다.

경화공주가 조당에 나서서 거짓 증언을 하고 눈물을 흘리자 기황후가 나서 추상같이 문책했다. 충혜왕이 보낸 서찰에는 자신의 결백을 밝히는 입장이 일목요연하게 적혀 있었다. 그의 서찰에 따르면 먼저 조적의 난을 일으켜 충혜왕을 죽이려 한 것은 왕고와 경화공주였다. 충혜왕이 칼을 뽑아 경화공주를 죽이려 했을지언정 강간은 어불성설이었던 것이다.

순제는 어떠한 결정도 내리지 않은 채 조용히 경청하고 있었다. 그는 진실은 중요치 않았다. 강간이 사실이든 아니든 아무 상관없었다. 충혜왕의 목숨을 거둘 수만 있으면 되었다. 그러기 위해서는 수단과 방법을 가리지 않을 결심을 한 순제였다.

순제는 조용히 고심을 거듭했다.

'과연 충혜왕을 고려에서 끌어낼 수 있는 사람이 누구일까…'

그리고 마침내 순제는 결론을 내렸다. 그것은 다름 아닌 기황후였다. 기황후의 말 한마디라면 충혜왕은 지옥불이라도 섶을 지고 뛰어들 것이 틀림없었다.

그날 밤, 순제가 기황후를 찾았다. 기황후가 극진히 순제를 맞았다.

"내 사과할 일이 있어 이리 황후를 찾았소."

기황후가 머리를 조아렸다.

"내가 왕고에게 고려 국새를 내주며 모사를 꾸몄소. 미안하오."

기황후가 고개를 들어 순제를 바라봤다.

"그러나 먼저 이 나라를 살립시다. 흉년과 기근이 계속되고 있지 않소. 백성들이 허기에 지쳐 쓰러져 갑니다. 그러니 국정을 소비하는 일을 멈추고 이쯤해서 경화공주 사건을 매듭지읍시다."

기황후가 생각에 잠겼다. 순제의 말이 도무지 믿기지 않았기 때문이다.

"내 충혜왕의 결백을 믿겠소. 그러니 황후께서 태자를 그만 우리 원나라로 돌려보내 달라는 서신을 한 통 써 주시오."

기황후의 얼굴에 화색이 돌았다.

순제가 다짐했다.

"더 이상 고려 왕을 소환하는 일도 없을 것이오…."

기황후 생각에도 언제까지 천둥을 고려에 둘 수도 없는 일이었다. 기황후는 순제의 요구대로 서찰을 적기 시작했다. 황제의 뜻이 그러하니 마침내 경화공주의 간계에서 벗어난 듯 보여 한층 안심이 된 그녀였다.

기황후의 서신을 받은 사자가 탈탈과 함께 저잣거리의 객관으로 들어섰다. 그곳에서 한 늙은이가 서신을 받아 펼쳐 봤다.

탈탈이 나지막이 물었다.

"할 수 있겠느냐."

"걱정 붙들어 매십시오. 밥 먹고 이 짓만 오십 년쨉니다요."

늙은이가 옆에 놓여 있던 흰 종이로 붓을 가져갔다. 그리고는 탈탈이 부르는 대로 검은 글씨를 적어 나가기 시작했다. 기황후의 것과 꼭 같은 필체의 글자들이 종이를 채웠다. 원나라에서 제일가는 모사 필체의 대가다웠다.

결국 기황후의 서찰은 원래와는 전혀 다른 내용으로 바뀌어 고려로 전달되었다. 탈탈은 새삼스럽게 순제에게 놀라고 있었다. 어느 신료들도 감당 못하는 일을 순제는 단 하룻밤 사이에 해결해 버렸다. 향락에 취한 채 정신까지 오락가락 하는 순제였지만 결정적인 순간에 분연히 일어서서 서늘한 위용을 보여 주곤 했다. 탈탈이 보았을 때 순제는 기황후에게 마음을 빼앗기지만 않았다면 대단한 성군이 되고도 남을 그릇이었다.

사자가 고려로 출발했다는 소식을 들은 순제는 향로에 불을 지폈다. 타오르는 연기에 온몸이 노곤해지기 시작했다. 순제는 환각을 일으키는 미향에 취해 있었다. 몸과 마음을 망가뜨리는 미향이었으나 그 순간만은 순제 자신이 온전히 기황후를 혼자 차지할 수 있었다.

'하하하…'

어디선가 환청처럼 웃음소리가 들렸다. 양이였다. 두 사람은 대청도의 너른 들판을 뛰어놀고 있었다. 앞서 달리던 양이가 넘어지자 타환이 그녀의 몸을 덮쳤다. 그렇게 청춘의 한때를 불사르고 있는 두 사람 너머로 옥빛 바다가 끝도 없이 펼쳐졌다.

미향에 취한 두 눈으로 양이와 타환을 바라보던 순제가 입가에 미소를 머금었다. 하지만 그의 두 눈에서는 뜨거운 눈물이 흘러내렸다.

기황후의 서신이 개경에 당도했다. 충혜왕이 다급하게 그녀의 서신을 펼쳐 들었다.

'원나라의 상황이 심상치 않습니다. 이대로 소환에 불응만 하고 있다면 상황은 더욱 불리해질 것입니다. 직접 원나라로 와서 결백을 주장하는 편이 나을 듯합니다. 이곳에서의 안전은 제가 보장하겠습니다. 그렇지 않으면 저까지 위험해질 것입니다.'

서신에는 원나라로 들어오라는 기황후의 다급한 마음이 담겨 있었다.

옆에 섰던 방신우가 고개를 갸웃거렸다.

"폐하, 뭔가 이상합니다."

충혜왕이 보기에도 분명 석연치 않은 점이 있었다. 그러나 서신의 필체는 틀림없는 기황후의 것이었다. 더군다나 기황후가 위험에 처할 수 있다는 말에 충혜왕은 크게 흔들리고 있었다.

"세작들이 소식을 보내올 것이옵니다. 그때까지만…."

방신우의 말대로 연경에 파견된 세작들이 연통을 보내왔다. 틀림없이 기황후가 서신을 적어 사자를 통해 보냈다는 것이었다. 더 이상 지체할 수가 없었다.

충혜왕이 천둥을 불러 계획을 말했다.

"서둘러 연경으로 갈 것이네. 자네가 날 소환하도록 하게…."

천둥이 다급하게 말렸다.

"아직은 시기상조입니다. 부디 명을 거두소서."

하지만 기황후를 염려하는 충혜왕은 단호했다. 그리고 그 공을 온전히 천둥에게 돌리려 애쓰고 있었다. 그렇게 충혜왕은 연경으로 향하게 되었다. 몇몇 악소배 두령들이 그 길에 동행했다.

천둥은 여전히 의심을 풀지 못한 상태였다. 하지만 어느 누구도 그것이 순제의 마수임을 알지 못했다.

탈탈은 아이를 불러 조심스럽게 캐묻기 시작했다. 어미를 죽인 자가 그때 보았던 천둥이 아니냐며 집요하게 물었지만 아이는 도통 입을 열지 않았다. 탈탈은 지난날을 되짚으며 천둥을 의심하고 있었다. 불목하니가 죽고 궁녀 출신 여인이 죽었다. 천둥이라면 자신보다 한발 앞서서 그들의 목숨을 거둘 수 있는 위치에 있다고 생각했다. 더군다나 고려로 돌아간 충혜왕은 조적의 난을 미리 예견했다. 그때도 천둥이 국경까지 따라갔었다. 탈탈의 의심은 커져 갔다. 그러고 보면 충혜왕이 천둥을 인질로 잡은 것도 뜻밖이었다. 그 모든 결과가 충혜왕과 기황후에게 큰 도움이 되었다.

탈탈의 의심에 백안은 천부당만부당하다며 손사래를 쳤다.

"그 모든 것들을 차치하더라도 대체 왜 원나라 태자가 고려를 돕는단 말이냐?"

기황후의 아들인 아유시다라와 태자 책봉을 놓고 대립 중에 있는 천둥이었다. 자신들이 옹립해야 할 차기 황제를 의심하는 것은 터무니없었다.

이때 탈탈이 놀랄 만한 의견을 내놓았다.

"어쩌면 우리가 찾는 그자가 태자마마일지도 모릅니다."

천둥이 기황후와 충혜왕 사이의 소생이라니 하늘이 무너질 소리였다.

백안은 얼굴까지 붉히며 탈탈을 꾸중했다.

"까닭을 찾지 못하자 만들어 내는 것이냐! 그 무슨 말도 안 되는 소리냐! 다시는 입에도 담지 말거라!"

어찌 보면 당연한 반응이었다. 그렇게 말하는 탈탈 자신도 등골이 오싹했다. 그럴수록 천둥에 대한 의심은 더욱 짙어졌다. 탈탈은 백안보다 황제에게 직접 말하는 것이 효과적일 수도 있다는 생각을 했다. 하지만 그야말로 목숨을 내놓아야만 입 밖에 낼 수 있는 사안이었다.

충혜왕이 연경으로 온다는 말에 기황후는 기함했다. 자신의 서신이 제대로 전달되었다면 충혜왕이 제 발로 올 리가 없었다.

기황후는 한달음에 순제를 찾아가 다그쳤다.

"대체 무슨 짓을 하신 겁니까!"

"그대가 고려 왕을 부르지 않았소? 그러니 그가 죽게 된다면 황후께서 그리하신 것이오."

순제가 미향이 취한 채 덤덤히 말하자 기황후는 부아가 치밀었다.

"폐하께서 어찌 신첩을 속일 수가 있사옵니까?"

"그대는 이미 오랜 세월 날 속여 오지 않았소."

기황후는 박차듯 자리를 나섰다. 시간이 없었다. 충혜왕을 살릴 방도부터 찾아야 했다.

충혜왕은 연경에 도착하자마자 백안이 이끄는 군사들에게 체포되었다. 천둥은 직감적으로 음모임을 알아차리고 내심 당황했다. 충혜왕을 태운 수레가 저잣거리에 당도하자 한 떼의 백성들이 그들 앞을 가로막으며 석방을 요구했다. 처음에는 고려촌의 유민들을 중심으로 한 작은 시위였지만 원나라 백성들이 동참하며 규모가 커져 갔다. 그들은 충혜왕이 구휼미를 보내 자신들을 죽음에서 구해 준 사실을 기억하고 있었다. 원나라의 민심은 그렇게 기황후와 충혜왕에게 호의적이었다.

백안은 강압적으로 백성들을 해산시키고 겨우 충혜왕을

황궁 안으로 데려왔다. 그러나 문제는 황궁 안에서도 발생했다. 기황후를 따르는 신료들이 모여 충혜왕의 석방을 탄원하고 나선 것이었다. 기황후는 자신의 정치력을 최대한 이용해 신료들을 움직이고 있었다.

안팎으로 이러하니 백안은 크게 당혹스러웠다. 충혜왕을 옥사에 가두고 급히 황제를 찾았지만 순제는 이미 액정궁에 틀어박혀 미향에 취한 채 꿈쩍도 하지 않고 있었다. 이대로라면 백안은 다 된 밥에 코를 빠뜨리고 말 것이 틀림없었다.

박불화가 이끄는 환관들이 무장한 채 충혜왕이 감금되어 있는 옥사로 향했다. 소식을 들은 백안이 군사들을 이끌고 나타나자 황궁 안에 살벌한 기운이 흘렀다.

박불화가 먼저 팽팽한 정적을 깼다.

"황후마마의 명이시다. 당장 충혜왕을 풀어 드려라!"

백안이 대노하여 펄펄 뛰었다.

"무엄하다! 어디 천한 환관 놈들이 궐 안에서 목소리를 높이느냐. 내 당장 네놈들을 몽땅 죽여 없앨 것이다!"

박불화는 어사대부라는 높은 지위에 있었지만 태사우승상 백안에 비할 바가 아니었다. 그러나 기황후의 명이라면 물불을 가리지 않는 박불화가 곱게 물러설 리 없었다. 한순간에 그들은 한데 엉켜 칼부림을 시작했다.

그때, 하늘을 찢는 듯 날카로운 목소리가 들려왔다.

"그만 멈추어라!"

기황후였다. 주변은 찬물을 끼얹은 듯 조용해졌다.

그녀가 말을 이었다.

"당장 군사를 물리고 고려 왕을 풀어 주어라."

백안은 칼을 놓지 않은 채 분기를 드러냈다.

"황상 폐하의 명을 거역할 수는 없사옵니다."

그러자 기황후가 군사들을 향해 외쳤다.

"정녕 내가 누군지 모르느냐? 내가 바로 흥성궁의 주인이다. 나, 기황후의 명을 거역하겠느냐!"

기황후의 서슬에 병사들이 주춤거리며 뒤로 물러섰다. 그 틈을 타 박불화와 환관들이 옥사로 들어가 충혜왕을 데리고 나왔다. 기황후를 노려보는 백안의 두 눈에 피눈물이 고였다.

기황후가 다시 한 번 목소리를 높였다.

"태사우승상! 내 그대의 이 무례를 똑똑히 기억하겠소!"

기황후가 충혜왕을 데리고 그곳을 빠져나가자 백안이 분을 이기지 못하고 칼을 휘둘러 옆에 있던 복숭아나무를 두 동강 냈다.

기황후는 충혜왕을 객궁에 머물게 하고 박불화로 하여금 보호하게 했다.

탈탈은 고생한 천둥을 집으로 초대했다. 고려 왕에 대해서 이것저것 캐물으며 촉각을 세웠지만, 영리한 천둥은 탈탈의 의심을 교묘히 빠져나갔다. 이때, 청지기가 아이를 데려왔다. 천둥을 본 아이는 또다시 발작을 하듯 울부짖으며 도망쳤다. 애써 태연하게 구는 천둥의 표정을 탈탈은 놓치지 않았다.

순제를 찾아간 탈탈은 기황후가 충혜왕을 옥에서 빼내 객궁에 머물게 했다고 고했다.
"고려 왕을 어찌하실 생각이십니까?"
"죽여야지…."
순제가 간단히 대답하고는 술잔을 기울였다.
탈탈은 잠시 머뭇거리다가 흉중의 말을 꺼냈다.
"황상 폐하, 증인들을 죽인 자가 아무래도 태자마마인 듯합니다."
순간, 흐릿했던 순제의 두 눈에서 빛이 났다.
"무슨 뜻인가?"
"어쩌면 폐하께서 찾고 있는 기황후의 아들이 태자마마일지도…."
그때, 순제의 술잔이 날아가 탈탈의 머리를 때렸다. 한 줄기 선혈이 이마를 타고 흘러내렸다.

탈탈은 개의치 않고 하던 말을 이어 갔다.

"돌아가신 황후께서는 황각사에서 아기를 잉태하셨다고 했사옵니다. 기황후의 자식이 버려진 곳도 황각사이옵니다…."

순제가 벼락같이 소리쳤다.

"그만 닥치지 못할까! 다시 한 번 그같은 망발을 입에 담는다면 그대는 내 손에 죽을 것이다!"

탈탈은 조용히 예를 표하고 그곳을 나왔다.

문밖에 선 탈탈이 천천히 이마의 피를 닦아 냈다.

'역시 황제의 귀에 담기엔 무리였을까…'

새벽녘에 검은 그림자가 조용히 황제의 침소로 들어섰다. 잠든 순제를 가만히 바라보다 칼을 빼어 들더니 지체 없이 가슴팍에 꽂아 넣었다. 순제는 비명을 지르며 눈을 떴다. 검은 그림자는 다름 아닌 충혜왕이었다.

순제의 가슴 속으로 깊숙이 칼을 밀어 넣으며 충혜왕이 나지막이 속삭였다.

"네놈은 절대 내게서 양이를 빼앗아 갈 수 없다."

순제가 이를 악물며 충혜왕의 목을 졸랐다. 그 순간, 충혜왕의 얼굴은 천둥의 모습으로 변했다.

천둥은 더욱 무서운 얼굴로 칼을 밀어 넣었다.

"내게서 어머니와 아버지를 빼앗을 수 없다. 난 고려의 자식이다!"

순제가 비명을 지르며 잠에서 깨어났다. 아주 몹쓸 꿈을 꾼 뒤였다. 온몸이 땀에 흠뻑 젖은 순제는 오한이 들어 부들부들 떨고 있었다. 그 비명에 장순용이 급히 침소로 뛰어들었다.

"황상 폐하!"

어릴 때부터 순제를 가장 가까운 곳에서 보필해 온 장순용이었다. 소년 시절, 순제는 누구보다 영민했다. 힘겨운 시간을 잘 이겨 내고 마침내 황상의 자리에 오른 그였다. 하지만 지금 이리도 갈피를 잡지 못하니 순제를 바라보는 장순용의 마음은 늘 천 갈래 만 갈래 찢어지는 듯 아팠다.

그가 다급히 순제를 보듬어 안았다.

"몹쓸 꿈을 꾸셨나이까."

순제가 그의 품에서 소년처럼 눈물을 흘렸.

장순용이 미향을 피워 놓자 순제가 비로소 평온을 되찾았다. 이미 날이 밝아 오고 있었다.

순제가 중얼거렸다.

"아무래도 태자가 내 핏줄이 아닌 것 같소."

장순용은 순제가 또다시 정신착란을 일으킨다고 생각했다. 그러나 이어지는 순제의 지령은 참으로 일사불란하고 치밀했다. 장순용은 신중히 황명을 받들었다.

 천둥의 부름을 받은 심복이 급히 골목을 들어서는 순간 둔기로 머리를 맞고 쓰러지고 말았다. 심복이 눈을 떴을 때는 사방이 막힌 폐가의 창고 안이었다.
 장순용이 그 앞에 나섰다.
 "불목하니를 죽인 자가 태자마마가 틀림없으렷다!"
 심복은 강하게 부인했다.
 "나는 모르는 일이오."
 곧이어 무지막지한 고문이 시작되었다. 살이 타는 연기가 자욱했지만 심복은 끝내 입을 열지 않은 채 실신하고 말았다. 다시 눈을 뜬 심복 앞에 머리가 허연 노파가 결박된 채 묶여 있었다. 그의 어미였다.
 "이실직고하지 않으면 네 어미가 죽는다."
 주리를 틀자 어미가 비명을 지르며 혼절했다.
 심복은 더 이상 견디지 못하고 입을 열었다.
 "그만, 그만하시오. 맞소. 모두 맞소. 그, 그분께서, 태자께서 불목하니와 고려 여인을 죽이라 명하셨소."
 장순용이 나간 지 반나절 만에 폐가의 창고 안으로 대갓집 복장의 사내가 들어섰다. 순제였다. 놀라서 입을 다물지 못하는 심복에게 순제가 차갑게 물었다.

"네놈은 모르지 않을 것이다. 태자가 충혜왕의 아들이더냐?"

심복은 더 이상 버틸 힘과 용기가 남아 있지 않았다. 그가 힘없이 고개를 끄덕이며 시인했다. 그러자 순제는 칼을 뽑아 단번에 그의 목을 그었다.

순제는 더 이상 지체할 것이 없었다.

기황후와 대소신료들이 모두 모인 대명전에서 백안이 충혜왕의 죄를 일일이 열거했다.

하지만 충혜왕은 강하게 부인했다.

"나는 결단코 경화공주를 범한 적이 없소. 부원배들을 처단한 것은 그들이 먼저 왕위를 찬탈하려 했기 때문이오."

이를 가만히 듣고 있던 순제가 마침내 입을 열었다.

"고려 왕은 나라를 다스리는 데 소홀했고 대원제국을 섬기는 데 불충했다. 이에 짐은 고려 왕 왕정을 폐위하고 멀리 계양현으로 유배를 보낼 것을 명하노라!"

충혜왕의 무죄를 밝혀 고려로 돌려보내려던 기황후의 표정이 싸늘해졌다. 처형이 아닌 귀양이라니, 백안 또한 불만스럽기는 마찬가지였다. 기황후는 자신을 따르는 신료들을 모아 황제가 명을 바꿀 때까지 상소와 탄원을 계속하라고 지시했다. 기황후가 의지를 꺾지 않는 한 충혜왕을 귀양 보내는 일이 쉽지 않을 터였다. 원나라 내에서 기황후의 입김은 그만큼 막강했다.

그날 밤, 순제는 충혜왕이 있는 객궁으로 향했다.
순제가 옆에 서 있던 장순용에게 일렀다.
"주위를 물리거라."
주변을 물리치고 두 사람만 남은 방 안에 긴장감이 감돌았다.
순제가 먼저 입을 열었다.
"그만 귀양길에 오르시게."
하지만 고려로 돌아가 대업을 이루려는 충혜왕이 이를 받아들일 리가 없었다.
"죄가 없는데 어찌 벌을 받겠소."
"끝내 고집을 피운다면, 난 그대의 자식을 죽여서 죄를 물을 것이네."
순간, 충혜왕이 두 귀를 의심했다.
"자식이라니, 누굴 칭하시는 것이오?"
순제의 입가에 냉소가 흘렀다.
"그대와 황후 사이에 난 자식이 어디 둘이나 된단 말인가?"
충혜왕은 할 말을 잃었다.
순제는 어느덧 무서운 표정이 되어 있었다.

"고려의 핏줄을 감히 내 황실에 두다니…. 원나라를 송두리째 빼앗으려는 수작이 아니던가?"

충혜왕의 귓전에 하늘이 무너지는 소리가 들렸다. 순제가 알았으니 이제 무엇으로도 돌이킬 수가 없었다.

"스스로 귀양을 떠나라. 그렇지 않으면 네가 아끼는 자들이 모두 죽을 것이다!"

순제가 자리를 박차고 나간 뒤에도 한참 동안 충혜왕은 돌부처처럼 앉아 있었다. 순제는 누구보다도 기황후를 사랑하고 있었다. 천둥의 비밀이 밝혀지면 아무리 황제라도 기황후를 살릴 길이 없었다. 하지만 자신만 귀양길에 오른다면, 순제는 비밀을 영원히 묻을 것이 분명했다. 기황후와 천둥을 살리기 위해서라도 순제의 말을 따라야 했다.

충혜왕의 판단은 정확했다. 배신감에 치를 떨었지만 순제는 차마 기황후를 죽일 수는 없었다. 그녀를 살리기 위해선 천둥의 비밀을 무덤까지 가지고 가야 했다. 그러나 충혜왕은 살려 둘 수가 없었다. 귀양길에 오르고 나면 죽여 없앨 생각이었다. 그것이 순제가 내린 결론이었다.

다음 날, 충혜왕은 황제와 독대를 청했다. 그리고 비밀을 지켜 준다고 약조한다면 스스로 귀양길에 오르겠다는 뜻을 밝혔다. 이 소식을 듣고 기황후가 다급하게 충혜왕을 찾았다.

충혜왕이 기황후를 애틋하게 바라보았다.

"나 때문에 그대가 고초를 받는 것을 원치 않소."

기황후는 고개를 가로저었다. 충혜왕을 지키기 위해서라면 어떤 위험도 감수할 각오가 되어 있는 그녀였다. 하지만 기황후도 충혜왕의 고집을 꺾을 수는 없었다.

"귀양을 가 있는 동안 사정이 나아질 것이오. 그때 돌아와 고려의 국왕으로 복귀해도 늦지 않을 터."

충혜왕이 스스로 귀양길에 오르겠다고 하자 기황후를 따르는 대신들도 찬동하기 시작했다. 본인이 굳이 가겠다는데 공연히 분쟁을 일으킬 필요가 없다는 것이었다. 충혜왕이 떠나기 전날, 기황후는 그를 찾아가 조촐한 위로의 자리를 가졌다.

충혜왕이 어렵게 입을 뗐다.

"천둥이 보고 싶소."

기황후가 만류했다.

"절대 가슴 밖에 내놓아서는 아니 될 말씀입니다."

그 말이 더욱 충혜왕을 아프게 했다. 충혜왕은 순제가 천둥의 비밀을 알고 있다는 사실을 차마 입 밖에 낼 수가 없었다. 순제가 변심하여 모든 사실을 세상에 알리는 순간 기황후와 천둥은 죽은 목숨이나 다름없었다. 그러한 불상사를 막기 위해서라도 순제의 약속을 믿어야만 했다. 두 사람은 다시 만날 것을 굳게 약속했다. 그것이 영원한 이별이 될 줄은 꿈에도 모르고 있었다. 객궁 밖에서 검은 그림자가 안채를 응시하고 있었다. 천둥이었다.

충혜왕이 귀양을 떠난 후, 순제가 천둥을 찾았다. 천둥은 자못 심각한 순제의 표정에서 불길한 예감을 받았다. 순제는 품고 있던 칼을 천둥에게 건넸다. 황제가 제수하는(임금이 직접 내리는 벼슬) 어도였다.

천둥이 영문을 묻자 오히려 순제가 되물었다.

"이 나라의 적이 누구라고 생각하느냐?"

천둥이 머뭇거리다가 답했다.

"충혜왕이라 생각하옵니다."

그러자 순제의 물음이 계속 이어졌다.

"이 나라의 황권을 이어받고 싶으냐?"

"지당하신 물음이시옵니다."

"너에 대한 불경스런 소문을 알고 있느냐?"

순간, 천둥은 머리가 아찔했다.

순제가 차갑게 말을 뱉었다.

"그 칼을 고려 왕의 심장에 꽂아 넣어라."

요동치는 심장과는 달리 천둥의 표정에는 변화가 없었다.

"황제가 되고자 하는 자가 적을 죽이는 것은 당연한 일! 황명을 받들겠나이다."

거소를 나온 천둥이 잠시 휘청거리며 벽을 짚었다. 그를 낳아 준 아버지를 죽일 수는 없었다. 그렇다고 황명을 거역할 수도 없는 일이었다.

천둥의 귓가에 순제의 목소리가 울려 퍼졌다.

'불경스러운 소문이라….'

자칫 의심을 산다면 자신은 물론 친모인 기황후까지도 죽음에 처할 수 있었다. 천둥은 이를 앙다물며 칼집에서 어도를 뽑아냈다. 시퍼런 날에 비친 천둥의 눈빛이 차갑게 번뜩이고 있었다.

귀양을 떠난 충혜왕은 어느덧 악양현에 이르고 있었다. 행렬은 그곳 관아에서 하룻밤을 묵기로 하고 일찌감치 짐을 풀었다. 충혜왕은 고이 품고 있던 은비녀를 꺼내 들었다. 귀양을 떠나오기 전날, 기황후는 다시 만날 때 되돌려 달라며 은비녀를 충혜왕에게 건넸다. 무사히 돌아오라는 염원이었다. 이때, 밖이 소란하더니 천둥이 당도했다는 소식이 전해졌다. 떠나올 때 천둥을 보고 싶다 했던 그를 위해 기황후가 보냈을 것이 틀림없다고 여겼다. 충혜왕은 반가운 마음에 신발도 신지 않고 마당으로 나와 천둥을 맞이했다.

천둥은 주변을 물리치고 충혜왕과 단둘이 마주했다.

"고려 왕의 목숨을 거두러 왔습니다."

순간 충혜왕의 얼굴에서 웃음기가 사라졌다.

"황제의 명인가?"

대답 대신 천둥의 눈가에 눈물이 고이기 시작했다. 충혜왕은 상황을 짐작했다. 자신을 죽이지 못하면 천둥이 대신 죽을 것이 분명했다.

"날 죽이는 것이 자네의 숙명이라면 거역하지 말게."

천둥이 이를 악물며 어도를 빼들었지만 부들부들 떨 뿐 차마 찌르지 못했다. 충혜왕이 천둥의 손에서 어도를 빼앗았다. 자식의 손에 아비의 피를 묻히게 할 수는 없었다. 스스로 목을 찔러 아들의 고통을 덜어 줄 생각이었다.

"내가 보는 마지막 세상의 모습이 자네의 얼굴이라 참으로 다행이네…."

충혜왕이 자신의 목을 찌르려는 순간 천둥이 손목을 잡아 어도를 빼앗더니 탁자 위에 박아 버렸다.

"고려 왕은 죽었습니다! 원나라 태자인 내가 죽였습니다! 다시는 세상 밖에 나타나지 마십시오, 다시는!"

천둥은 절규하듯 외치더니 밖으로 나가 버렸다. 충혜왕의 눈에서 눈물이 흘러내렸다. 탁자에 박힌 어도가 파르라니 빛을 뿜어냈다.

미친 듯이 밖으로 나간 천둥 앞에 전포 차림의 순제가 당도해 있었다. 횃불을 대낮처럼 밝힌 마당에는 백안의 군사들로 가득했다.

순제가 나지막이 물었다.

"죽였느냐?"

천둥은 얼어붙은 채 입을 떼지 못했다. 순제는 천둥을 범처럼 무섭게 노려보다가 말을 이었다.

"아무도 들이지 말라."

순제가 성큼성큼 방으로 들어가자 백안이 묘한 웃음을 지으며 천둥을 바라봤다.

안으로 들어선 순제의 표정이 굳어졌다. 살아 있는 충혜왕이 눈앞에 앉아 있었기 때문이었다.

'끝내 나의 명을 거역한 것인가…'

순제가 노여움을 삼키며 마주 앉는 동안에도 충혜왕은 한 치의 흐트러짐이 없었다.

순제가 먼저 입을 열었다.

"나를 보고도 놀라는 기색이 없구나."

"죽음 앞에서 저승사자를 만난 것이 무어 그리 놀랍겠는가."

충혜왕은 당당했다. 오히려 그 기상이 순제를 압도할 정도였다.

"날 죽여도… 고려는 영원히 살아 있을 것이다."

"그깟 고려 따위는 어떻게 되든 상관없느니."

충혜왕이 차갑게 웃으며 말했다.

"네가 절대 가질 수 없는 것을 난 이미 가졌느니라. 그 또한 상관없는가."

순제가 미간을 잔뜩 찌푸렸다.

"이만 악연을 끊어야겠다."

순제가 어도를 빼내더니 충혜왕의 심장 깊숙이 찔러 넣었다.

"양이야… 승냥아… 양이야…."

순제는 충혜왕이 한숨처럼 토해 내는 기황후의 이름을 뒤로한 채 밖으로 나갔다. 마당에는 천둥이 그대로 안채를 응시하며 서 있었다.

순제는 천둥을 잠시 노려보다가 주변을 향해 소리쳤다.

"짐의 아들이 사악한 고려 왕을 죽였느니라!"

병사들의 함성이 울려 퍼지자 백안이 그제야 미소를 지으며 천둥을 바라봤다. 순제와 백안의 군사들이 마당을 빠져나가자마자, 천둥은 미친 듯이 방 안으로 뛰어들었다. 충혜왕은 벽에 기대앉은 채 마지막 숨을 몰아쉬고 있었다.

충혜왕을 안고 천둥이 나지막이 울부짖었다.

"아버님…."

그 소리에 충혜왕이 힘들게 눈을 떴다.

"아버님…."

"날… 아버지라 부르면 아니 된다…."

"아버지…."

"네 어머니를… 정녕 연모했느니라…."

충혜왕이 피 묻은 손으로 천둥의 손에 무언가를 쥐여 주었다. 은비녀였다. 그것이 마지막이었다. 서기 1344년 1월, 서늘한 귀양길의 악양현에서 충혜왕은 파란만장한 생을 마감했다.

오열하는 기황후

 여울의 밀지가 당도한 것은 충혜왕이 귀양길을 떠나고 한참이 지난 후였다. 천둥이 충혜왕을 죽이기 위해 뒤를 쫓아갔다는 전갈에 기황후는 한동안 넋이 나가 있었다. 가까스로 정신을 차리고 황급히 황제의 처소로 달려간 기황후는 순제마저 백안과 함께 출병했음을 알고는 그 자리에 주저앉고 말았다.

 뜬눈으로 밤을 새우다가 잠깐 잠이 든 꿈결에 충혜왕이 그녀를 찾아왔다.

 따뜻하게 웃으며 그가 말했다.

 "험한 세상에 그대 혼자 두고 가 미안하오. 좋은 세상에서 다시 만납시다. 그때는 영원히 헤어지지 맙시다."

그러고는 아득한 곳을 향해 총총히 멀어져 갔다. 기황후는 울면서 잠에서 깨어났다.

그때, 박불화가 다급히 소식을 전했다.

"황상 폐하 일행이 도착했나이다."

편전 앞에서 기황후는 전포 차림의 순제와 마주쳤다.

"어딜 다녀오십니까?"

서슬 퍼런 기황후의 물음에 순제의 답변은 간결했다.

"고려 왕을 배웅했소."

"지금 고려 왕은 어디 있습니까?"

"저승에 갔소이다."

기황후의 눈가에 핏발이 돋았다.

"누가 그분을 죽였습니까?"

순제가 입을 굳게 다물자 기황후가 천둥을 바라봤다. 독기 어린 기황후의 시선에 어느덧 눈물이 가득 고였다. 제발 천둥이 아니기를 간절히 바라는 그녀의 눈빛이 애처로웠다. 묵묵히 그 눈빛을 받아 내던 천둥의 시선이 순제와 마주쳤다.

그 순간, 기황후가 다시 앙칼지게 순제에게 물었다.

"누가 죽였냐고 물었습니다!"

"소자가 죽였습니다."

천둥이었다. 기황후의 표정이 한순간에 무너졌다.

천둥이 앞으로 나서며 다시 한 번 강한 어조로 말했다.

"소자가 황상 폐하를 대신하여 대역죄인 고려 왕을 죽였사옵니다."

기황후는 아무 말도 할 수가 없었다. 순제가 목석처럼 기황후의 어깨를 툭 부딪치며 지나쳐 갔다. 기황후의 하늘이 무너져 내렸다. 이어 천둥이 순제의 뒤를 따랐다. 그들이 모두 지나간 후에 기황후는 그 자리에서 혼절하고 말았다. 궁녀와 환관들이 기황후를 부축하며 소란을 피웠다.

충혜왕의 죽음으로 황궁 안은 온통 어수선했다. 백안파 신료들은 충혜왕을 죽인 천둥의 용기를 치하했다. 그가 기황후의 보복을 받을 것이라 우려하는 자들도 있었고, 차기 황제로서 손색없는 그릇이라며 요란을 떠는 축들도 있었다. 또한 분노한 기황후 때문에 한바탕 폭풍이 몰아칠지도 모른다며 두려움에 떠는 이들도 있었다.

기황후는 식음을 전폐한 채 넋이 나가 있었다. 천둥이 충혜왕을 죽였다는 사실에 충격과 슬픔이 동시에 그녀를 엄습했다. 기황후로서는 최악의 상황이었다. 이제 더 이상 천둥을 볼 수가 없었으니 가장 소중한 두 사람을 동시에 잃은 것이나 다름없었다.

충혜왕의 시신은 객궁에 안치되었다. 기황후는 주변 경계를 삼엄하게 하고 충혜왕을 만났다. 그의 시신은 평온히 잠들어 있었다.

"제가 왔습니다. 양이가 왔습니다. 눈을 떠 보세요…. 제발 눈을 뜨고 저를 보세요…."

기황후가 오열하기 시작했다. 충혜왕은 기황후가 사랑한 최초의 사내였다. 비록 서로 다른 길을 걸어왔으나 늘 같은 꿈을 꾸었고 그리워했다. 강한 고려를 세우겠다며 대업을 꿈꾸던 사내가 홀로 누워 있는 모습은 너무도 초라하고 쓸쓸했다.

"어찌 이 험한 세상에 양이 혼자 두고 가십니까…. 어찌 이리도 허망하게 가십니까…."

기황후의 울음소리가 담장을 타고 객궁 밖으로 나갔다. 그 담장 뒤에 검은 그림자가 드리워졌다. 천둥이었다. 어둠 속에서 숨을 죽여 울고 있는 천둥의 손에는 은비녀가 들려 있었다.

기황후의 울음소리는 새벽녘에나 잦아들었다. 밤새 흘린 눈물로 그녀의 정신은 오히려 맑아진 듯 보였다. 어느새 눈빛에는 형형한 기운이 흘렀고 두 입술은 독기로 붉어져 있었다.

"두고 보세요, 복수할 것입니다. 전하를 이리 만든 그자들을 다 이 양이 손으로 죽여 없앨 것입니다. 그 누구를 막론하고…. 모두 다 말입니다!"

기황후의 머릿속에 수많은 얼굴들이 차례로 스쳐 지나갔다. 백안과 왕고, 경화공주, 순제, 그리고 천둥…. 기황후는 천둥은 분명 충혜왕이 자신의 아버지임을 알고 있을 것이라 짐작했다. 그러니 천둥이 충혜왕을 죽인 것은 자신을 버린 부모에 대한 앙갚음이라고밖에 생각할 수 없었다. 어쩌면 차기 황제의 자리가 탐이 났기 때문일지도 모를 일이라 여겼다. 그렇다면 기황후는 더욱더 천둥을 용서할 수가 없었다. 아들이 아버지를 죽였으니 어머니로서 그 죄를 벌해야 했다. 기황후의 복수는 그렇게 피만 부르는 것이 아니었다. 피보다 진한 눈물을 뿌려야 했다.

황궁으로 돌아온 직후부터 순제는 액정궁에 들어가 미향에 파묻혀 살았다. 마침내 눈엣가시 같던 충혜왕을 죽인 터였다. 하지만 돌아보니 그 자신 또한 많은 것을 잃었다는 사실을 깨닫게 되었다. 이번 일로 순제는 평생 동안 사랑해 온 단 한 명의 여인 기황후를 잃었다. 게다가 단 한 번도 핏줄임을 의심치 않았던 아들을 잃었다. 그러니 순제에게는 이제 천하가 다 소용없었다. 뜻있는 신료들이 찾아가 선정을 호소했지만 순제는 점점 더 현실에서 도망치며 환상만을 쫓았다. 환상 속에서만 그 고통에서 벗어날 수 있었기 때문이었다. 하지만 그 대가는 혹독했다. 지독한 무기력과 자괴감이 순제를 끝없는 나락으로 떨어뜨리고 있었다.

순제가 발작을 일으키며 혼절했다는 소식에 기황후가 한달음에 달려갔다. 태의의 말은 절망적이었다. 이대로 두면 급사에 이르게 될지도 모른다는 것이었다. 충혜왕을 죽이도록 사주한 죄는 미웠으나 순제를 이대로 죽게 할 수는 없었다. 기황후는 순제를 편전 승경전으로 옮기고 바깥세상과 격리시켰다. 순제에게 가장 시급한 일이 미향과 주색을 멀리하는 것이라는 데서 내린 결단이었다.

기황후는 환관들에게 지엄하게 명했다.

"지금은 황상 폐하를 혼미한 정신에서 깨어나시게 하는 일이 무엇보다 시급하다. 이에 모두가 온 마음을 다해 치료에 임하도록 하라."

그녀는 믿고 있었다. 그것만이 순제를 살릴 유일한 방도라는 사실을.

조회가 벌어지는 대명전에 황제 대신 자리한 이는 바로 기황후였다.

옆에 선 장순용이 황제의 조서를 또박또박 읽어 내려갔다.

"오랜 환후로 인해 정사를 돌보기 어려우니 기황후로 하여금 나를 대신하여 섭정에 들어가라 명하노라."

 장내가 술렁이기 시작했다. 기황후는 순제에게 섭정을 허락하는 조서를 작성하게 했다. 정신이 혼미한 순제에게 옥새를 받아 내는 것은 어렵지 않은 일이었다.

 조서가 발표되자 가장 크게 놀란 사람들은 백안과 그 일파들이었다. 기황후가 전권을 손에 쥐었으니 충혜왕을 죽인 죄를 물어 그들에게 어떤 벼락이 떨어질지 모를 일이었다. 황궁 안은 순식간에 얼어붙었다. 특히 백안의 집에서 기거하고 있던 경화공주와 왕고에게는 청천벽력과도 같은 소식이었다.

 백안과 신료들이 당장 황제에게 몰려갔다. 그러나 중무장한 환관들이 지키고 있는 승경전에 발을 들여놓을 수가 없었다. 우왕좌왕하는 사이에 이번에는 기황후의 교서가 내려졌다. 박불화와 고용보를 각각 동지추밀원사와 자정원사에 임명한다는 내용이었다. 동지추밀원사는 군사최고 기관인 추밀원의 수장이었다. 여기에 고용보의 자정원사 임명으로 황궁의 예산을 집행하는 자정원까지 측근으로 두었으니 이제 기황후는 군권과 금권을 모두 거머쥔 셈이었다.

 충격은 여기서 그치지 않았다. 대도 안에서 어떤 귀족 대신들도 사병들을 백 명 이상 거느릴 수 없다는 조칙이 발표된 것이다. 백안을 따르는 귀족들이 분개하며 발을 동동 굴렸지만 황권을 위임 받은 기황후의 명을 되돌릴 수는 없었다. 그야말로 천지개벽과도 같은 기황후의 황궁 장악력이었다.

대책을 논의하고자 신료들이 모여 있던 백안의 집으로 추밀원 군사들이 들이닥쳤다. 충혜왕의 강간사건을 새롭게 조사하라는 기황후의 명이 떨어졌기 때문이었다.

선두에 선 박불화가 군사들에게 명했다.

"경화공주와 왕고를 찾아라!"

백안이 서슬 퍼런 기세로 막아섰다. 그러나 추밀원사 박불화의 무력 앞에서는 속수무책이었다. 경화공주가 먼저 발각되어 끌려 나오는 동안 왕고는 가까스로 담장을 넘어 도망쳤다.

진상 조사는 단순했다. 흥성궁 앞마당에 끌려 나온 경화공주는 초주검이 되도록 얻어맞았다. 만신창이가 된 경화공주 앞에 기황후가 모습을 드러냈다.

경화공주가 사시나무 떨듯 떨며 애원했다.

"사, 사, 살려 주시오."

"무엇을 잘못했느냐?"

"억울하오."

기황후가 매정하게 시선을 거두었다. 그러자 다시 매질이 시작되었다.

참다못한 경화공주가 울음을 터뜨렸다.

"잘못했소. 내가… 내가 잘못했소."

기황후가 차가운 목소리로 되물었다.

"무엇을 잘못했느냐?"

경화공주는 선뜻 대답하지 못했다. 기황후가 다시 시선을 거두자 다시 매질이 시작되었다.

"그만, 그만 멈추시오."

기황후가 경화공주를 바라보자 매질이 멈추었다.

"내가, 꾸민 일이오."

"무얼 말이냐."

"충혜왕은 나를 범한 일이 없소."

기황후가 얼음처럼 차가운 한마디를 토해 냈다.

"죽여라."

차갑게 돌아서는 기황후를 향해 경화공주가 목숨을 애걸했다.

"살려 주시오. 제발 목숨만 살려 주시오!"

하지만 기황후는 걸음을 멈추지 않았다.

경화공주는 기황후를 향해 불같은 저주를 쏟아 내며 끌려 나갔다.

"네년의 세상이 얼마나 오래갈 듯싶으냐! 내 죽어서도 그

끝을 꼭 보고야 말 것이다!"

다음 날, 경화공주의 시신이 황궁 밖 빈터에 버려졌다. 대책을 논의하던 백안 측 신료들이 삽시간에 흩어져서 각자의 처소로 돌아갔다. 기황후의 눈에서 단 한순간만 벗어나도 죽음을 면치 못하리라는 것을 알고 있었기 때문이다.

을씨년스러운 황궁 밖 빈터에서 남루한 차림의 사내가 달빛을 등불 삼아 무언가를 찾고 있었다. 왕고였다. 백안의 집에서 도망쳐 나온 이후로 왕고는 철저히 사람들의 눈을 피해 다녔다. 황궁의 병사들이 그를 찾으려 혈안이 되어 있었기 때문이다. 연경에 사는 고려 유민들에게까지 얼굴이 알려진 터라 도무지 몸을 숨길 곳을 찾기가 쉽지 않았다.

빈터 한쪽 구석에 버려진 경화공주의 시신을 발견한 왕고의 얼굴에는 만감이 교차했다. 그러나 이내 마음을 다잡고 그녀가 몸치장을 했던 귀고리와 팔찌 등을 빼내기 시작했다. 그렇게 해서라도 왕고는 살아남아야 했다. 며칠째 굶주렸던 그에게는 복수도 목숨이 붙어 있어야 가능한 일이었다.

더 이상 눈 뜨고 당하고만 있을 수 없었던 백안은 기황후를 찾아갔다. 그녀는 차를 마시며 백안을 맞이했다.
백안이 조심스러우나 당당한 어조로 청했다.

"황후마마의 월권으로 신료들의 불만이 극에 달해 있습니다. 당장 폭정을 거두고 황상 폐하를 복권시키소서."

기황후가 담담하게 말을 받았다

"불만이 있는 자들이 누구인지 말씀하세요."

백안이 주저하는 사이에 기황후가 일침을 가했다.

"황상께서 저 지경이 되도록 방치해 놓은 신료들이 이제 와서 무슨 할 말이 그리 많은 것이오. 하여 나는 대역불충을 저지른 자들을 색출해서 벌을 내릴까 하오."

백안도 지지 않았다.

"대체 누굴 벌하신다는 것이옵니까?"

기황후가 두 눈에서 불을 뿜으며 외쳤다.

"물론 승상의 책임이 가장 크오. 오늘부로 관직을 삭탈할 것이니 그리 아시오!"

잠시 기황후를 노려보던 백안이 이를 갈며 물었다.

"황후께선 누구 때문에 이 자리까지 오셨는지 잊으셨습니까?"

기황후가 후궁 경선에 참가할 수 있었던 것은 순전히 백안 때문이었다. 물론 이를 누구보다 잘 아는 기황후였다. 하지만 그녀는 물러서지 않았다.

"그 덕분에 이미 승상도 누릴 것을 다 누렸질 않소?"

빚은 다 갚았다는 뜻이었다.

그러자 백안이 의미심장한 하직 인사를 하고 나갔다.

"부디… 만수무강하십시오."

기황후의 말 한마디에 백안은 태사우승상 자리에서 물러나야 했다. 하지만 그것은 서막에 불과했다. 그다음 날부터 탈탈을 비롯하여 요직에 있던 옹기라트 출신 대신들이 차례로 옷을 벗고 관직에서 물러나야 했다. 황제를 보필하지 못한 불충이 그 죄목이었다.

충혜왕의 시신 앞에서 맹세한 대로 기황후의 복수는 가차 없고 단호했다. 하지만 아직 단 한 사람, 천둥이 남아 있었다. 천하의 기황후라 해도 자기 자식을 어디서부터 어떻게 단죄해야 할지 길이 보이질 않았던 것이다. 스스로 뼈를 깎는 아픔을 감내해야 하는 기황후의 번민은 깊어 갔다. 그녀는 내내 고심했다.

'천둥은 제 친부인 충혜왕을 죽인 당사자가 아닌가.'

기황후는 씻을 수 없는 천둥의 죄를 도저히 묵과할 수 없었다.

천둥을 보호하는 사람은 황태후와 백안홀도였다. 그들은 천둥이 기황후를 몰아낼 마지막 보루라고 믿고 있었다. 그들에게 천둥은 유일한 희망이었으며 보배 같은 존재였다. 무슨 일이 있어도 태자 책봉을 받아 내어 반드시 천둥을 차기 황제로 내세워야 했다.

 몇 차례의 부름에 불응하자 기황후가 아예 태자궁으로 들이닥쳤다. 황태후와 백안홀도가 천둥의 곁을 지키고 있었다.

 황태후가 목소리를 높였다.

"이 누추한 곳까지 어인 일이시오."

"태자를 보러 왔습니다. 아무리 청하여도 답이 없기에 이리 직접 왔습니다."

"이제 우리 태자를 잡으러 온 것인가."

"그 무슨 말씀이십니까."

"천하의 기황후라 하나 어림없네. 태자는 절대 내줄 수 없어. 정 한목숨 거둬야 하거든 나를 먼저 데려가시게."

 기황후의 눈빛이 차갑게 변했다.

"허면⋯."

 그 순간 천둥이 나섰다.

"소자와 함께 나가시지요."

 기황후가 천둥을 바라봤다.

 천둥이 말을 이었다.

"저를 만나러 왔다 하지 않으셨습니까."

 기황후가 앞장서자 천둥이 뒤를 따랐다.

 한 걸음씩 멀어지는 천둥의 뒷모습을 향해 황태후가 울부짖었다.

"저 요망한 년이 내 손자를 죽이려 한다. 저 요망한 년이, 저…."

그러다 마침내 황태후는 정신을 잃고 쓰러지고 말았다. 백안홀도와 상궁들이 혼절한 황태후의 팔다리를 주무르며 곡소리를 냈지만 기황후는 뒤도 한 번 돌아보지 않았다.

흥성궁에서 마침내 기황후와 천둥이 마주했다.

기황후가 싸늘하게 물었다.

"네 손으로 고려 왕을 죽인 것이 정녕 사실이더냐?"

천둥은 담담한 목소리로 답했다.

"세상이 다 아는 사실을 황후께서 모르실 리 없을 터…."

기황후가 마른침을 삼키며 천둥을 노려봤다. 천둥의 눈을 통해 기황후는 진실을 읽으려 애썼다. 분명 천둥은 자신이 누구의 소생인지 알고 있었다. 기황후는 천둥의 눈이 그렇게 말하고 있음을 느꼈다.

천둥이 말을 이었다.

"황후마마의 폭정에 많은 사람들이 죽어 가고 있습니다."

"그들은 죽을죄를 지었다."

"허면, 저는 무슨 죄로 죽이시렵니까?"

잠시의 침묵 후, 기황후가 낮은 목소리로 대답했다.

"넌 천하의 패륜을 저질렀다. 아버지를 네 손으로 죽이지 않았더냐."

천둥의 눈가에 물기가 비치더니 이내 독기로 변했다.

"저는 제 아버지의 명을 받아 사악한 고려 왕을 죽였을 뿐입니다…."

기황후의 눈매가 치켜 올라갔다.

천둥이 다시 말을 이었다.

"다신, 제 앞에서 제게 없는 부모님을 입에 담지 마십시오."

천둥에게는 부모가 없었다. 세상이 아는 부모는 진짜 부모가 아니었고, 진짜 부모는 절대 드러내지 말아야 했다. 그러니 없다는 말이 옳았다. 기황후가 천둥보다 먼저 눈물을 흘렸다.

천둥은 그 눈물 앞에서 더욱 가혹해졌다.

"죄를 벌하려면 지금 하십시오. 그렇지 않으면 천추의 한으로 남으실 것입니다."

천둥이 매몰차게 밖으로 나갔다. 기황후의 복수는 거기까지였다. 천둥은 복수의 대상이 아니라 기황후 자신이 지은 죄이자 자신에게 내려진 벌이었다. 두 사람을 복도 한쪽 구석에서 지켜보던 박불화가 꺼이꺼이 목 놓아 울고 있었다.

폭력과 광기의 나날

 승경전에 감금된 순제는 심한 금단현상을 일으키고 있었다. 오한으로 부들부들 떨었고 헛것이 보여 하루에도 여러 번씩 미쳐 날뛰었다. 밥상을 걷어차고 탕약을 둘러엎으며 미향과 술을 찾았다. 태의들이 사력을 다했지만 순제의 광기를 막을 도리는 없었다. 황궁 안에서는 이미 황제가 미쳤다는 소문이 자자했다. 기황후가 황제를 가두어 놓고 서서히 말려 죽이고 있다는 악의에 찬 풍문도 퍼졌다. 하지만 기황후는 동요하지 않았다. 그녀는 이 고비를 넘겨야 했다. 그래야만 훗날을 기약할 수 있었다.

 그러던 중 사건이 터지고 말았다. 탕약을 들고 들어오는 태의가 순제의 눈에 연철목아로 보였던 것이다. 연철의 뒤로 당기세와 탑자해, 타나실리가 탕약 대신 칼을 든 채 따라 들어오고 있었던 것이다.

"으아악!"

두려움에 질린 순제는 연철과 당기세, 탑자해와 타나실리를 있는 힘껏 밀쳐 내고 밖으로 뛰쳐나갔다. 물론 그가 밀친 것은 탕약을 들고 들어오던 태의와 그의 일행이었다. 승경전 마당 한가운데까지 달려 나온 순제는 그만 정신을 잃고 쓰러지고 말았다. 당황한 환관들이 그를 겹겹이 에워쌌다.

잠시 후 정신을 차린 순제가 식은땀을 흘리며 힘없이 중얼거렸다.

"대체 여기가 어디냐… 내가 왜 승경전 마당에 나와 있느냐?"

태의가 반갑게 나섰다.

"황상 폐하, 정신이 드시옵니까?"

"내 한동안 정사를 돌보지 못했느니라. 조당에 나갈 것이다."

좌중이 안도하며 기쁨의 시선을 교환했다.

태의가 자리를 털고 일어서는 순제에게 탕약을 내밀었다.

"황상 폐하, 하오시면 먼저 탕약을…."

그 순간 순제가 옆에 서 있던 환관의 칼을 빼어 들었다. 눈 깜짝할 사이에 태의의 목이 떨어지며 피가 솟구쳤다. 그 피를 얼굴에 뒤집어쓴 순제가 미친 듯이 날뛰기 시작했다.

"마군(마병)이다! 마군들이 날 죽이려 한다. 물렀거라! 마군들은 썩 물렀거라!"

순제가 칼을 휘두르며 뛰쳐나가자 환관들은 뒤를 쫓을 뿐 칼을 든 황제를 어찌하지 못했다. 지나던 궁녀 한 명이 또다시 순제의 칼에 쓰러졌다. 날카로운 비명들과 순제의 고함이 황궁 안에 울려 퍼졌다.

그때, 기황후가 순제를 향해 성큼성큼 걸어왔다. 환관과 궁녀들이 황급히 길을 내주자 기황후와 순제가 마주 섰다. 박불화가 위험하다며 팔을 벌려 앞을 막자 기황후는 조용히 그 팔을 밀쳐 냈다. 그리고 순제 곁으로 한 걸음 더 다가갔다. 순간, 순제의 두 눈에 비친 기황후의 얼굴이 충혜왕으로 변했다.

칼을 든 충혜왕이 순제를 향해 이를 갈며 말했다.

"널 죽이고 양이를 데려가겠다. 내 여인을 고려로 데려갈 것이다."

순제가 미친 듯이 외쳤다.

"양이는 내 여자니라! 날 사랑하느니라. 절대 못 뺏는다. 절대!"

순제가 그대로 칼을 치켜든 채 기황후에게 달려들었다.

사방에서 비명이 들리는 그때, 순제의 칼이 기황후의 머리끝에서 위태롭게 멈췄다. 순제의 두 눈을 가득 채웠던 충혜왕이 어느새 기황후의 모습으로 돌아와 있었던 것이다. 칼날이 닿은 기황후의 머리끝에서 가늘게 배어 나온 핏줄기가 이마를 타고 흘러내렸다. 그러는 동안에도 기황후는 눈 한 번 꿈쩍 않고 서 있었다.

순제가 꿈에서 깨어난 듯 소년처럼 기황후에게 물었다.

"어디 갔다가 이제야 오셨소."

"신첩은 늘 이곳에 있었습니다."

"날 너무 오래 기다리게 하지 마시오…"

칼을 바닥에 떨어뜨린 순제가 스르륵 잠이 들듯 기황후의 품에 안겼다. 그러고는 이내 정신을 잃었다. 순제를 끌어안은 채 기황후는 하염없이 눈물을 흘렸다.

한동안 순제는 제정신으로 돌아와 있었다. 후궁들의 안부를 일일이 캐물었고 음식이나 날씨를 타박하기도 했다. 어릴 때처럼 고려의 곶감을 장난스럽게 씹으며 그 씨를 환관의 얼굴에 뱉고는 낄낄대기도 했다. 태의들은 황제가 점차 기력을 회복해 간다며 반가워했다. 그러나 그것은 일시적인 평화일 뿐이었다.

며칠 뒤, 한밤중에 마군들을 본 순제가 비명을 지르며 잠에서 깨어났다. 그러자 환관들이 다급하게 태의를 부르러 갔다. 그사이 순제는 등불을 기울여 휘장에 불을 붙이고는 그 안에 편안하게 누웠다. 미향을 흡입하듯 타오르는 불길에서 숨을 들이마시며 매캐한 연기에 취해 갔다. 순식간에 승경전이 불길에 휩싸였다. 뒤늦게 발견한 환관들은 선뜻 들어갈 엄두를 내지 못하고 발만 동동 굴렀다. 그때, 누군가 불길 속으로 뛰어들었다. 장순용이었다. 천년 같은 시간이 흐른 뒤에 그가 순제를 감싸 안고 나왔다. 온몸이 재투성이가 된 그가 조심스럽게 순제를 품에서 내려놓았다. 그러고는 힘없이 쓰러졌다. 순제는 여전히 아이처럼 잠들어 있었다.

순제는 처소를 홍성궁으로 옮겼다. 기황후는 솜털이 달린 면봉으로 순제의 귀를 파 주고 있었다. 처소를 옮긴 이후로 순제의 증세는 한결 나아지고 있었다. 그러나 언제 터질지 모르는 화약고와 같았다.

순제가 기황후의 무릎을 만지작거리며 어린아이처럼 애원했다.

"밤마다 마군들 때문에 견딜 수가 없소. 날 황각사에 데려다 주시오. 부처님이라면 틀림없이 놈들을 물리쳐 주실 것이오."

기황후가 순제의 머리를 쓸어내리며 생각에 잠겼다.

'마군이라면 악마의 군병…'

어쩌면 순제를 위해서는 황궁보다 절이 나을지도 몰랐다. 숱한 목숨들이 이 황궁 안에서 피를 뿌리며 죽어 간 것을 기황후는 누구보다 잘 알고 있었다. 어릴 때부터 그들의 죽음을 보아 온 순제에게 마군이 들끓는 것은 어쩌면 당연한 일인지도 몰랐다.

다음 날 밤, 순제는 극비리에 황각사로 요양을 떠났다. 기황후는 걱정 가득한 눈빛으로 순제를 보냈다. 자신이 곁에 있어야 했지만 황궁을 비워 둘 수는 없었다. 부상 중에 있던 장순용이 황제를 지키겠다고 따라나서니 안심할 수 있었다. 무엇보다 황제가 황각사에 있다는 것이 세상에 알려지지 말아야 했다. 황궁 안에서도 기황후와 몇몇 측근들만이 황제의 요양소를 알고 있었다.

그러나 황각사엔 왕고가 머물고 있었다. 사람들의 이목을 피해 숨어 지내기에 절간만큼 좋은 곳이 없었다. 왕고는 군불을 때거나 물을 길어다 주며 남루한 불목하니로 연명하고 있었다. 그날도 어김없이 물을 길어 오던 왕고의 눈에 낯익은 얼굴이 들어왔다. 다름 아닌 순제였다. 한눈에 황제를 알아본 왕고는 물통을 집어던지고는 단걸음에 백안을 찾아갔다.

관직을 삭탈당한 백안은 폐인처럼 방구석에 틀어박혀 술만 마셨다. 그러다가 취하면 여울의 허벅지에 머리를 파묻고 잠을 자는 게 일과였다. 울분을 참지 못하는 날엔 미친 듯이 사냥을 다니며 짐승의 피로 얼굴을 씻기도 했다. 이토록 굴욕적인 세월을 보내고 있던 백안에게 왕고가 들고 온 소식은 실로 놀라웠다. 드디어 황제를 알현할 기회를 얻게 된 것이었다.

 백안은 당장에 탈탈을 찾았다. 탈탈의 얼굴을 보지 못한 지도 달포가 지난 터였다. 탈탈은 관직에서 물러난 후 방에 틀어박혀 한문학과 주역에 심취해 있었다. 그 책상물림이 영 마뜩지 않은 백안이었다.

 왕고는 청산유수처럼 계략을 풀어냈다. 역시 왕고였다. 명분이니 대의니 하며 지나치게 생각만 많은 탈탈보다는 왕고의 지략이 백안의 입맛에 더 잘 맞았다. 마침 그 자리엔 여울이 없었다. 백안으로서는 천만다행이었지만 다가올 위험을 모르는 기황후에겐 안타까운 상황이 아닐 수 없었.

 그 시각, 여울은 탈탈의 방에 있었다. 서책에 심취해 있는 탈탈을 수발하며 그를 바라보는 것만으로도 여울은 행복했다. 처음에는 탈탈도 자신의 처소에 찾아오는 여울을 불편해 했지만 언제부터인가 습관처럼 아무렇지 않게 대했다.

백안을 비롯한 한 무리의 신료들이 황각사로 들이닥쳤다. 기황후에 의해 백안와 함께 관직을 삭탈당한 옹기라트 출신 대신들이었다. 장순용과 수행원들이 그들 앞을 가로막았다. 황제를 알현하겠다는 신료들의 요구를 장순용은 허락하지 않았다. 이에 백안이 나서며 호통을 치자 수행원들은 주춤거리며 뒤로 물러섰다. 얼마 전까지 태사우승상이던 백안의 존재는 강력했다. 장순용조차도 그를 막기에는 역부족이었다.

이때, 안채가 소란해지더니 순제가 웅얼거리며 뛰쳐나왔다.

"이놈들, 썩 물러가지 못할까!"

잠을 자다가 또다시 마군들을 본 것이었다.

"썩 물러가래도!"

이리저리 팔을 휘두르며 허공의 마군들을 밀쳐 내던 순제가 멈추었다. 흥분해서 날뛰던 그의 눈에 백안이 들어온 것이었다.

백안은 기회를 놓치지 않았다.

"황상 폐하, 소신 백안과 신료들이 문후 여쭈옵나이다!"

백안과 신료들이 일제히 머리를 조아리자 순제의 얼굴에 화색이 돌았다.

"어서 오시오. 어서 와서 나를 좀 지켜 주시오."

순제와 백안 일행이 안채로 들어가자 장순용은 급히 황궁으로 전령을 보냈다. 어서 이 사실을 기황후에게 알려야 했다. 하지만 전령은 황각사를 벗어나자마자 산길에서 죽임을 당하고 말았다. 왕고가 일백의 사병들을 거느리고 황각사를 에워싸고 있었던 것이다.

전령의 시신 앞에서 왕고는 서늘한 미소를 지었다.

'이제부터 반격이다…'

오한으로 덜덜 떨며 이불을 뒤집어쓴 채 순제가 백안 일행들을 반갑게 맞이했다.

"승상께서 여기까지 어인 일이시오?"

"폐하, 소신은 이제 승상이 아니옵니다. 일개 필부에 지나지 않사옵니다."

순제는 그간의 상황을 모르고 있었다. 기황후는 정신이 혼미한 순제에게 황궁과 정사에 관한 일을 일제히 함구하도록 명해 두었다.

영문을 묻는 순제에게 백안은 그간의 일들을 설명했다.

"기황후께서 충혜왕의 원수를 갚는다며 경화공주를 죽이셨나이다. 뿐만 아니라 저 백안을 비롯한 몽골 출신 대신들을 모조리 내쫓았습니다. 지금 황궁 안의 요직은 박불화와 고용보를 비롯한 고려 출신 환관들이 모두 장악하고 있습니다. 또한 황태후와 백안홀도 마마까지 목숨이 경각에 달린 위험한 상황입니다."

물론 과장이었다. 하지만 이를 알 리 없는 순제는 두려움에 떨며 식은땀을 흘렸다.

백안은 순제에게 틈을 주지 않고 몰아쳤다.

"기황후께서 아예 몽골인들을 다 죽여 없애고, 이 나라를 고려인의 것으로 만들려 하나이다."

순제의 두 눈은 어느덧 초점을 잃고 허공에서 맴돌았다. 극심한 금단현상이 그의 온몸을 압박하고 있었다.

"그럴 리가 없소. 황후는 날 염려하고 있소이다. 몽골인들을 다 죽이다니…. 절대 그럴 리가 없소."

더 이상 이성적인 생각이 불가능해진 순제의 머릿속은 기황후에 대한 의심으로 넘쳐 났다. 하지만 가슴속은 여전히 기황후에 대한 사랑으로 가득했다. 그의 가슴이 머리를 향해 애원하고 있었다. 그녀를 의심하지 말라고. 이 세상 오직 한 사람, 그녀를 믿으라고. 절대 그녀를 잃어서는 안 된다고.

"정신 차리십시오, 폐하. 기황후는 황궁 안에 사당을 차려 놓고 충혜왕의 위패까지 돌보고 있사옵니다."

그 순간, 순제의 머리가 가슴의 애원을 삼켜 버렸다. 백안의 그 한마디로 순제의 가슴에 남아 있던 마지막 불꽃이 꺼지고 만 것이었다.

기황후는 억울하게 죽은 충혜왕의 넋을 위로하기 위해 황궁 안에 위패를 모셔 놓고 백 일 동안 천도제를 지내게 했다. 그것을 백안이 와전시키고 있었다. 그러나 이 사실을 알 길이 없는 순제에게는 그야말로 큰 충격이었다. 기황후를 빼앗기 위해 충혜왕을 죽인 그였다. 순제는 기황후를 온전하게 자신의 여인으로 만들 수만 있다면 다시 한 번, 아니 열 번이라도 충혜왕을 죽일 수 있었다.

'끝내 살아 있는 나를 마다하고 이미 죽은 그자를 선택했다는 말이 아닌가…'

순제는 죽어서도 기황후를 차지하고 있는 충혜왕이 원망스럽고 또 원망스러웠다. 그러면서도 한편으로는 이미 죽은 그가 부럽기까지 했다.

그때 백안의 목소리가 들려왔다.

"폐하, 기황후를 섭정에서 끌어내리시고 고려인들을 모조리 척살찔러 죽이다하십시오. 대원제국을 고려의 손아귀로부터 구해 내셔야 하옵니다!"

신료들이 일제히 머리를 조아리며 황제의 결단을 촉구했다. 기황후에 대한 마음이 분노로 변한 순제의 두 눈이 광기를 뿜었다.

"날 속인 놈들…. 기황후와 고려의 족속들을 모조리 다 죽여 없앨 것이다!"

장순용은 수행원들을 이끌고 급히 황궁으로 향했다. 황제를 모셔 갈 수 없는 상황이니 기황후에게 직접 고하는 것이 옳다고 여겼다. 산길로 접어들자 사방에서 화살이 날아들었다. 왕고의 기습이었다. 수행 군사들이 순식간에 몰살을 당하자 위기에 몰린 장순용은 벼랑 아래로 뛰어내렸다.

   정신을 잃으며 서서히 아득해지는 장순용의 귓전에 새벽 예불을 알리는 황각사의 법고 소리가 들려왔다. 세상을 깨우는 그 북소리에 병사들의 비명이 묻히고 있었다.

백안의 반격

 순제는 가까운 대신의 집으로 옮겨졌다. 화려한 열 폭짜리 병풍을 뒤로한 순제는 몸을 반쯤 뉘인 채로 향로에서 피어오르는 미향에 흠뻑 취해 있었다. 옆에는 산해진미의 술상까지 차려져 있었다. 얼굴은 한결 편안해 보였지만 눈빛은 그 끝을 알 수 없을 만큼 사악해져 있었다.

 전포 차림의 백안이 황제의 친필이 적힌 조서를 읽고는 감격해 마지않았다.

 "어서, 어서 옥새를 찍으시옵소서…."

 옥새는 기황후의 손에 있었다. 하여 순제는 손바닥 가득히 인주를 묻혀 조서에 내리찍었다. 백안은 옥새를 대신하여 황제의 손바닥이 선명하게 각인된 조서를 들고 문을 나섰다.

밖에는 각 신료들의 사병들이 천 명 넘게 모여 있었다.

백안이 조서를 펼쳐 보이며 일갈했다.

"황제께서 명하셨다! 지금 당장 요망한 고려의 계집을 끌어내고 구국의 횃불을 밝힐 것이다. 위대한 칭기즈칸의 후예들은 날 따르라!"

병사들의 함성이 하늘을 찔렀다.

장순용은 피투성이가 된 채 겨우 황궁에 당도하여 소식을 알렸다. 기황후는 즉시 조회를 열어 신료들을 대명전에 모이게 했다. 백안과 옹기라트 일파들이 환후 중인 황제를 앞세워 간계를 꾸미고 있으니 그녀는 대책을 세워야 했다. 그러나 제대로 된 논의도 하기 전에 백안이 군사들을 이끌고 황궁에 당도했다. 박불화가 추밀원 군사들을 이끌고 그들을 막았지만 황제를 앞세운 백안을 감히 힘으로 막을 수는 없었다. 그들은 일사천리로 대명전에 몰려들어 와 기황후 측과 맞섰다.

기황후가 한껏 노기를 보이며 백안을 꾸짖었다.

"여기가 감히 어디라고 일개 필부들이 함부로 드나드는가?"

"짐이 허락했소이다!"

순제의 목소리였다. 곧이어 뒤쪽에서 순제가 모습을 드러냈다. 그러자 당황한 신료들이 일제히 예를 갖추었다. 하지만 순제는 아직 미향에 취한 상태였다. 백안의 부축을 받은 순제가 비틀거리며 가까스로 용상에 올랐다. 그가 잠시 흐릿한 눈으로 좌중을 노려보다가 무겁게 입을 뗐다.

"지금부터 기황후, 그대의 섭정을 끝낼 것이오."

좌중이 웅성대기 시작했다.

고용보가 나섰다.

"아직 황상 폐하의 환후가 완치되지 않았사옵니다!"

기다렸다는 듯이 신료들이 차례로 나서며 고했다.

"아직은 시기상조인 줄 아옵니다."

"그렇습니다. 기황후 마마의 섭정이 좀 더 필요할 것입니다."

순제가 오른손을 들었다. 그러자 순식간에 대신들이 입을 다물었다. 하지만 순제의 손은 심하게 떨리고 있었다.

"짐은 이 나라의 통치를 황후 대신… 백안 장군에게 맡길 것이오."

조당이 찬물을 끼얹은 듯 조용해졌다.

이어서 황제의 새로운 조서가 발표되었다.

"좌우승상 제도를 폐지하고 백안을 단 한 명의 승상인 중

서우승상, 즉 대승상에 임명한다. 또한 진왕에 봉한다."

백안을 황제 다음가는 지위에 올린다는 실로 파격적인 조치였다. 모두가 조서의 내용에 얼이 빠져 있을 때 백안은 황제를 모시고 조당을 나가 버렸다. 기황후와 신료들이 대책을 논의했지만 이미 황제의 조서가 내려진 마당에 뾰족한 방도를 찾지 못했다. 순제를 밖으로 내놓은 것이 화근이었다.

백안은 순제를 연춘각으로 모시고 환후를 돌본다는 명목으로 그 주변을 철저히 통제했다. 태의들조차 출입을 금지시키고 노적사라는 승려로 하여금 황제를 보필하게 했다. 노적사는 요승_{정도를 어지럽히는 요사스러운 승려}이었다. 미향을 제공하고 주색을 권하며 순제의 환심을 샀다. 기황후가 순제의 환후를 치료하기 위해 감금했던 것과는 달리 백안은 권력을 장악하기 위해 황제의 두 눈과 귀를 멀게 했다.

순제가 노적사의 요망함에 빠져 쾌락에서 헤어날 수 없게 되자 기황후는 선제공격을 감행하기로 마음먹었다. 이대로 앉아서 백안의 보복을 당하고 있을 수만은 없었다. 다행히 박불화와 고용보가 좌우에서 굳건히 추밀원과 자정원을 움켜쥐고 있었으니 여전히 기황후의 힘은 막강했다. 먼저 백안과 그 일당들을 몰아낸 다음, 쾌락에 빠져 목숨이 위태로운 황제를 구해 내야만 했다.

그러나 기황후보다도 백안이 한발 앞섰다. 황제의 옥새

가 선명한 조서를 들고 백안이 먼저 박불화를 체포했다. 잠을 자던 박불화는 속옷 바람으로 끌려 나와 옥에 갇혔다. 고용보도 마찬가지였다. 밤늦게까지 일을 하고 퇴청을 하다가 기다리던 백안의 군사들에게 몰매를 맞고 하옥되었다.

날이 밝자마자 조회를 연 백안은 박불화와 고용보를 동지추밀원사와 자정원사에서 쫓아내고 탈탈과 왕고를 각각 그 자리에 임명한다고 발표했다. 하루아침에 기황후는 양 날개를 잃고 추락했고 백안이 그 날개를 얻어 하늘 높이 비상한 꼴이었다. 백안은 황궁의 요직에 있는 고려 출신들을 차례로 끌어내렸다. 그리고 그 자리를 자신의 측근들로 채워 나갔다. 기황후를 따르던 대신들도 관직을 삭탈당하거나 백안에게 충성을 맹세하며 그녀를 등지기 시작했다.

기황후는 백안을 막기 위해서는 무슨 수를 써서라도 황제를 만나야 했다. 순제를 노적사의 요망함에서 건져 내고 백안으로부터 무소불위의 권력을 빼앗아야만 했다. 그러나 기황후는 순제를 만날 수 없었다. 백안의 허락 없이는 개미 새끼 한 마리도 연춘각을 들어서지 못했다.

이제 백안을 견제할 세력은 어디에도 없었다. 그는 황제 대신 직접 조당의 회의를 주관했고 신하들의 하례까지 황제를 대신해서 직접 받았다. 섭정이라고는 했지만 순제도 누리지 못한 위엄과 힘을 과시하고 있었다. 백안 스스로도 진짜 황제인 줄 착각할 지경이었다.

그 모습에 여기저기서 불만이 터져 나왔다. 하지만 옹기라트 출신들은 달랐다. 쿠빌라이 칸칭기즈칸의 손자로 동아시아 대부분을 정복했던 인물께서 다시 살아 돌아왔다며 감격해 마지않았던 것이다.

기어이 박불화와 고용보가 처형의 위기에 몰리고 말았다. 직권을 남용하고 부정 축재를 했다는 죄목이었다. 이를 막으려는 기황후가 백안과 정면으로 부딪쳤다. 백안의 위세도 위력적이지만 기황후의 분노 또한 대단했다. 백안은 결국 박불화와 고용보를 처형시키지 못하고 태형으로 그 죄를 벌하는 것으로 마무리해야 했다. 썩어도 준치라 했던가, 이번 일은 신료들이 기황후의 존재를 새삼 확인하는 계기가 되었다.

백안은 당장 연춘각으로 걸음을 옮겼다. 그러고는 순제의 침소로 거침없이 뛰어들었다. 순제가 우당탕 소리가 나는 쪽을 향해 고개를 천천히 돌렸다. 하지만 미향에 취해 퀭하니 초점을 잃은 두 눈으로는 무엇 하나 제대로 볼 수가 없었다.

"거기 누구냐."

순제가 답답한 듯 두 눈을 비벼 댔다.

백안이 순제 앞에 지필묵을 펼쳐 놓았다.

"소신 백안이옵니다. 어서 교서를 내리소서!"

백안이 순제의 오른손에 억지로 붓을 쥐어 주었다. 하지만 떨리는 순제의 손은 붓을 온전히 들지 못했다. 대신 타들어 가는 순제의 목이 애타게 술을 찾았다.

"술을, 술을 다오."

"먼저 교서를 내리소서. 연후에 술상을 대령하겠나이다. 그 전에는 물 한 모금 드실 수 없으십니다."

초점 없는 눈으로 백안을 바라보던 순제가 애써 떨리는 손을 진정시켰다. 그리고 백안이 부르는 대로 천천히 교서를 적어 내려가기 시작했다. 흰 종이 위로 검은 죄목들이 하나씩 채워져 나갔다.

순제는 생각했다.

'누가 이리도 많은 죄를 지었을꼬…'

백안이 말을 이었다.

"이러한 연유로."

순제도 계속 받아 적었다.

'이러한 연유로.'

백안이 다시 말했다.

"간악한 기황후를."

순제의 두 눈에 힘이 들어갔다.

'간악한 기황후를?'

"사형에 처하노라."

'사형에…'

그 순간, 순제가 붓을 멈추었다.

백안이 다그쳤다.

"어서 교서를 마무리하소서. 그래야 맛 좋은 술을 드십니다. 자, 어서요. 사형에…."

순제의 두 손이 부들부들 떨렸다. 그러더니 앞에 놓인 교지를 움켜쥐고는 발기발기 찢어 버렸다. 순제가 온 힘을 다해 고개를 들더니 백안을 노려보았다. 그의 두 눈이 이글이글 불타오르고 있었다. 백안은 그만 자리를 박차고 일어나 밖으로 나와 버렸다.

연춘각에서 뛰쳐나온 백안이 하늘을 올려다보며 깊은 한숨을 내쉬었다. 늘 이런 식이었다. 정신을 놓고 산송장과 다름없이 지내다가도, 순제는 막상 기황후를 처형시킨다는 말에는 정신을 번쩍 차리며 완강히 거부했다. 온갖 회유와 협박에도 절대 넘어가지 않았다. 황제의 친필도 인장도 없이 기황후를 죽일 수는 없었다. 백안으로서는 미칠 노릇이었다.

백안의 득세로 자연스럽게 떠오른 인물은 다름 아닌 천둥이었다. 황태후와 백안홀도의 보호를 받으며 조용히 태자궁에 근신해 있던 천둥을 불러내 자신의 곁에 두었던 것이다. 백안은 황제를 압박해 기황후 소생의 아유시다라를 밀어내고 천둥을 황태자로 책봉할 작정이었다. 하지만 순제는 꿈쩍도 하지 않았다. 출생의 비밀을 알고 있는 순제로서는 절대 천둥을 차기 황제의 자리에 올릴 수 없었던 것이다. 그렇다고 기황후 소생인 아유시다라의 손을 들어주고 싶은 마음도 없었으니, 될 대로 되라는 식으로 차일피일 미루고 있는 실정이었다. 이러한 순제의 심산을 알 길 없는 백안은 천둥을 지지하고 보호하며 곁에 두고 애지중지했다.

그러는 사이, 기황후와 천둥의 관계는 더욱더 멀어졌다. 천둥이 백안의 절대적인 지지를 받으며 둘 사이의 오해와 갈등은 더욱 심해져 갔다. 천둥 역시 기황후에 대한 노골적인 감정을 숨기지 않고 표현했다. 그러나 천둥은 내심 끊임없이 갈등하고 있었다. 살아 있는 한, 절대 출생에 관해서 입 밖에 내서는 아니 되었다. 친모인 기황후를 위해서라도 평생을 타나실리의 아들로 살아야 했다. 친어머니에 대한 그리움이 몰려올수록 그녀에게 더욱 매정하게 굴었다. 그것이 자신의 운명임을 천둥은 너무도 잘 알고 있었다.

황궁 내의 고려 인맥들을 끊어 내는 데 성공한 백안은 그 마수를 고려촌으로 뻗기 시작했다. 그즈음 고려인들은 원나라 내의 무역 중계권을 거의 다 휘어잡고 있었다. 서역으로 가는 모든 교역이 고려촌을 통해서 이루어졌으며 그 막강한 부를 바탕으로 기황후와 고려 세력들이 권력을 유지해 왔다. 고려촌은 가장 가난한 지역에서 이제는 원나라 경제의 핵심으로 발전해 있었다.

 백안은 고려촌 폐쇄 작업에 착수했다. 탈세와 불법 교역을 이유로 고려촌의 실력 있는 무역상들이 모두 끌려가 줄초상이 났다. 압수와 수색이 강행되고 폐쇄 조치가 잇따르면서 고려촌은 서서히 그 빛을 잃어 가기 시작했다. 기황후에게 하소연하는 탄원서가 쏟아졌지만 이미 손발이 묶인 그녀는 고려촌을 도울 방도가 없었다. 끝내 백안은 고려촌을 폐쇄하고 고려 유민들을 예전처럼 인근의 광산 노예로 편입시켰다.

 고려촌의 몰락은 곧 대도의 불황으로 이어졌다. 거리에 넘쳐 나던 세계 각국의 상인들은 자취를 감추기 시작했고 시장은 활기를 잃어 갔다. 전국에 걸쳐 수년째 대기근이 일어났지만 대도만큼은 활기를 잃지 않았던 이유가 바로 고려촌을 중심으로 한 활발한 교역이었다. 그 돈줄을 다 끊어 놓으니 대도는 순식간에 가난의 수렁에 빠지고 말았다.

 백성들의 원망이 하늘을 찔렀다. 교역을 장려하고 민생을 최우선으로 했던 기황후의 통치를 그리워하며 백안에 대한 불만들이 쌓여 갔다. 그들은 주로 고려인들과 한족들이었다. 특히 한족들은 기황후의 특별한 보살핌 아래 각계각층에서 약진의 발전을 이루고 있었다.

 왕고로부터 민심을 전해 들은 백안은 추밀원 군사들을 풀어 불평분자들을 색출해 내고, 한족들의 자유로운 통행을 금지하는 한편 열 명 이상 모일 때에는 반드시 사전에 신고를 하게 하는 철저한 공포정치를 펼쳤다. 하루에도 수십 명씩 추밀원에 끌려가 모진 고문을 받다가 죽어 나갔다. 이러니 간간이 보이던 외국 상인들도 아예 자취를 감추게 되었고 활기 넘쳤던 연경은 서서히 얼어붙은 땅이 되어 갔다.

대도를 완전히 장악했다고 생각한 백안은 매우 흡족했다.
'민심은 다스리는 것이 아니라 굴복시키는 것이다…'
백안은 그런 자신의 지론을 더욱 믿게 되었다.

그러나 동지추밀원사로서 백성들의 탄압에 앞장서야 했던 탈탈은 백안의 그러한 정책이 너무도 불만스러웠다. 진심을 담아 백안에게 충고했지만 돌아오는 것은 심한 질책과 불신뿐이었다. 언제부터인가 백안은 탈탈의 의견보다는 왕고의 의견에 더욱 귀를 기울였다. 요즈음은 아예 대놓고 탈탈을 무시했다.

백안과 탈탈 사이에 금이 가기 시작한 것은 기황후가 득세하여 관직을 삭탈당한 직후부터였다. 권토중래_{한 번 실패하였으나 힘을 회복하여 다시 쳐들어옴을 이르는 말}를 꿈꾸며 기회를 엿보던 백안과는 달리 탈탈은 한문학에 심취하며 한족들과 어울리기 시작했다. 백안이 왕고의 도움으로 황각사에 있던 순제를 만나 반격을 시도할 때 탈탈을 배제시켰던 것도 이러한 불만이 원인이 되었다.

 탈탈을 동지추밀원사로 임명하여 군권을 장악했지만 그것이 오히려 두 사람 사이를 더욱 갈라놓는 계기가 되고 말았다. 탈탈은 백안의 공포정치를 정면으로 반박했다. 얼어붙은 경제로 말미암아 피해를 받는 것은 백성들이었다. 백안의 명에 못 이겨 추밀원 군사들을 풀어 한족들을 잡아 고문하면서도 탈탈은 충언을 아끼지 않았고, 백안은 탈탈의 그 온건한 태도가 마음에 들지 않았다.

 자정원을 책임지고 있었지만 내심 추밀원에 더욱 욕심이 많았던 왕고는 기회를 놓치지 않았다. 특유의 감언이설로 탈탈을 음해하며 백안의 환심을 얻었다. 그렇게 백안과 탈탈의 사이로 파고들며 그 틈을 더욱 벌려 놓았다.

 백안의 혹독한 정치는 화려한 국제 도시였던 대도를 차가운 동토얼어붙은 땅로 만들고 있었다. 그 공포정치 속에서 탈탈과 백안은 서서히 멀어지고 있었다.

대학살의 전조

 기황후는 백안의 공포정치가 민심을 이반(인심이 떠나서 배반함)하고 있음을 정확히 간파하고 있었다. 황궁 내의 모든 세력을 잃은 기황후가 마지막으로 기댈 수 있는 힘이 바로 민심이었다. 기황후는 부용에게 밀지를 주고 궁 밖으로 내보냈다.

 부용이 찾아간 곳은 연경 외곽의 작은 양조장이었다. 그곳에는 고려 유민들의 비밀결사조직이 있었다. 기황후의 교지를 받자마자 그들은 함께 대외 교역을 해 오던 한족 출신 상단 행수들에게 손을 내밀었다. 이미 막다른 골목에 내몰린 한족 행수들은 두말없이 비밀결사조직에 합류했다.

 대도 밖에는 여전히 기황후를 따르는 토호 세력들이 많

았다. 또한 한족 행수들이 가세한 비밀결사조직에는 막대한 자금이 확보되어 있었다. 이들을 하나의 세력으로 규합하는 것, 이것이 바로 기황후의 계획이었다. 그녀는 토호 세력에게 군자금을 지원해 연경을 칠 작정이었다. 기황후의 밀지를 받은 지역 영주들은 막대한 군자금을 지원 받는다는 조건으로 비밀 연판장두 사람 이상이 연이어 도장을 찍은 문서에 이름을 적어 넣었다. 그 지역의 한족 출신 유지들의 힘이 자못 컸다. 이 또한 기황후가 염두한 바였다.

얼마 뒤 양조장에서 소주를 받아 가득 실은 수레들이 하나씩 연경을 나섰다. 원래대로라면 소주를 기다리고 있는 전국 각지의 도매상으로 향해야 했지만, 이번에는 달랐다. 모든 수레가 곧장 토호 세력들에게로 향할 계획이었다.

그러나 그들의 비밀스런 행보는 곧 발각이 나고 말았다. 소주를 가득 실은 수레가 성문을 나설 때 일어난 작은 소동 탓이었다. 바람에 쓰러진 깃대에 놀란 말이 요동을 치며 수레가 전복되고 말았다. 이 때문에 수레에 실었던 소주 항아리가 깨지며 그 밑에 숨겨 두었던 금괴들이 쏟아져 내렸다. 물론 그것은 영주들에게 보내기 위해 한족 행수들이 마련한 군자금이었다.

상황을 보고 받은 탈탈이 추밀원 군사들을 이끌고 진상조사에 나섰다. 얼마 지나지 않아 비밀결사조직의 실체가 만천하에 드러났다. 곧이어 무지막지한 고문이 이어졌으나 고려 출신 조직원들은 끝내 입을 다물었다. 그러나 왕고의 회유에 넘어간 한족 행수 한 명이 기황후가 연루되었음을 실토하고 말았다.

백안은 당장 기황후를 찾아갔다. 더없이 좋은 기회였다. 이를 빌미로 반드시 기황후를 흥성궁에서 끌어내야 했다.

백안이 먼저 엄포를 놓았다.

"황후마마, 이번에는 꽤나 큰일을 벌이셨습니다."

하지만 기황후는 완강히 부인했다.

"그 무슨 말씀입니까. 나와는 무관한 일입니다."

백안이 매와 같은 눈으로 기황후의 마음을 꿰뚫어 보았다.

'제 발로 권좌에서 내려오지는 않겠다….'

그렇다면 방법은 하나뿐이었다.

백안이 의미심장한 미소를 지었다.

"그리 말씀하시니 신 백안, 이만 물러가겠습니다. 그러나 곧 다시 뵙겠습니다."

백안은 그길로 순제에게 갔다. 그리고 서슬 퍼런 목소리로 다그쳤다.

"황상 폐하! 기황후 마마께서 역모를 꾀했나이다. 당장 죽음으로 그 죄를 물으소서!"

순간, 순제의 눈빛이 추상같이 변했다.

"그 입 다물지 못할까! 한마디만 더 하면 내 당장 죽음으로 그대의 죄를 물을 것이오!"

심한 정신분열을 일으키던 순제였지만 기황후의 목숨을 거두는 일에는 온 마음을 다해 저항하고 있었다. 백안은 분통이 터졌지만 단념할 수밖에 없었다. 황제의 재가 없이 천하의 기황후를 함부로 폐위시킬 수는 없는 노릇이었다.

집으로 돌아온 백안은 왕고와 탈탈을 불러들였다. 대책이 필요했다. 순제를 먼저 폐위시키지 않는 한, 기황후의 처형을 허락 받기가 불가능함을 알고 있었기 때문이다.

분을 참지 못한 왕고가 목소리를 높였다.

"목을 칠 수 없다면, 팔다리를 먼저 잘라 내면 되지 않겠습니까."

백안의 두 귀가 번쩍 뜨였다.

왕고가 말을 이었다.

"우선 그 여우 같은 기황후를 돕는 세력들을 몽땅 죽여 없애는 겁니다. 팔다리 없이 몸통 혼자 뭘 얼마나 할 수 있겠습니까."

백안이 왕고의 말을 되뇌었다.

"팔다리를 먼저 친다…."

그러더니 이내 의미심장한 미소를 지었다.

백안의 생각은 이미 한참을 앞서 달려가고 있었다. 그는 원래 천하는 몽골의 것이었으나 기황후의 힘을 등에 업은 고려와 한족들이 천하를 넘보고 있다고 생각했다. 하여 언제 원나라를 통째로 빼앗길지 모르는 위험천만한 상황이라고 여겼다.

'이 기회에 한족들을 다 죽이고 순수한 몽골의 혈통만이 천하를 통치할 수 있다면, 작금의 위기를 새 시대를 열 기회로 삼을 수도 있을 터….'

백안은 구체적으로 생각을 정리해 나가기 시작했다. 이번 모반에 가담한 한족 행수들의 성씨를 분류해 보면 각각 장張, 왕王, 유劉, 이李, 조趙 씨들로 나뉘었다. 그들 성씨는 전제 한족의 약 8할에 달했다. 백안의 가장 큰 고민 중에 하나가 원나라 내에 한족들의 수가 몽골인들보다 수십 배나 많다는 것이었다. 백안의 묘안은 바로 그 사실에서 비롯되었다. 그는 수적으로 우수한 오대 성씨를 모조리 다 죽여 없앨 작정이었다. 그 유명한 '오대 성씨 말살 계획'이 수립되는 순간이었다.

'대학살이라니….'

백안의 계획을 전해 들은 왕고조차도 등골이 오싹했다. 그만큼 잔인하고 무자비한 생각이었다. 왕고는 일이 이토록 커질 줄은 꿈에도 생각지 못했다. 하지만 이제와 자신이 뱉은 말을 주워 담을 수도 없는 노릇이었다.

한족 오대 성씨를 다 제거하고 나면 다음은 고려인들 차례였다. 백안은 이 기회에 아예 고려 본토까지 빼앗아 편입시킬 작정이었다.

곁에 있던 탈탈이 크게 반발하고 나섰다.

"절대 아니 될 일이옵니다."

그 계획이 발표되면 같은 옹기라트 출신 대신들 사이에서도 반대가 극심할 것이었다. 이를 무릅쓰고 오대 성씨를 학살한다면 그 끝은 불을 보듯 뻔했다. 하지만 백안은 꿈쩍도 하지 않았다.

탈탈도 물러서지 않았다.

"국력은 본디 백성에게서 나오는 법. 그 많은 백성들이 죽고 나면 대원제국도 더 이상 사직을 보존키 어려울 것입니다."

"네가 이제 나를 가르치려 드는 것이냐."

백안은 버럭 화를 냈다. 그는 일찍이 칭기즈칸이 초원의 부족들을 데리고 만천하를 그들의 말발굽 아래 두었던 것처럼 순수한 몽골의 후예들만 가지고도 얼마든지 천하를 지배할 수 있을 것이라 판단했다.

하지만 탈탈은 끝내 주장을 굽히지 않았다.

"어찌 자멸을 자초하려 하시나이까. 부디 그 뜻을 거두소서."

"그런 약해 빠진 생각으로 어찌 천하를 발아래 두려 하는가! 썩 물러가거라!"

처소로 돌아온 탈탈은 미친 듯이 술을 마셨다. 맨 정신으로는 도저히 견딜 수가 없었다. 자신이 친부모처럼 믿고 따랐던 백안은 점점 살인마로 변해 가고 있었다. 광기도 그런 광기가 없어 보였다.

'대학살이라니….'

도무지 상상조차 할 수 없는 무서운 음모였다. 탈탈이 다시 한 번 술잔을 비우고 거칠게 내려놓았다.

그때 여울이 방으로 들어섰다. 걱정스런 눈빛이었다. 백안과의 언쟁 끝에 탈탈이 쫓겨나듯 방에서 나온 일을 들어 알고 있는 터였다. 여울이 그에게 새로이 술 한 잔을 올렸다. 탈탈은 여울이 건네는 술을 마다하지 않았다. 아니, 그럴 정신이 없었다. 단숨에 술을 입에 털어 넣은 탈탈이 웅얼거렸다.

"장張…."

"왕王…."

"유劉…."

"이李…."

"조趙라…."

그가 토해 낸 한마디 한마디는 슬픈 노래 같기도 하고 아픈 고백 같기도 했다. 그러고는 탈탈이 여울을 가만히 바라보았다.

"그대의 백안께서…."

여울의 눈이 흔들렸다.

그 눈빛을 보았는지 못 보았는지 탈탈이 말을 이었다.

"없애시겠다는구려…."

여울이 탈탈의 빈 술잔을 다시 채웠다.

그 술을 물처럼 들이켠 뒤에 탈탈이 다시 입을 열었다.

"이들을 모조리 말이오."

탈탈의 술잔을 채우던 여울의 손이 떨렸다. 그 바람에 술병의 술이 흘러 술상이 엉망이 되고 말았다.

여울이 담담하게 말했다.

"술상을 다시 봐 올리겠습니다."

여울이 걸음을 서둘러 방에서 나가는데 탈탈은 아랑곳않고 다시 술잔을 채웠다.

밖으로 나온 여울이 깊은 숨을 내쉬고 들이쉬기를 몇 번이고 반복했다. 두방망이질 치는 가슴을 진정시키기 위함이었다. 서둘러야 했다. 시간이 없었다.

여울은 기황후에게 밀지를 보낸 뒤 급히 술상을 봐 탈탈의 처소에 들었다. 탈탈은 제법 술에 취해 있었다. 그녀는 처음 보는 탈탈의 모습에 연민을 느꼈다. 그리고 온 정성을 다해 술 한 잔을 따라 그에게 건넸다. 말없이 술잔을 비운 탈탈의 눈에는 어느새 눈물이 고여 있었다. 여울은 자신이 오래전부터 마음속 깊이 사랑해 온 오직 한 사람, 그 사내가 나라를 걱정하며 뜨거운 눈물을 흘리고 있는 모습에 가슴이 저려 왔다.

여울은 가만히 손을 뻗어 탈탈을 보듬어 안았다. 그리고 그의 지친 어깨를 쓸어내렸다. 탈탈은 여울의 품에 안겨 울음을 토해 냈다. 여인의 품에 안겨 눈물을 쏟아 내는 것은 그에게 처음 있는 일이었다. 하지만 탈탈은 이상하리만큼 편안했다. 태어나 처음으로 느끼는 따뜻함이었다.

탈탈이 눈물을 거두고 여울을 바라보았다. 그녀의 두 눈에도 어느새 눈물이 가득 고여 있었다.

'가여운 여인…'

탈탈이 여울의 눈물을 닦아 주었다. 그리고 마침내 여울을 안았다. 그날 밤, 여울은 태어나 처음으로 사랑하는 사내의 품에 안겼다.

기황후는 여울의 밀지를 읽고도 믿기지가 않았다. 한족 오대 성씨의 씨를 말리고 나면 그 칼날은 곧 고려를 향해 겨누어질 것이 불을 보듯 뻔했다.

그녀는 정신이 아득해져 왔다.

'어디서부터 어떻게 막아야 한단 말인가…'

그때, 연춘각에서 급보가 전해졌다. 백안이 황제를 알현한다는 것이었다. 대학살의 윤허를 받아 내기 위함이 분명했다. 정신이 온전치 못한 황제가 교서에 옥새를 찍는다면 그야말로 큰일이었다.

때마침 정신이 돌아온 순제는 백안이 내민 조서를 꼼꼼히 읽어 내려갔다. 그러고는 의심스런 눈초리로 그를 쏘아보았다. 요즈음 순제는 정신을 차리려고 노력했다. 언제부터인가 백안은 마치 황제처럼 거침없이 순제를 대했다. 그 무례함을 어렴풋이 기억하는 순제였기에 본능적으로 위기를 느끼고 있었던 것이다.

이런 사실을 아는지 모르는지 백안은 부드럽게 미소까지 지으며 재촉했다.

"어서 옥새를 찍으십시오, 폐하…"

순제는 다시 한 번 교서의 내용을 훑어보았다. 교서에는 이번 모반에 가담한 장張, 왕王, 유劉, 이李, 조趙 씨들을 처형한다고 적혀 있었다. 굳이 옥새를 못 찍을 연유가 없었다. 하지만 왠지 꺼림칙했다.

왕고가 나서며 종용했다.

"폐하, 그들은 이 나라의 왕위를 찬탈하려던 대역 죄인들이옵니다. 어서 윤허를 내리시어 국법의 준엄함을 만천하에…."

순제가 미간을 잔뜩 찌푸렸다. 끝없이 이어지는 왕고의 말에 안 그래도 어지러운 머릿속이 빙글빙글 도는 듯하였기 때문이다.

"그리할 것이니 그 입 좀 다물라."

왕고가 멋쩍게 고개를 조아렸다. 순제는 의심을 거두고 교서에 옥새를 찍었다. 하지만 이를 받아 든 백안의 얼굴에서 미소가 사라졌다.

그가 두 눈에서 불을 뿜으며 말했다.

"폐하의 용단으로 천하의 역사는 새로 쓰일 것이옵니다."

"그것이 무슨 말씀이오?"

"천하에 불순한 피는 다 제거되어야 하옵니다. 오직 몽골의 후예들만이 땅을 딛고 하늘을 이며 살아가게 될 것이옵니다."

"대체 무슨 간계를 부리는 것이오?"

"여기 적힌 성씨를 가진 사람은 몽땅 다 죽어 없어질 것이옵니다. 폐하께옵서 윤허하신 일이오니 속히 실행토록 하겠나이다."

백안은 옥새가 찍힌 조서의 문장을 바꾸어 다섯 명이 아니라 오대 성씨를 가진 사람 모두를 죽일 계획이었다. 속았음을 안 순제가 대노하며 조서를 빼앗으려고 덤벼들었다.

"내놓아라, 이놈아. 어서!"

하지만 백안은 순제를 간단히 밀어젖혔다. 그 바람에 순제는 향로를 끌어안은 채 병풍 쪽으로 넘어지고 말았다.

순제가 이를 바득바득 갈았다.

"백안 네 이놈, 날 속이다니! 네놈을 당장 관직에서 끌어내리라! 대역죄로 다스리리라!"

백안이 차갑게 웃으며 환관들에게 명했다.

"폐하께서 목이 마르시다는구나. 미향을 피워 드려라…."

백안이 밖으로 나와 힘껏 문을 닫았다. 그는 전율이 온몸을 휘감는 듯했다. 그리고 지그시 눈을 감고 지금 이 순간을 만끽했다. 그가 방에서 나와 문을 닫은 바로 그 순간 지나간 시대는 막을 내렸다. 앞으로는 백안, 자신의 세상이 열릴 터였다. 몽골의 후예들이 드넓은 평원을 달리며 더 넓은 세상을 정복하는 모습이 눈앞에 펼쳐지는 듯했다. 손을 내밀면 그들의 이마에서 흘러내리는 땀방울이 만져지는 것 같았다.

백안이 회심의 미소를 지으며 눈을 떴다. 내일의 영화를 한시라도 앞당기자면 어서 오늘의 일을 마무리 지어야 했기 때문이다. 하지만 그의 눈앞에 있는 것은 광활한 평원도 말을 달리는 전사도 아니었다. 바로 천둥이었다. 천둥이 이글거리는 눈빛으로 백안 앞에 우뚝 서 있었다.

백안의 입가에서 미소가 사라졌다.

"태자마마의 심장 안에 몽골의 피가 흐르고 있다면 신의 충정을 모르지 않으실 것입니다. 다른 사람은 몰라도 태자마마만큼은 신을 믿으셔야 합니다."

그것은 협박이었다. 앞을 가로막는 자들은 누구든 용서치 않겠다는 선언과도 같은 것이었다. 백안은 힘이 잔뜩 들어간 천둥의 어깨를 두어 번 두드렸다. 그러고 나서 성큼성큼 복도를 빠져나갔다. 혼자 남아 황제의 방을 바라보는 천둥의 눈에 눈물이 고였다. 분기조차 내색하지 못하고 참아야 하는 답답함에 가슴이 메어 왔다.

기황후는 다급히 천둥을 불러들였다. 천둥이라면 연춘각 안에서 일어난 일을 소상히 알고 있으리라는 생각에서였다.

기황후가 심각하게 물었다.

"폐하께서 교서에 옥새를 찍으셨느냐?"

천둥이 무심한 목소리로 되물었다.

"당연한 결단이 아니겠사옵니까?"

"당연하다니? 태자 또한 백안의 광기에 동조하는 것인가?"

"위대한 칭기즈칸께서도 항복하지 않는 적들을 다 죽여 없앴습니다. 하여 오늘의 대원제국이 있는 것이 아니온지요."

"도대체 네놈의 머릿속엔!"

기황후는 차마 말을 잇지 못했다.

그 속마음을 꿰뚫고 있는 듯, 천둥이 뒷말을 이었다.

"제 머릿속엔 몽골의 정신이 가득 차 있습니다. 또한 칭기즈칸의 피가 회오리치고 있습니다. 제가 누군지 잊지 마십시오. 저는 푸른 늑대의 후예이옵니다."

천둥은 흥성궁을 박차고 나갔다. 기황후가 깊은 한숨을 내쉬었다. 천 갈래 만 갈래 가슴이 찢어졌지만, 끝내 천둥을 찾아올 방도는 없었다. 아무래도 운명은 거기까지인 듯하였다.

천둥의 행동은 그대로 백안에게 보고되었다. 천둥을 수행하는 환관들이 흥성궁 복도에서 들은 바를 그대로 전달했던 것이다. 백안은 크게 만족했다. 자신이 황제로 밀고 있는 천둥이라면 당연히 그 정도의 기개는 있어야 했다. 천둥이 기황후에게 목청을 높였던 이유도 바로 그 때문이었다. 어떡하든 백안의 환심을 사야 했다. 단지 목숨을 부지하기 위함이 아니었다. 그것은 사명감이었다. 살아남아야 백안의 광기를 잠재울 방도를 찾을 수 있을 터였다.

마침내 천하의 주인이 된 기황후

 백안이 황제의 윤허를 받아 냈으니 큰일이었다. 사안이 사안인지라 제아무리 백안이라도 신중을 기할 것이었다. 기황후는 백안의 계획을 알아내야만 했다. 여울의 밀지를 애타게 기다렸지만 좀처럼 연락이 닿질 않았다.

 여울은 한동안 광에 갇혀 있었다. 한밤중에 담장을 넘고 다음 날 새벽에 돌아온 사실이 발각되었기 때문이었다. 백안은 여울이 사내를 만나고 왔음을 직감하고는 광에 가두어 버렸다. 늘 그녀를 애지중지했던 백안으로서는 중벌을 내린 셈이었다. 여울은 결백을 주장하며 한바탕 자살 소동까지 벌인 끝에야 겨우 백안의 용서를 받을 수 있었다. 그러나 백안이 의심까지 거둔 것은 아니었다. 여울은 잔뜩 몸을 사려야 했다. 섣불리 기황후에게 기별을 할 수가 없었다.

백안이 대도 밖으로 출타를 나간 틈을 타 여울은 겨우 기황후를 만날 수 있었다. 황궁 안도 위험하긴 마찬가지였기에 그들이 만난 곳은 동쪽 제화문의 한 누각이었다. 기황후는 여울의 행실을 탓하며 호되게 야단쳤다. 여울은 혼자만의 목숨이 아니었다. 본연의 임무가 무엇인지 잊어서는 안 되었다. 순간, 여울이 헛구역질을 하자 기황후는 태기임을 알아챘다. 설마 초로노년에 접어든 나이에 접어든 백안의 아기일 리는 없다고 생각했다.

기황후가 다그쳐 물었다.

"아기의 아비가 누구냐!"

여울은 눈물을 흘리며 고백했다.

"탈탈이옵니다, 마마…"

여울이 담장을 넘어 만나고 온 사람은 다름 아닌 탈탈이었다. 백안에 대한 실망과 정치에 대한 환멸로 외로워진 탈탈에게 여울은 유일한 친구로서 다가갔다. 여울은 차마 탈탈에게 자신의 임신 사실을 밝히지 못했다. 임무를 띠고 백안에게 접근한 여울이었기에 탈탈과의 사랑은 이루어질 수 없는 운명이었다.

여울이 맹세했다.

"마마, 염려치 마소서. 이 아이가 태어나는 일은 없을 것입니다. 앞으로는 절대 사사로운 감정에 휘둘리지 않겠나이다. 오직 세작으로서의 임무에만 충실할 것입니다."

기황후로서는 참으로 뜻밖의 상황이었다. 비밀결사조직이 와해된 후로 기황후가 돌파구로 생각한 자가 다름 아닌 탈탈이었다. 비록 백안의 책사로서 기황후와 적대적인 관계에 있었지만 탈탈은 두려우면서도 늘 탐나는 존재였다.

그는 옹기라트 출신이었지만 명민했고 합리적이었으며 무엇보다도 기황후와 정치적인 색깔이 비슷했다. 다양한 문화와 교역의 중요성을 잘 알고 있는 탈탈임을 그녀는 알고 있었다. 여울이 전하는 바에 의하면 탈탈은 한족 말살계획을 두고 백안과 대립각을 세우며 불화를 보이고 있었다. 평소, 몽골족이 살아남으려면 한족의 학문과 문화를 적극 수용해야 한다는 관점을 지닌 탈탈로서는 당연한 결과였다.

이제 그녀의 목표는 분명해졌다. 약점을 찾았으면 수단과 방법을 가리지 않고 공략해야 옳았다. 기황후가 여전히 흐느끼는 여울을 깊은 눈빛으로 바라보았다.

'적에게는 칼이, 나에게는 꽃이 있다…'

가진 것이 꽃뿐이라면 그 향기를 무기 삼아 싸우는 수밖에 없었다.

기황후는 여울에게 새로운 임무를 내렸다. 순간 기황후의 밀명을 받은 여울의 눈이 커졌다.

"이제 원나라에 있는 고려인의 운명이 여울, 네 손에 달렸다."

커졌던 여울의 눈이 가늘어지며 독기가 흘렀다.

그리고 이어진 기황후의 마지막 말이 여울의 심장을 뛰게 했다.

"만약 성공한다면 난 천하를 다시 얻을 것이고, 넌 사랑을 얻을 것이다…."

여울로선 충분히 목숨을 내걸 만한 일이었다.

대도 밖을 순시하고 돌아온 백안이 당장에 왕고와 탈탈을 불러들였다. 생각보다 바깥 상황이 좋지 않았다. 비밀결사 조직을 와해시켰지만 한족들이 지역 유지로 있는 각 지방의 영주들은 여전히 기황후의 복귀를 희망하며 백안의 득세를 반대하고 있었다. 이대로 오대 성씨 말살 정책을 발표한다면 강력한 반발이 일어날 것이 틀림없었다. 모든 일에는 선후가 있는 법, 우선 백안은 기황후를 폐위시켜 없애야 했다. 제아무리 독사라도 대가리를 잃고는 싸울 수 없다고 생각한 백안이었다. 기황후를 제거하는 것만이 독니를 없앨 수 있는 가장 확실한 방법이었다.

백안이 왕고와 탈탈에게 자신의 계획을 밝혔다.

"우선, 신료들을 모아 놓고 황제의 조서를 발표한 연후에 반대파들을 모두 제압한다. 흥성궁으로 쳐들어가 강제로 기황후를 폐위하고 처형시킨 후 전국에 오대 성씨 말살 정책을 선포한다면 제아무리 한족들과 긴밀한 관계에 있는 영주라도 감히 나, 백안과 맞설 수는 없을 것이다."

그 자리에서 거사 날짜가 정해졌고 왕고와 탈탈은 각자 임무를 부여받았다. 왕고는 회심의 미소를 지었지만 탈탈의 안색은 어둡기만 했다.

처소로 돌아온 탈탈은 깊은 고민에 빠졌다. 결국 백안은 칼을 빼어 들고 말았다. 유례없는 대학살이 눈앞에서 벌어질 참이었다. 탈탈로서는 도저히 백안의 만행에 동참할 수가 없었다. 그는 이대로 모든 관직을 던져 버리고 심산유곡을 찾아 떠나고 싶었지만 그 또한 쉽지 않은 일이었다. 자신이 이제 와서 백안을 버린다면 분명 배신으로 간주될 것이 틀림없다고 판단했다.

그때 누군가 문밖에서 만날 것을 청했다. 여울이었다. 조용히 방으로 들어온 그녀는 서찰 한 통을 내밀었다. 그것은 뜻밖에도 기황후가 보내온 밀서였다.

'백안의 만행은 인간이 할 짓이 아니다. 신하된 자로서의 충심과 학자로서의 양심이 있다면 당장 나를 도와 백안의 음모를 저지하라.'

순간 탈탈은 여울을 노려봤다.

"황후마마의 밀서를 어찌 그대가 내게 전하는 것이오."

"그것이…."

여울은 말끝을 흐렸다.

탈탈이 호통을 쳤다.

"더 쉽게 말해야 알아듣겠소? 그대가 언제부터 기황후와 내통했는지를 묻고 있는 것이오!"

탈탈은 자신을 향한 여울의 마음이 진심이라 믿었다. 단 한 번도 이를 의심한 적이 없었다. 하지만 그녀가 기황후의 세작이라면 처음부터 의도된 접근이었을 터, 그렇다면 탈탈은 도저히 여울을 용서할 수가 없었다.

순간 여울이 탈탈 앞에 무릎을 꿇었다.

"제가 감히 어르신의 씨앗을 품었나이다."

여울의 커다란 눈에서 눈물이 뚝뚝 떨어졌다.

'나의 씨앗이라….'

탈탈은 정신이 멍해졌다. 이어지는 여울의 말은 그의 심장마저 텅 비게 만들었다.

"처음부터 제가 연모한 분은 어르신이었습니다. 그 결실로 들어선 소중한 아기를 꼭 살리고 싶었습니다. 그러자면 어르신께서 승상을 몰아내 주셔야 했습니다. 그보다 더 확실한 방도는 없는 듯했습니다. 하여 천 번을 망설이다 황후마마를 찾아갔습니다. 그리고 어르신과의 결탁을 제의했습니다. 뜻밖에도 황후마마께서는 흔쾌히 받아 주셨습니다. 거사에 성공한다면 어르신을 승상의 자리에 앉히겠노라 약조하셨습니다. 이것이 아기를 살리고 제가 선택한 사랑을 지킬 수 있는 유일한 방도였나이다."

여울은 부복한 채 간청했다.

"부디, 부디 저와 아기를 거두어 주세요."

탈탈은 크게 흔들렸다. 하지만 백안은 자신에게 부모와도 같은 존재였다. 자신의 손으로 그의 목숨을 거둘 수는 없었다.

탈탈은 여울을 뒤로한 채 돌아섰다. 그리고 냉정하게 잘라 말했다.

"내 절대 그리할 수 없다는 것을 그대도 잘 알지 않소."

얼음처럼 차가운 그였다. 하지만 돌아선 탈탈의 두 눈에는 눈물이 가득 고여 있었다. 문득 탈탈은 여울의 품에서 뜨거운 눈물을 쏟아 냈던 그 밤이 떠올랐다. 그날처럼 다시 한 번 그녀의 품에서 눈물을 흘리고 싶었다. 그러면 여울은 또다시 자신을 보듬어 안아 줄 것이라 여겼다. 하지만 탈탈은 눈물을 삼켰다. 불보다 뜨거운 눈물이 그의 목을 타고 심장으로 들어갔다. 탈탈은 가슴이 활활 타오르는 듯했다.

여울은 천천히 자리에서 일어났다. 그리고 온 마음을 다해 이별을 고하는 절을 올렸다.

"용서하십시오. 큰일을 하실 어르신의 마음을 어지럽게 해 드렸습니다. 다시는 어르신을 찾지 않을 것입니다. 부디 강녕하소서."

여울은 눈물을 훔치며 방문을 나섰다. 하지만 그녀는 더 이상 한 걸음도 떼지 못했다. 백안이 앞을 막고 서 있었기 때문이다.

백안은 오래전부터 여울에게 새서방이 생겼다고 확신해 왔지만 그 새서방이 탈탈일 줄은 꿈에도 몰랐다. 눈물을 흘리며 나오는 여울과 돌아선 탈탈을 보며 백안은 불같은 노여움에 휩싸였다. 그러나 백안은 공과 사를 구분했다. 무엇이 더 중요한지를 정확히 알고 있었다.

백안이 손짓을 하자 뒤에 서 있던 군사들이 여울을 포박했다. 여울은 그들의 손에 질질 끌려갔다. 여울의 뒷모습을 바라보며 망연해 하는 탈탈의 표정을 백안은 놓치지 않았다.

하지만 그는 부러 얼굴에 미소까지 지어 보이며 탈탈을 위로했다.

"요망한 계집 때문에 하마터면 널 잃을 뻔했구나. 사내가 계집을 탐하는 것은 죄가 되지 않느니라. 그러나 사내를 배신한 계집은 절대 용서할 수 없는 법…. 그러니 나를 원망하지 말거라."

탈탈이 머리를 조아렸다.

돌아서던 백안이 문득 멈춰 섰다.

"아, 이번 거사에는 참여치 말도록 해라."

"어인 말씀이신지요."

"넘어진 김에 쉬어 간다 하지 않더냐. 앞으로 더 큰일을 해야 할 몸이니 이 기회에 잠시 쉬어 두는 것도 좋을 듯하구나."

백안은 탈탈의 대답을 듣기도 전에 걸음을 돌렸다. 탈탈은 그것이 무엇을 의미하는지 잘 알고 있었다. 끝내 자신을 믿지 못한다는 뜻이었다. 앞으로의 대업에서 함께 갈 수 없다는 통보였다. 하지만 그런 것은 아무래도 좋았다. 지금 탈탈의 머릿속엔 온통 여울밖에 없었다. 제발 여울을 살려 달라는 말이 턱밑까지 차올랐지만 참아야만 했다. 그리하면 오히려 불난 집에 기름을 붓는 꼴이 될 것이었다. 탈탈은 어떡하든 여울과 아기만은 살리고 싶었다. 반드시 그리해야만 했다.

백안의 우악스런 손찌검에도 여울은 당당했다. 오히려 핏대를 세우며 대들었다.

"그분을 진정 사모했습니다."

백안의 두 눈이 당장이라도 불을 뿜어낼 듯 이글거렸다.

잔뜩 독이 오른 그의 손이 검을 빼어 들었다. 그리고 여울의 가는 목을 향해 날을 세웠다. 여울은 두 눈을 질끈 감았다.

그때 왕고가 뛰어 들어와 고했다.

"모든 준비가 끝났습니다."

그 말에 백안은 칼을 거두었다. 거사를 앞두고 잔뜩 날을 세워 둔 칼에 다른 피를 먼저 묻힐 수는 없었기 때문이다.

"기황후를 죽인 후에 네년을 갈기갈기 찢어 죽일 것이다!"

백안은 여울을 가두고 황궁으로 향했다. 옥에 갇힌 여울은 두 손으로 배를 감싼 채 하염없이 눈물을 흘렸다. 이제 자신이 죽고 사는 일은 오직 탈탈의 결심에 달려 있다고 생각했다.

술 한 잔을 앞에 두고 오래도록 깊은 생각에 잠겼던 탈탈이 단숨에 술잔을 비웠다. 그리고 자리에서 벌떡 일어났다. 결심이 선 것이었다. 하지만 그가 어떤 결정을 내렸는지는 기황후도 백안도 여울도 알지 못했다.

백안이 칼을 빼어 들고 황궁으로 들어가는 동안 기황후는 꽃을 들고 싸우고 있었다. 이제 곧 그 승부가 결정 날 것이었다.

기황후는 피를 말리며 바깥소식에 귀를 기울이고 있었다. 만약을 대비해 박불화와 고용보를 비롯한 환관들이 무장한 채 기황후를 보호하고 있었다. 부용을 비롯한 궁녀들도 모두 죽기를 각오하고 기황후의 곁을 지켰다. 그러나 백안의 군사들 앞에서 그들은 바람 앞의 촛불과도 같았다. 오직 한 가닥 희망은 탈탈의 배신뿐이었다.

환관 한 명이 급히 달려와 소식을 전했다.

"대명전에 신료들이 모두 모였나이다."

이제 서서히 바람이 거세지고 있었다. 태풍으로 변하는 것은 시간문제였다.

대명전이 시끌시끌했다. 이미 오대 성씨 말살에 관한 소식을 들은 신료들은 두 패로 나뉘어 설전을 벌이고 있었다. 전포 차림의 백안이 들어서자 그 뒤로 군사들이 들이닥쳤다. 순식간에 기황후 측 신료들이 병사들의 몽둥이에 제압당했다. 아수라장이 된 대명전 용상에 백안이 앉았다.

백안은 황제의 인장이 선명한 조서를 펼쳐 들고 선포했다.

"버러지 같은 한족들을 모조리 척살하라는 황명이다! 이에 그들의 국모를 자처하는 요망한 기황후를 폐위시키고 처형할 것이다!"

이어 백안이 옆에 섰던 천둥에게 지시했다.

"연춘각에 계신 황제 폐하를 지켜라!"

천둥이 부복했다.

"명, 받들겠나이다."

백안은 그대로 군사들을 이끌고 기황후가 머무는 흥성궁으로 향했다. 흥성궁에는 이미 환관들이 집결해 있었다.
　백안이 호통쳤다.
　"요망한 기황후는 황명을 받으라!"
　박불화와 고용보가 나서며 그들을 막았다.
　백안이 명했다.
　"황명을 거역하는 자, 한 놈도 살려 두지 마라!"
　한바탕 칼부림이 일었다. 환관들은 목숨을 걸고 백안이 이끄는 군사들의 앞을 막아섰다. 그러나 힘으로나 수적으로나 월등히 우세한 그들을 막아 낼 도리는 없었다. 환관들이 한 명씩 쓰러지자 이번에는 궁녀들이 몸을 던져 흥성궁으로 난입하려는 군사들을 막았다. 궁녀들의 피는 마치 꽃잎처럼 사방에 뿌려졌다. 그렇게 고려의 여인들은 죽어 갔다. 백안은 눈에 핏발을 드리운 채 거침없이 칼을 휘둘렀다. 어느새 흥성궁 앞마당은 낙엽처럼 쓰러진 환관들과 궁녀들로 가득 찼다.

　천둥은 그길로 군사들을 이끌고 연춘각으로 향했다. 오랫동안 천둥이 거느려 온 군사들은 그의 명령에 일사불란하게 움직였다. 그들은 순식간에 연춘각을 지키고 있던 백안의 군사들을 주살했다. 천둥은 그대로 순제의 침소로 뛰어들었다.

천둥을 본 순제가 앞에 놓인 찻잔을 집어 들었다. 백안에게 속아 오대 성씨 말살을 윤허한 이후로 순제는 크게 낙담한 상태였다. 비로소 기황후와 백안이 어떻게 다른지, 누가 진정으로 자신을 보호하려 했는지 깨닫고는 뼈저리게 후회하던 중이었다. 그런데 천둥이 칼을 찬 채 자신의 침소로 뛰어들었다면 백안에게 전권이 넘어간 것이 분명하다고 판단했다.

순제가 차 한 모금을 넘긴 후에 천천히 입을 뗐다.

"여긴 어쩐 일이냐. 백안이 그예 날 감시하라고 보냈더냐."

순간 천둥이 순제 앞에 무릎을 꿇었다.

"백안이 정변을 일으켰사옵니다. 황후마마께서 위험하시옵니다!"

순제는 들고 있던 찻잔을 떨어뜨렸다. 자신 앞에 무릎을 꿇은 천둥 때문에 한 번 놀랐고, 황후가 위험하다는 소식에 또 한 번 놀란 탓이었다. 순제는 앞에 놓인 찻상을 밀쳐 내고는 황급히 몸을 일으켰다. 지금 이 황궁 안에서 기황후를 살릴 수 있는 이는 오직 황제인 자신뿐임을 그는 잘 알고 있었다. 하지만 쇠약해진 몸은 마음먹은 대로 움직이지 않았다. 천둥이 다가와 넓은 어깨와 튼튼한 두 팔로 휘청거리는 순제의 몸을 부축했다. 순제가 지그시 천둥의 눈을 바라보았다. 그가 이리 가까이에서 태자의 눈을 바라본 것은 처음이었다. 그러고 보니 천둥은 순제 자신을 꼭 닮은 눈빛을 갖고 있었다. 순간 순제는 깨달았다. 태자는 더없이 소중한 자신의 아들이라는 사실을. 누구의 피를 받았든, 누구의 살을 빌렸든, 그런 것은 순제에게 더 이상 중요치 않았다. 두 사람 사이에는 똑같은 눈빛을 가지게 될 만큼 서로를 바라본 세월이 있었고, 믿음이 있었고, 사랑이 있었기에 순제는 그것이면 충분하다고 느꼈다.

'이토록 중한 것을 이제야 깨닫다니…'

 천둥에게 참으로 미안했고 그만큼 고마운 마음이 든 순제는 태자에게 온전히 몸을 맡겼다. 그리고 태자와 발맞추어 걸음을 옮겼다. 두 사람은 그렇게 한 몸처럼 움직이며 흥성궁을 향해 달렸다.

달리는 내내 순제는 간절히 빌었다.

'황후… 조금만, 조금만 더 버텨 주시오. 내가 당도할 때까지만, 부디…'

기황후의 앙칼진 목소리에 칼부림이 멈추었다.

"네 이놈들!"

시신이 가득한 흥성궁 앞마당으로 기황후가 걸어 나오고 있었다. 피투성이가 된 박불화와 고용보가 아직 움직일 수 있는 환관, 궁녀들과 함께 기황후를 엄호했다.

"정녕 하늘이 무섭지 않은 것이냐!"

기황후가 호통치자 백안이 태연하게 되받았다.

"하늘보다 무서운 것이 바로 네년이거늘!"

"내 목을 줄 터이니, 더 이상 죄 없는 생명들을 살육하지 말아라!"

그 말에 환관들과 궁녀들이 일제히 울음을 터뜨렸다.

백안은 승자로서의 웃음을 얼굴 가득 머금었다.

"저년을 당장 끌어내라!"

군사들이 기황후에게 달려드는 순간 쩌렁쩌렁한 목소리가 천지에 울려 퍼졌다.

"황제 폐하께서 납시었다!"

모두의 시선이 일제히 한곳으로 모아졌다. 그리고 바로 그곳에 순제가 있었다. 황제를 엄호하고 있는 자는 다름 아닌 천둥이었다.

그제야 천둥의 배신을 알아차린 백안이 이를 악물었다.

"네놈이 정녕 나를 배신하려는 것이냐?"

천둥이 일갈했다.

"황제의 뜻을 저버리고 나라를 어지럽혔으니 네놈이야말로 만고의 역적이다!"

기황후의 두 눈에서 뜨거운 눈물이 흘러내렸다. 천둥이

자신의 편에 서다니, 꿈에도 생각지 못한 일이었다. 천둥에게 의지한 순제의 모습을 보니 더욱 가슴이 뭉클해졌다.

백안이 길길이 날뛰었다.

"뭣들 하느냐, 어서 다 죽여 없애지 않고!"

"원나라의 군사들은 당장 칼을 버리고 백안을 포박하라!"

이번에는 순제가 나서며 일갈했다.

군사들이 순간 갈피를 못 잡고 우왕좌왕했다. 그 틈을 놓칠세라 백안이 다시 엄포를 놓았다.

"미친 황제의 말을 들어 무엇하느냐? 어서 저놈들을 다 죽여라!"

순제도 지지 않았다.

"칼을 버리는 자는 용서할 것이며, 백안을 잡는 자에게는 큰 상을 내릴 것이다!"

군사들이 크게 술렁였다.

이에 백안이 마지막 용트림을 하듯 군사들을 독려했다.

"잘 보아라! 우리는 칭기즈칸의 후예들이다. 여기서 패하면 대원제국은 고려 계집의 손에 넘어가게 된다. 푸른 늑대의 후예들은 나를 따르라!"

백안이 칼을 휘두르며 앞서자 군사들이 일제히 그 뒤를 따랐다. 흥성궁은 다시 한 번 피바람에 휩싸였다. 백안의 마지막 일갈은 군사들의 마음을 확실히 장악했다. 순식간에 기황후와 순제가 위기에 봉착했다. 박불화와 고용보가 순제와 기황후를 엄호하며 서둘러 흥성궁 안으로 몸을 피했다. 천둥이 그 뒤를 따르며 사방에서 쏟아지는 적들의 칼날을 쳐냈다. 백안은 이들의 움직임을 놓치지 않았다. 순식간에 악귀처럼 눈앞의 적들을 베더니 흥성궁 안으로 들이닥쳤다.

백안은 기황후를 향해 회심의 일격을 가했다. 순간 백안의 칼날을 막아 낸 것은 다름 아닌 천둥이었다. 이들을 뒤따라 들어오던 천둥이 황급히 몸을 날렸던 것이다. 천둥은 아직 여물지 않은 뼈와 살로 사력을 다해 백안의 서슬 퍼런 칼날을 쳐냈다. 그러나 천하의 백안을 당해 낼 수는 없었다.

"아악!"

기황후의 날카로운 비명이 천지를 갈랐다. 동시에 천둥의 무릎이 꺾였다. 그의 뱃속 깊숙이 박힌 백안의 칼날에서 붉은 피가 흘러내렸다. 기황후가 바닥에 떨어진 천둥의 칼을 집어 들고 백안에게 달려들었다. 갑작스런 공격에 당황한 백안의 귀에 군사들의 함성이 들려왔다. 그 함성은 점점 커졌다.

왕고가 급히 뛰어들며 바깥소식을 알렸다.

"추밀원, 추밀원 군사들입니다!"

탈탈이었다. 마침내 탈탈이 칼을 들고 나선 것이 분명했다.

탈탈의 배신을 알아챈 백안이 두 눈에 불을 켰다.

"탈탈, 네 이놈! 내 기필코, 네놈의 뼈를 갈아 마실 것이다!"

백안이 저주를 퍼부으며 밖으로 뛰쳐나갔다. 하지만 그것이 끝이었다. 어느덧 흥성궁 밖은 탈탈이 이끌고 온 추밀원 군사들에 의해 모두 제압된 상태였다. 백안과 왕고는 그들에게 둘러싸인 채 망연자실했다.

순제가 모습을 드러내자 추밀원 군사들이 일제히 예를 표했다.

"황상 폐하!"

이에 순제가 추상같이 명했다.

"역당들을 체포하라!"

황제의 명이 끝나기가 무섭게 군사들은 백안과 왕고, 그리고 그 심복들을 단숨에 제압했다. 백안은 탈탈을 보며 짐승처럼 포효했지만 이미 온몸을 칭칭 감은 쇠사슬을 어찌할 수는 없었다.

기황후는 천둥을 끌어안고 오열했다. 천둥은 입을 움직여 무슨 말을 하려 애썼지만 허사였다. 입 안 가득 뿜어져 나오는 피 때문에 한마디도 말이 되어 나오지 못했다. 애가 탄 천둥이 떨리는 손으로 품에서 무언가를 꺼냈다. 그리고 힘겹게 기황후의 손에 쥐어 주었다. 그녀가 손을 펼쳤다. 천둥이 전한 것은 바로 은비녀였다. 충혜왕이 기황후에게 전해 달라고 당부했던 은비녀를 그동안 천둥이 품어 왔던 것이었다. 은비녀를 받아 든 기황후의 입에서 마침내 사무쳤던 한마디가 터져 나왔다.

"아들아, 내 아들아…. 천둥아, 내 아들아…."

"어… 머… 니…."

마침내 천둥은 그토록 간절히 원했던 한마디를 토해 냈다. 그리고 어머니 품에서 영원히 잠들고 말았다. 살아서 단 한 번도 따뜻하게 안아 주지 못했던 아들이었다. 그런 아들을 가슴에 묻은 기황후는 오래도록 애끓는 눈물을 쏟아 냈다. 그 울음소리가 흥성궁 밖에 장승처럼 서 있던 황제와 환관들을 한없이 숙연하게 만들었다.

백안이 마침내 형장에 섰다. 옹기라트 출신들에게 쿠빌라이 칸의 현신현세에서의 몸이라 불리며 몽골의 부활을 꿈꾸던 그였다. 백안은 죽음 앞에서도 당당했다. 하지만 아들처럼 품었던 탈탈을 향해 원망스런 눈길을 던졌다. 탈탈은 그의 시선을 끝내 외면하고 말았다. 그러자 백안이 기황후를 향해 두 눈을 부릅떴다.

천둥 같은 백안의 목소리가 형장 가득 울려 퍼졌다.

"말을 멈추는 순간, 몽골은 멸망하고 말 것이다. 나는 몽골인들과 함께 다시 고삐를 당겨 질주하고 싶었을 뿐이다.

말이 달릴 수 있는 곳까지가 우리의 제국임을 천하에 알리고 싶었다. 하지만 내 말을 멈추게 한 것은 서역의 제국도 아니고 거대한 산맥도 아니다. 고려에서 온 한 작은 여인이었다. 기황후여…. 그대를 저주하지만 또한 경의를 표한다. 천하는 몽골이 지배했으나 그대야말로 몽골을 이긴 진정한 승리자다. 끝내 대원제국은 고려에 패하였느니라…"

곧이어 거대한 칼날이 백안을 갈랐다. 이어서 왕고가 처형을 당했다. 이로서 천하를 둘러싼 기황후와 백안의 싸움은 끝이 났다.

한편, 천둥의 죽음으로 출생의 비밀이 밝혀지자 가장 큰 충격에 휩싸인 곳은 태후전이었다. 백안이 죽자 황태후는 태후전 기둥에 목을 매고 스스로 목숨을 끊었다. 백안홀도 역시 큰 병을 얻어 시름시름 앓다가 죽음을 맞이하고 말았다. 순제는 기황후를 제 1황후에, 아들 아유시다라를 황태자로 책봉했다. 그리고 자신의 환후를 치유하기 위해 기황후에게 섭정을 맡겼다. 이로서 기황후는 마침내 천하의 주인으로 우뚝 서게 되었다.

첫 번째 조당 회의가 있던 날, 기황후는 용상에 앉아 교서를 내렸다.

"더 이상 원나라 조당에서 고려의 입성론을 논하는 일은 없을 것이다. 또한 고려의 공녀와 환관을 차출하는 것을 금할지어다!"

신료들이 기황후의 교서를 받들자 그녀의 두 눈에 보일 듯 말 듯한 눈물이 고였다. 어쩌면 그녀는 그 말 한마디를 하기 위해 그토록 많은 시련과 맞서 싸워 왔는지도 몰랐다. 스러져 간 수많은 공녀들의 얼굴이 눈앞에 스쳐 지나갔다.

기황후는 박불화와 고용보를 각각 동지추밀원사와 자정원사로 복귀시켰다. 고려 출신들로 원나라 요직을 채우고는 아유시다라의 태자비로 고려 여인을 불러들였다. 또한 탈탈을 승상에 임명하여 폐지되었던 과거제를 부활시켜 인재를 고루 등용시키는 등, 한문화를 존중하는 정책을 펼쳐 나갔다. 여울을 아내로 맞이한 탈탈은 한족 문인들을 불러 요사_{요나라의 역사를 적은 책}, 금사_{원나라 때 탁극탁 등이 왕명에 따라 모아 엮은 금나라의 사서}, 송사_{원나라 때 탁극탁이 황제의 명에 따라 오대의 주나라에서부터 317년간의 역사적 사실을 기전체로 기록한 역사책}의 삼사를 편찬케 하며 기황후와 함께 원대 문화의 전성기를 이끌었다.

그 후로도 약 30년 동안 대원제국은 기황후의 실질적인 통치를 받았다. 그녀는 공녀로 끌려와 세계 최대의 영토를 다스린 유일무이한 여인이었다.

수십 년이 흘렀다. 오래된 기근으로 원나라의 국력은 급격히 쇠퇴해 갔다. 사방에서 붉은 두건을 쓴 무리들이 난을 일으켰고, 그들 중 주원장이란 자가 세력을 규합하여 대도를 향해 쳐들어왔다. 순제와 기황후는 무리를 이끌고 몽골의 고향인 북쪽 초원으로 이동했다. 그곳에서 유라시아에 걸친 대제국을 건설했으니 북원北元이 그것이었다. 대도를 점령한 주원장은 나라를 선포하고 명明이라 불렀으며 스스로 시조가 되었다.

주원장은 북쪽에 있는 원나라가 마음에 걸렸다. 비록 쇠락한 대원제국의 잔재에 불과했지만 기황후라는 걸출한 여인이 있는 한 마음을 놓을 수가 없었다.

'천하에 두 개의 태양이 존재할 수 없듯이 기황후를 없애지 않고는 진정한 황제라 칭할 수 없으리라.'

마침내 주원장은 대군을 이끌고 북원으로 향했다.

기황후 역시 주원장과의 일전을 벼르고 있었다. 그저 잠시 내줬을 뿐이었다. 중원의 주인은 역시 기황후, 자신이어야 했다. 북원을 세우고 두 아들, 아유시다라소종와 탈고사첩목아천원제가 황제가 되었지만 일찍 세상을 뜬 터였다.

주원장이 북진을 하고 있다는 소식에도 기황후는 태연했다. 이미 고려의 최영 장군과 손을 잡은 이후였다. 계획대로라면 주원장이 북원을 공격할 때쯤 고려가 대도를 함락시킬 것이었다. 그것이 바로 일찍이 충혜왕과 함께 꾸었던 꿈이었다. 대륙 안에 새로운 고려를 세우는 꿈, 평생을 이어 온 바로 그 꿈이었다. 원은 명운을 다했다. 그러니 이제 명을 멸하고 고려가 다음 세상의 주인이 되어야 했다. 그래야 마땅했다.

기황후는 홀로 최후의 일전을 준비하고 있었다. 비록 군세는 명에 비해 약했으나 고려와의 협공으로 사기도 제법 충만한 상태였다. 70세의 늙은 기황후는 전포를 갖춰 입고 진용을 살피며 병사들을 독려했다.

말발굽 소리가 서늘한 새벽을 가르며 진영을 깨웠다.

당도한 전령이 울먹이며 급보를 전했다.

"명나라 정벌에 나섰던 고려의 군사들이 위화도에서 회군을 했나이다!"

북원보다 명나라와의 국교를 주장했던 이성계의 변심이었다. 오후에는 대장군이 군대를 이끌고 주원장에게 투항했다는 보고를 받았다. 대륙을 향한 그녀의 꿈은 그리도 허망하게 물거품이 되고 말았다.

기황후는 처소로 들어가 전포를 벗고 고려의 옷으로 갈아입었다. 비단으로 곱게 싸 두었던 은비녀도 꺼내 머리에 꽂았다.

순제가 거울 앞에 앉은 기황후를 바라보며 미소 지었다.

"참으로 곱구려. 고려의 옷을 입은 그대는 언제나 참으로 아름답소."

거울 속에 비친 순제를 향해 기황후도 화답했다.

"그렇습니까. 이리 머리가 허연데도 그리 곱게만 보아 주시니 참으로 고맙습니다."

순제의 눈에도 어느새 눈물이 가득 고였다. 기황후의 가슴이 미어질 듯 저렸다.

그가 천천히 물었다.

"단 한순간이라도… 날 진정으로 사랑한 적이 있었소?"

"단 한순간이라도… 폐하의 여인이 아니었던 적이 없었습니다…."

"고맙소… 고맙소…."

순제가 어린아이처럼 환하게 웃었다. 어느새 기황후의 눈에도 눈물이 고였다. 기황후가 얼른 고개를 돌려 눈물을 닦았다. 그리고 다시 거울 앞에 바르게 앉았다. 하지만 거울 속에 비친 순제의 모습은 어느새 사라지고 없었다. 기황후가 얼른 뒤돌아봤다. 하지만 언제나 순제가 앉아 있던 비단 이불에는 덩그러니 베개 하나만 놓여 있었다. 기황후는 먼저 떠난 순제와 이렇게 마지막 인사를 나누고 있었다.

기황후가 가만히 미소 지었다.

"폐하, 저도 폐하 곁으로 갈 때가 되었나 봅니다. 곧 찾아

뵙겠습니다."

 기황후가 천천히 밖으로 나왔다. 거소를 둘러싼 들판에는 온통 어둠이 내려앉아 있었다. 그녀의 시선이 어둠에 묻힌 먼 대륙의 끝에 닿았다. 곁을 지키고 서 있던 부용의 시선도 말없이 그녀를 따랐다.
 기황후가 부용에게 담담하게 말했다.
 "내 뼈를… 고향 땅에 묻어 다오. 고려의 산천에 뿌려 다오…."
 부용이 애써 눈물을 참으며 고개를 끄덕였다.
 멀리서 함성이 들려오기 시작했다. 대륙을 향해 치닫는 고려인들의 함성이었다. 늙은 기황후는 그렇게 세상의 끝에 서서 대륙을 바라보며 영원히 끝나지 않을 꿈을 꾸고 있었다.
 서기 1388년 몽골 땅, 카라코룸의 벌판이었다.

copyright© 2013 장영철·정경순

장영철·정경순 장편소설

1판 1쇄 발행 2013년 10월 21일
1판 3쇄 발행 2013년 12월 04일

대표 권대웅
편집 박희영 김지인 하별
디자인 여만엽
마케팅 노근수 서동민

발행인 신혜경
발행처 마음의숲
출판등록 2006년 8월 1일(105 - 91 - 03955)
주소 서울시 마포구 서교동 463 - 32번지 명지빌딩 2층
전화 (02) 322 - 3164~5 | **팩스** (02) 322 - 3166
마음의숲 페이스북 http://facebook.com/mindbook
값 13,000원 ISBN 978 - 89 - 92783 - 79 - 8 (04810)
             ISBN 978 - 89 - 92783 - 77 - 4 (세트 전2권)

저자와 협의하여 인지를 생략합니다.
저자와 출판사의 허락 없이 내용의 일부를 인용, 발췌하는 것을 금합니다.
잘못 만들어진 책은 구입하신 곳에서 교환해 드립니다.

마음의숲에서 단행본 원고를 기다립니다.
따뜻하고 생동감 넘치는 여러분의 글을 maumsup@naver.com으로 보내 주세요.

마음의숲 베스트 도서

그 사람 더 사랑해서 미안해
고민정 글·사진 | 320쪽 | 값 12,000원

고민정 아나운서의 '존경'할 수 있는 사랑 이야기!

가난한 시인과 결혼한 아나운서 고민정. 그녀의 사랑은 그리 평탄하지 않았다. 연애 시절, 고민정 아나운서는 여러 차례 흔들려야 했다. 자신이 그려 가야 할 불투명한 미래에 대한 고민이었다. 강직성 척추염을 앓고 있던 자신의 사랑을 버리고 떠날 수 없었기 때문이다. 결국 그녀는 쉬운 사랑보다는 조금 느리더라도 함께 갈 수 있는 사랑을 택했다. 그리고 이 책을 통해 그녀는 전한다. 물질에 끌려다니는 사랑이 아닌, 진정 가슴이 움직이는 사람을 쫓아가라고.

달의 뒤편
조기영 지음 | 352쪽 | 값 12,000원

시인 조기영의 장편소설!

또 하나의 소설이 온다! 시인과 아나운서의 사랑 이야기를 바탕으로 한 실화 소설. 희귀병인 강직성 척추염이라는 소재를 통해 시대의 어두운 단면을 예리하게 드러낸 장편소설!

지지 않는다는 말

김연수 지음 | 300쪽 | 값 12,000원

소설가 김연수의 삶, 사랑, 문학 이야기!

소설가 김연수가 어린아이였을 때부터 중년이 될 때까지 체험한 사랑, 자연, 문학, 사람 그리고 달리기를 하면서 쓴 소설과 읽은 책에 관한 이야기를 담았다. 이 책에서는 소설 속에서는 찾아볼 수 없는 김연수만의 새로워진 문장들을 만날 수 있다.

느림보 마음

문태준 지음 | 400쪽 | 값 13,000원

2009 문화관광부 선정 우수교양도서
2009 대한출판문화협회 선정 올해의 청소년 도서

미당문학상, 소월시문학상 수상 문태준의 유일한 산문집!

느림에 대해 끊임없이 생각하고, 세상을 세밀하게 들여다보는 문태준 시인이 우리 주변에 흩어진 소중한 아름다움을 이 책에 모아 놓았다. 본래 아름다운 것을 더 크게 사랑하도록 이끌고 삶의 결핍과 고통으로 외로워진 현대인들에게 아름다운 울림을 전한다.

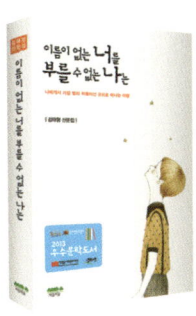

이름이 없는 너를 부를 수 없는 나는

김태형 지음 | 352쪽 | 값 13,000원

김태형 시인이 고비사막을 두 번째 다녀와서 쓴 첫 산문집!

사막 한가운데 텐트를 치고 밤을 꼬박 새우며 작가는 그곳의 별과 구름, 낙타와 지평선, 무지개 등 너무 아름다워서 기억나지 않던 것들을 생포해 왔다. 그리고 자신만이 보고 느낀 그 아름다움을 독자에게, 사랑하는 사람들에게 보여 주고 들려준다.

당신을 위해 지은 집

함성호 지음 | 284쪽 | 값 12,800원

2012 문학나눔 선정 우수문학도서

함성호의 시와 자연이 사는 집 이야기!

시인이자 건축가인 함성호의 인생미학을 담은 이 책은 인문, 역사, 신화, 공간을 통해 바라보는 집과 사람에 대한 이야기이다. 깊고도 방대한 미학과 지식 산책은 우리 삶에 대한 답사기이자 새로운 제안이다.

오직 희망만을 말하라

엄홍길 지음 | 280쪽 | 값 13,000원

엄홍길의 아주 특별한 희망 메시지!

산악인 엄홍길은 그동안 히말라야 8,000미터를 등정하며 만난 소외된 사람들을 위해 남은 인생을 살아가고 있다. 대자연의 정기가 준 긍정과 희망의 에너지를 전하고 사랑의 나눔을 실천하는 데 앞장서고 있다. 또한 우리에게 남은 것은 이제 마음을 나누고 희망을 말하는 것이라고 전한다.

당신이 행복입니다

황중환 글·그림 | 232쪽 | 값 12,000원

마음을 위한 카툰레터!

10년 넘게 동아일보에서 카툰을 연재하며 수십만 독자들의 사랑을 받고 있는 황중환은 하루하루 마음을 닦고 성장시키는 법을 가르쳐 주는 카툰에세이를 통해 우리가 왜 행복한 존재인지, 그리고 왜 행복해야 하는지를 일깨워 준다. 삶의 애환과 마음 이야기, 웃음이 가득한 '생활 밀접형' 카툰에세이는 마치 행복 표지판을 손으로 가리키듯 우리를 행복의 길로 안내한다.